老子趣讀

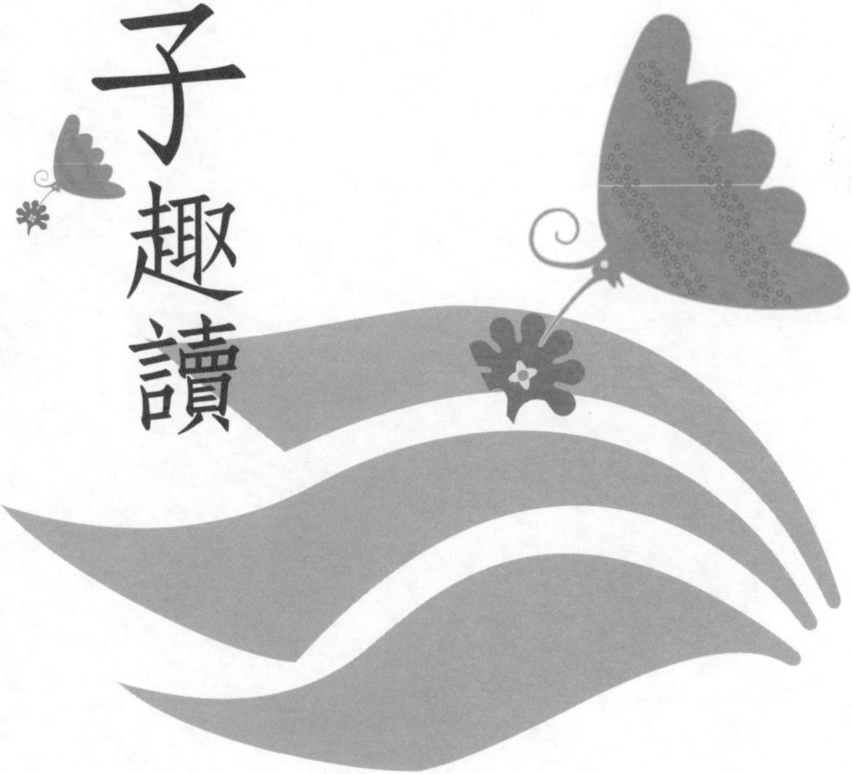

台灣先智 出版

老子趣讀 contents

老子趣讀 contents

老子趣讀 contents

老子趣讀 contents

老子趣讀 contents

老子趣讀 contents

序　青蛙與蝴蝶

徐光耀

聞章是個實在堅韌的人。實在而善於「務虛」，又足見其外實而內秀。去年，他出版了《周易趣讀》，把一本鏽跡斑斑陳故神秘的「古董」，化作一部可親可近的普及讀物；今又印行《老子趣讀》，是把祖輩流傳的「哲學詩」，又予「現代化」了。《周易》和《老子》，向居群經中的老大和老二，博大精深，古奧難懂，是具有世界意義的古典哲學珍貴遺產。而聞章，鼓「辦報」之餘勇，發「務虛」之特長，為繼承中國的傳統文化，發揚深沉精妙的智慧，連戰連捷，不僅令人稱讚，也實在是可喜可賀的。

聞章說，《周易趣讀》是井底蛤蟆觀天之語，是「蛙論」；而這本《老子趣讀》呢，是毛毛蟲變蛾之議，是「蝶論」。這是聞章的幽默和謙虛，也顯示了他對這兩本書的精短概括。《周易趣讀》為什麼是「蛙論」？書已廣為流傳，我們不用管了；而《老子趣讀》為什麼是「蝶論」倒需簡要交代一下我的體味：《老子》一書翻來覆去五千言，說的是一個「道」。什麼是「道」？自古眾說紛紜，頗多歧義，但都不外乎是指宇宙本體，以及支配物質世界或現實事物運動變化的普遍規律。而中心意思是講，人，應該怎樣從一切束縛中解放出來，以獲得自由。這也就是老子認定的「自由王國」——「道」。老子以為，「道」之外，物質以至精神的世界，大多是限制人、奴役人的東西，而人自己，由於欲望的驅使，卻不願從各種束縛中解脫，就像毛毛蟲在吞吃各種葉子的時候，還自以為自得其所，不願意化成蝴蝶呢。然而，毛毛蟲的可憐狀態被老子、特別被他的學生莊子「破除」了，莊子的「觀念」一變，「栩栩然蝶也」，精神上質變騰飛，來了一個大飛躍……

這似乎是藉神話演繹出來的遊戲，是的，聞章的靈感也正在這裡。講精神境界的大道理，如果不藉神話，不做遊戲，不設形象，不打比方，如何「趣」得起來？如何使人輕鬆愉快，明白好懂？只有化奧為通，引人入勝，才稱得上是「趣讀」啊。

當然，莊子不枉是老子的得意門生，他不但「化蝶」了，還弄起了鯤鵬展翅「逍遙遊」，使「自由王國」的領域更為具象而廣闊。聞章的功勞就在，他把這部詩意盎然奧妙精深的經典大著，通俗化、形象化了，使現代的我們，更便於學習和領會。我想，他的苦心必將獲得好報的。

或許，也有未說得很準的地方，「詩無達詁」，何況是「趣讀」。但，那也無妨，由蛙到蝶，聞章一貫是認真的，這種不畏艱險，知難而進的精神是不會錯的。縱然錯了，那也是蝴蝶的錯：美麗而天真。

第1章　給個怪圈讓你鑽

原文

道可道，非常道；名可名，非常名。無名天地之始；有名萬物之母。故，常無欲以觀其妙，常有欲以觀其徼。此兩者，同出而異名，同謂之玄。玄之又玄，眾妙之門。

注釋

道：原指道路，引申為原理、原則、規律。徼：邊界、蹤跡。出：開端。

譯文

道如果能說得出，就不是永恆的道；名可以叫得出，就不是永恆的名。

一切事物的原始狀態，是沒有概念的，不可表述的。只有有了概念，萬物才好

像有了開始。

所以，應該從無欲的狀態去揣摩道的奧妙；從實有概念的角度去尋它的蹤跡和變化。

有和無這兩者，同出於道，而名稱不同，同樣深遠玄秘。

玄秘而又玄秘，這正是宇宙間一切奧妙的源頭。

趣讀

先講一個笑話：五代時有個宰相叫馮道。馮宰相養著不少的門客。門客是幹啥的？是閒人，寄在名人門下吃閒飯的。一天，一門客給人講老子的《道德經》，不想一開篇就遇到了天大的難題。古時候講忌諱，尊者的名字不能隨便說，不像現在的人，兒子敢跟老子稱哥兒們。「道可道非常道」，這一句可怎麼講？道可道，實在是不可道，因爲這個「道」字正是主人的名諱，不能講的。於是他只得把「道可道非常道」，讀作：「不可說，不可說，非常不可說。」

這位老門客沒有想到，其實他的這句話歪打正著，一下子觸及到了「道」的眞諦。道的確是不可說的，說出來就不是道了。

白居易有一首詩這樣問：聞者不知知者默，此言吾聞於老君；若道老君是知者，緣何自著五千文？

老子自然讀不到這首詩。老子若是讀到，他也不會發怒，一笑也就過去了。老子是不得不說。

老子得道之後，自然是把人世間的事看透了。他望著西面的函谷關，覺得自己該走了。世界上有位孔丘，年輕氣盛，周遊列國，「知其不可而爲之」，提倡仁義治國。老子曾經勸過他，告訴他世上已經沒有了治世的良方。仁義能治國？只有婦道人家才會這樣想。可是孔丘不聽，偏要當什麼聖人。「聖人不死，大盜不止」，世界變得越來越壞，正是因爲自以爲高明的人制訂了是非標準，讓人們起了分別心。

老子這天來到函谷關，騎著他那頭青牛。

把關的人姓尹名喜，也是個修行的人。這天他看到從東邊移動著一團紫色的霞靄，祥光瑞氣自東而來，就意識到了來者不是凡人。現在不是還有句話叫「紫氣東來」嗎？出處就在這裡。果然，他看到了老子。當他得知老子從此之後要遠辭凡界，再也見不到了，就逼著老子把得道的秘旨留下來。老子想了想，覺得也是，就這麼走了，不留下點什麼也不好，世上日後說不定還有眞心修行的人，給他們留下把開門的鑰匙，也就省下了他們摸索的工夫。可是，道這東西又怎麼能夠說得清？

老子說，不可說可是我還得說，尹喜啊，我遇到了一個悖論，鑽進了一個怪圈：我說了不可說，可是我又說了，我說的是不是呢？我若是不說這不可說，誰又知道它不可說？我說出這不可說來，這不它又成了可說的了嗎？

如果你不懂得什麼叫怪圈，那麼請你看一看埃舍爾的作品，埃舍爾是西方當代的大畫家，他的畫都特別奇怪。比如他畫的瀑布，流來流去，最後又流回原處去了。他畫的《上升與下降》，在一座教堂裡，僧侶們排成兩隊，沿著同一條台階，一隊向上走，一隊向下走，可是，他們走來走去，卻總是回到原來出發的地方。他的這些畫，讓人百思不得其解。這怪圈據說起源於一個古老的邏輯悖論。這個悖論被稱爲愛皮梅尼特悖論。愛皮梅尼特是克里特島人。他說：「所有的克里特島的人都撒謊。」假如他說的話是對的，那麼作爲克里特島的他就是在撒謊，這句話就成了錯的。反之，假如他說的這句話是錯的，作爲克里特島的他就沒有撒謊，這樣一來，他說的這句話就是對的。無論採用哪一種假說，都不能自圓其說。介紹埃舍爾的書中還有這樣兩句話：

下面這句話是錯的。

上面這句話是對的。

你能把這兩句話弄清楚嗎？

玄遠深奧啊，宇宙及宇宙間的萬事萬物；玄遠深奧啊，老子的《道德經》。這玄遠深奧怎麼能用語言來表述呢？可是不用語言來表述又怎麼能揭示這玄遠深奧呢？一則禪故事這樣說：天上有月亮，一老僧伸出手來指月。月亮是靠了老僧的手指來指示的，可是老僧的手指並不就是月亮。老子的《道德經》就是老僧的那根手指，如果我們只讀它的字面語言就等於把老僧的手指當成月亮了。老子已經非常明白地告訴給我們：我說了，可是我說出來的並不是。雖說不是，可是它也跟是有著必然的聯繫。字面上的意思不是眞意思，字裡行間的意思才是眞意思。要想讀懂那眞意思，還不能離開字面上這層意思。就像瞎子走路，不能少了那根探路的竹竿。

聽明白了沒有？

老子跟尹喜說，我是陷進怪圈裡出不來了。我姑且把我所知道的說給你聽，你聽明白聽不明白都跟我沒有關係。如果你是個得道的，你就從字裡行間讀，從沒字的地方讀，抛開這些文字，這就叫得意忘言。如果你不是個得道的人，或者你根本就不想得道，那麼，你就隨便了，願怎麼看就怎麼看。這裡面什麼都有，以後解釋它的人會很多，不過都是瞎子摸象。象尾巴不是象，可是象的確也有尾巴。

尹喜，最好我是不開口。就像後來的釋迦牟尼，釋迦牟尼拈花，迦葉相視而笑。迦葉懂得釋迦牟尼。可是你還不懂得我，非要我說不可。

我跟你這麼說吧，語言是一口陷阱，好多人都得栽到裡頭。誰都有無話可說的時候，不是無話可說，是有話不知怎麼說。宇宙間的事物在沒有概念之前，是不可表述的，可是又有哪個概念沒有侷限呢？我們把蘋果叫做蘋果是爲了要說出蘋果，如果蘋果不叫蘋果我們又怎麼能說明白這種水果？因此可以這麼說，人的世界是從有了概念那一刻開始的。這就叫「無名天地之始，有名萬物之母」。

尹喜，你要是想探知這個實有的世界，你運用現有的概念就行了，現有的不夠用，你還可以再造。每個時代有每個時代的語言，每個時代有每個時代的概念。

老子說得對。古代人決不懂得啥叫「蹦迪」，也不知道啥叫「打的」和「炒股兒」。文革時期的語言，後來的人便不大明白，土匪的暗語，局外人聽不懂。老子說，你要想了解現實中事物的變化，研究概念就可以了，你要是還想研究概念產生之前的那個無名宇宙的奧妙，那你就得用另一套語言系統才行。至於這另一套語言系統是什麼，還眞不好說。其實，研究宇宙奧妙的語言不止一套，科學家用的是一套，他們那一套，一般人不懂；還有一套就是神仙用的那一套，這一套，一般人也不懂。老子告訴人們的，就是神仙也就是得道的人採用的那一套語言。這一套的語言就是無語言。不僅是無語言，連欲望也不能有，所以叫「常無欲以觀其妙」，是無心得之。

從有概念開始，也就是從有了語言開始，這個世界分成了兩大部分。一部分是現實的這個實有的世界，另一部分就是那個虛無的宇宙。一個用肉眼看得見，另一個只有心靈才能感受得到，而且還不是一般人的心靈。

老子說，這兩大部分，雖然完全不同，卻是源於一個地方。莫非老子那時也看到了宇宙是從一個小顆粒爆炸而來？要不老子怎麼說是它們來自一個地方？據現代的物理學家研究發現，宇宙雖大，卻是從一個比芥菜籽還小的微型顆粒爆炸而來，爆炸出太陽系，銀河系，並且直到如今還在不停地爆炸著。老子沒說爆炸，老子只是說，它們同出於一個地方，而且都是很玄妙的。玄妙就是這個現實世界和那個虛無世界總的門環。

老子說完一笑，他這一笑跟釋迦牟尼的笑同樣玄妙。據說，老子出關之後就來到了印度，釋迦牟尼就是他的化身。你仔細研究研究佛經，然後你再仔細讀讀道家，你就會發現它們之間有好多「同出而異名」的地方。

聞章：是不是這樣，讀您這本《道德經》，不能跟讀一般的書那樣讀。因爲它是探尋宇宙間奧妙的書，是探知宇宙與人之間的關係的書。宇宙奧妙無窮，人也奧妙無窮。以人的奧妙來探尋宇宙的奧妙，何處是途徑？宇宙生育了萬物，人是萬物之靈。就像是一隻剛孵出的小雞，一心要弄明白那只蛋殼一樣，人要破解宇宙之謎，要走進那玄之又玄的眾妙之門，鑰匙在哪裡？

老子：有點意思了。繼續說下去。

聞章：鑰匙就在人的身上。

老子：好。不要停頓，說，說。

聞章：宇宙奧妙，只有人才能感受得到，只有人才想破解，也只有人才能破解。不要說上帝的意思只有上帝知道，也不要說人一思索上帝就發笑。上帝發笑，那是因爲人用錯了方法。人錯用了方法當然得允許上帝發笑。

我所尊崇的老人家，我知道您是怎麼獲得的宇宙間的秘密的。您獲得了，所以才感覺到了那種莫可言說的狀態。您是怎麼進入這種狀態的？您是靠了您的心靈。心靈是打開宇宙妙門的惟一的鑰匙。老人家，允許我直說了吧，您的那心靈，就叫寧靜。老人家，我說得可對？

老子：人，本來就是天地的寵兒，他秉賦了天地間的精華，他是宇宙長期孕育的結果。用你們的話說就是，宇宙的全息信息元，就在人的心中。人是宇宙孕育的，可是，反過來，人心也包含著宇宙。拿你們後來種的玉米打比方吧，玉米的植株孕育了玉米穗。可是玉米穗上的每一顆果實裡，又都包含著這株玉米的全部信息。並不是全部的玉米粒都包含，而是只在玉米的胚芽裡包含著。玉米的胚芽，就好比人的心。

聞章：您說得太好了。因此要讀懂您的《道德經》，就得首先把心靜下來。可是，怎樣才能讓心靜下來呢？是不是要齋戒三日？是不是要沐浴、焚香？

老子：現代人靜下來談何容易！沐浴、齋戒、焚香就能靜下來？我不信。寧靜是什麼你知道嗎？我來告訴你，寧靜是一種自由狀態。心靈不自由，怎麼能夠寧靜下來？寧靜不下來，怎麼能夠談論道呢？

第2章　最醜的人兒是西施

原文

天下皆知美之爲美，斯惡已；皆知善之爲善，斯不善已。故有無相生，難易相成，長短相形，高下相傾，音聲相和，先後相隨。是以聖人處無爲之事，行不言之教。萬物作而不辭，生而不有，爲而不恃，功成而不居。夫唯不居，是以不去。

注釋

斯：就、則。相生：相互依存。相形：相互顯現。相傾：相互依賴。

譯文

如果天下人都知道美之所以美，醜就顯露出來了。如果天下人都知道善所以善，那惡也就暴露出來了。

所以有和無、難和易、長和短、高和下、音和聲、先和後，都是在對立中相互依存、互爲條件的。

因此大智者所從事的事、是排除人爲努力的；所施行的教化，是超乎言語之上的。

他興起萬物而不自大，生養萬物而不據爲己有，施與而不自恃其強，功高德厚而不自居。

正因爲他不居功，所以功勞更大。

趣讀

這個現實世界讓人煩。本來啊，上帝在創造這個世界的時候，沒有想得更多，他說要有光於是就有了光，他說要有人，於是就有了人，很隨意。在沒人之前，這個地球上，有恐龍稱霸。恐龍比人不知高大多少倍，凶猛多少倍，可是，牠沒有人那麼多的心眼兒，牠沒有人這麼有分別心。牠餓了，遇到老虎就吃老虎，遇到狐狸就吃狐狸，老虎和狐狸在牠眼裡就是食物。牠從來也沒有想到過要爲牠吃老虎或者狐狸尋找理由，更沒有在吃老虎或者狐狸之前發一通議論，以證明老虎和狐狸的該吃，如果不吃就是犯罪，上對不起老恐龍，下對不起小恐龍。這正是恐龍的可愛之處。本來啊，這個世界上，萬事萬物都是平等的，有生命的動物和植物，無生命的石頭和非石頭，都是這個世上所寶貴的。不能說動物比植物高級，也不能說植物比石頭有分量。它們之間的關係是誰也離不開誰。

就因爲有了概念，有了概念也就有了分別。有了分別也就有了名和實的分辨。春秋戰國時期，在知識界就興起了有名的名辨思潮，參與其中的有名家、墨家和儒家等學派。

「白馬非馬」和「堅白論」，是當時最著名的辯論課題。

白馬非馬。爲什麼白馬不是馬？因爲馬是個大概念，白馬則是個小概念。白馬不是馬，就好比說樹木不是森林，女人不是人，趙飛燕不是女人一樣。白馬非馬的命題由名家兒說提出，公孫龍發揚光大。公孫龍說：「馬者所以命形也，白者所以命色也，命色形非命形也，故曰白馬非馬。」又說：「白馬者，馬與白也，白與馬也。」如果你說白馬是馬，那白呢？哪裡去了？白馬是白和馬組成的整體、活體，而不是抽象的馬。

對於「堅白論」，公孫龍也有自己的說法。他說，眼睛看到的只能是石頭的顏色，而看不到石頭的硬度；手能摸出石頭的硬度來，卻不能摸出石頭的顏色。一塊白石具備了堅硬和白色這兩個屬性，但這兩個屬性並非石頭所固有。白色的東西很多，不一定是石頭；堅硬的東西也很多，也不一定是石頭。白和堅可以獨立於石頭而存在。

按照老子的觀點，這眞是人爲的熱鬧。白馬不是馬是啥？不僅白馬是馬，黑馬是馬，就連那不是馬的東西也是馬；人是馬，狗是馬，螞蟻是馬，楊樹是馬，馬齒莧是馬……爲什麼？因爲我們都是從一個地方來的，都是由一樣的物質：非常小的微型顆粒變化來的，都是由肉眼看不到的最基本的分子啊中子啊原子啊中微子啊那種玄而又玄的東西組成的。天地與我爲一，萬物都是一理。正是從這個角度上，莊子才說出了「天地一指，萬物一馬」的話。

連白馬是不是馬這樣的事情也值得辯論，你說這個世界不是很無聊了嗎？世上的事物本來沒有質的區別，一切都是相對的。你說山高還是地高？窪地上的山不一定比高地上的地高，高和低是比較來的。難和易、大和小、前和後、長和短，無不是相對的。世上沒有絕對的東西。你說西施美，變成骷髏的西施還美嗎？別說變成骷髏了，老了的西施就比不上東施家的女兒好看了。因此莊子說出這樣的話：秋毫之末是最大的了，而泰山爲小；早死的小孩是最長壽的了，而彭祖爲夭。

說到相對，自然想到那位著名的猶太人、二十世紀的大物理學家愛因斯坦的相對論。老子的相對論與愛因斯坦的相對論有沒有聯繫？

愛因斯坦的相對論，也是玄而又玄的東西，大概只有霍金那樣的天才人物才能窮知它的奧妙，但這裡我們也不妨試著說說。反正說錯了，也影響不了地球的轉動。這就是大人物和小人物的區別。大人物不能隨便說話的，說錯一句就了不得。小人物可以隨便說，隨便說的人都用不著負責任。

通過研究知道，當物體加速到接近光速的時候，質量就會明顯增加。舉例說明：比如你的體重是五十公斤，假定你是乘坐在一輛接近光速的火車上，如果你量體重，因爲秤盤仍在你的參照系中，你仍是五十公斤。如果這時有人靜立在地面上要量你的體重，他就會發現你的體重變成了一一五公斤。質量依賴於對它進行測量的參照系，這就是相對量度。就是說，你的體重也不是絕對的。

愛因斯坦那個著名的公式好多人都見過：$E=mc^2$。這個公式表明，能量與質量只是同一事物的兩個不同的側面，一切質量都是能量，一切能量都是質量。一個熱馬鈴薯比一個冷馬鈴薯的能量多，因此它也有了更多的質量。能量只有大到像使物體運動快得接近光速時，才對質量有明顯的影響。在$E=mc^2$公式中，E代表能量的總額，m代表質量，c代表光速。

根據這公式所代表的原理，世上的東西都成了相對的。爺爺一定比孫子老嗎？不見得，如果爺爺上了高速的太空船，幾年之後，孫子就比爺爺老去好多。因爲在高速下，時間也不是一成不變的了。時間變得像麵條一樣，可以伸縮。

你明白了嗎？

愛因斯坦在研究相對論之前讀沒讀過老子的《道德經》？

莊子曾說：矩不是方的，規不是圓的。飛鳥之影不動。鏃矢之疾而有不行不止之時。白狗黑。雞三足。所以，莊子有一天就變成了蝴蝶。不是做夢，是真的變成了蝴蝶。人和蝴蝶本來就是同一個東西。

老子說，既然世上的事物是這樣相對的，人們還幹嘛自尋煩惱呢？你什麼都不要做，什麼也不要說，你改變不了這個世界，不管你有多麼倔強的脾氣。你只能順著事物的規律走。你看世上的萬物，是誰教它那樣了？它是自然而然的。它不因爲自己的存在而顯示什麼，當然更不居功自傲。事物也跟人一樣，一翹辮子，就完。事物不懂得翹辮子，所以，它是永存的。

人不行，人總想對這個世界說三道四，總想按人的意志改造這個世界。改造得了嗎？我們曾經開山造田，也曾毀林還田，進行過人有多大膽、地有多大產的試驗，放過好多鋼鐵的、糧食的、豪言壯語的衛星，結果怎麼樣呢？大自然已經狠狠地、或者正在狠狠地、或者將來狠狠地報復我們。我們自殺，用自己磨快了的刀子。

老子說，尹喜啊，你想得道嗎？領會一下這個宇宙吧。你得與宇宙化爲一體才行。宇宙不說話，你也別說話，宇宙不動作，你也別動作。這就叫生而不有，爲而不恃。還記得上回說的嗎？「無欲以觀其妙」。你靜下來，靜下來，靜得不能再靜了。宇宙是個空殼子，雖有日月星辰，但是它並無感覺。你的頭腦中再大的事情也沒有太陽大吧？太陽從東方升起，從西邊落下，誰管它了？你就是那個啥也不管的宇宙。

你也別管那白馬黑馬，白石黑石，你更別管那西施俊，東施醜。毛嫱雖美，麋鹿見了撒腿就跑，母猿雖醜，猴子見了親得不行。有了概念就有了分別心，有了分別心，就離道遠了。

定能生慧，靜能通神。

第3章　梵谷的畫為啥值錢？

原文

不尚賢，使民不爭；不貴難得之貨，使民不盜；不見可欲，使民心不亂。是以聖人之治也，虛其心，實其腹，弱其志，強其骨。常使民無知無欲，使夫智者不敢爲也。爲無爲，則無不治。

譯文

不崇尙賢能，這樣民衆就不再爭競；不以珍寶爲貴重，這樣民衆就不會偷盜了；不誘發邪情私欲，民心才不會亂。

所以眞正的智者掌管社會，是使人們心裡謙卑，腹裡充足，薄弱意志，強健筋骨。

人們常處於無知無欲的狀態，即使有想賣弄智慧的人也不會輕舉妄動了。

按照無爲的原則行事，天下就會治理得很好。

趣讀

走在大街上，看到又一座高職樓蓋起來了，這是崇尚社會賢能的結果。用我們現在的觀點看，崇賢尚能沒有什麼錯，不僅沒錯，而且好像還很不夠。當年，我們也曾說過知識越多越反動的話，並且把知識分子和社會賢達打成了「臭老九」，甚至反革命，由不識字的老農和識字沒幾個的工人管理學校。說牛屎最乾淨，知識分子最骯髒，甚至把所有的大學停辦。這些行爲是不是與老子的主張一樣呢？

老子不提倡崇尚賢能，但老子本人絕對是天下第一等的賢能，連孔子都要向他請教。據說孔子見了老子之後，好幾天不說話。他的弟子問：「老師，您在老子那兒見到了什麼？聽到了什麼？我們感覺著老師從他那兒回來好像有點不對勁兒啊。」孔子說：「鳥，我知道牠能飛，魚，我知道牠能游，獸，我知道牠能跑。能跑的獸可以用陷坑捉住牠，會游的魚可以用網逮住牠，會飛的鳥可以用罾捕獲牠。可是對於龍，我就沒辦法了，因爲龍這東西，聚則成形，散則成彩，既可潛身海底，又可乘風御天。我今天見了老子，就好像見到了龍！」

在老子看來，如果不崇尚賢能，那人們就不會爭功奪名。人們要是一爭奪功名，心裡就亂。心裡一亂，那整個就活不好了。人，啥叫個幸福？心裡安寧是最好的。如果心裡不靜，就是吃美國的肯德基也不會有滋味，就是睡法國的鋼絲床好夢也不來陪。知識多，有辦法的人不錯，人們都會尊重他們。可是千萬不要給他們蓋什麼小樓，配什麼小車，每個月再多給點津貼，這就把他給毀了。他從此覺得與眾不同了，同是兩眼睛，我比別人看得遠，同是兩耳朵，我比別人聽得清，我這個腦袋特別靈，生個兒子也不同。於是見了老鄉也覺得他土氣了，見了同學也懶得搭理了，弄了個牛尾巴翹在屁股後頭，驕傲了。還不僅是毀了他本人，而且更多的是毀了別人。人是欲望中物，不患寡而患不均，同樣是人，他怎麼就住小樓，坐小車，憑什麼？先是妒火中燒、隨後便拼命地去上函大夜大，以證明自己頑強的存在。更可怕的是那些心術不正的，心術不正的人必有心術不正的法，我不能在這方面比過你，另一方面你還一定比不過我。啥比不過？弄虛作假。你尊重知識，尊重人才，他沒有知識，不是人才，他只是在弄虛作假上有些「知識」，堪稱「人才」。大學生不是吃香嗎？他就有了假文憑；職稱不是有用嗎？他就找個替考者；當官不是有特權嗎？他就要官不要臉了。

讓人心不靜的，還有好多，亡命徒爲啥搶銀行？因爲錢能買到他的欲望；小流氓爲啥要搶少女脖子上的金項鍊，因爲金子值錢。如果你用金子壘廁所，小偷還偷嗎？

依老子想法，人是平等的，物也是平等的，何必要人爲地區別開呢？

所以說，盜賊出現，不是盜賊的錯，是社會出了毛病。造假者盛行，造假者無罪，是因爲社會爲造假者提供了造假的機會。凡是貴重的東西，假的就越多，就是因爲它貴重。齊白石的畫有贗品，朋友阿毛的畫爲啥就沒有贗品？還不是因爲齊白石的畫值錢，阿毛的畫不值錢？現在世界上的畫最值錢的恐怕就是荷蘭印象派畫家梵谷的畫了，美元也得幾千萬，甚至上億。可是，梵谷活著的時候，他的畫沒人要，連麵包也換不來，餓得梵谷兩眼發藍。印象派並不是他有意的追求，而是因爲眼睛出了毛病。把太陽看成綠的，把水看成紅的，他以爲他畫得眞實，哪想到暗合印象派？問題是，是誰把梵谷的畫，當成了價值連城的寶貝的呢？

到底是人出了毛病，還是這個世界出了毛病？是人的毛病導致了世界的毛病，還是世界先有的毛病，然後再傳染到人？

老子想得不錯，如果不給高職稱的人住小洋樓，發高薪，沒職稱的人心裡就踏實好多，甚至還會說，要什麼狗屁職稱，一錢不值！職稱眞的值錢了，有的人就變得一錢不值了。如果，人心都是平靜的，則不會有小偷，世上沒小偷，街上就沒警察，也不會蓋起片高牆來把它叫做監獄。

但是，怎樣才能落實老子的理想呢？

老子給當權者開了個藥方：別人爲地去提高或貶低人或者物的價值，別去刺激人們潛在的欲望，讓人們頭腦簡單些，四肢強健些，心裡想法少些，胃裡東西多些，這樣肯定不錯。沒有了高，也就沒有了低，沒有了前，也就沒有了後，沒有了上，也就沒有了下。珍寶不貴，泥土不賤，官僚不高，百姓不低，小偷失蹤，警察失業，狗叫天黑，雞叫天亮，仙鶴腿長，野鴨腿短，桃花自紅，梨花自白。老子設問，比你們後來理想中的主義如何？

有知識有文化的現代人會問，老子的設想，無非是自然經濟時期，經營者的理想田園。後來的陶淵明老夫子的《桃花源記》，就是這一思想的夢中產物。老子的設想能實現嗎？

問得好。老子的理想要是實現了，他也就用不著西出函谷關。他正是看不慣那個正在下滑的社會現象，才遠離現實，閉門修鍊的。他要思考，這個社會是怎麼了？禮崩樂壞，人心不古，大盜橫行，戰爭不斷，墨子講非攻，孔子播仁義，爲什麼要講非攻，如果本來就沒有攻打，還哪裡來的非攻不非攻？爲什麼要播仁義，仁義本來就在人的心裡裝著，是誰把仁義這東西弄丟了？世道到了今天這個地步，不是換個國王就可以改變的了。所以老子要從根本上解決問題。要體悟一下這個宇宙從爆炸開始後的每一個環節，看它到底在哪兒出了癥結。這大概就是老子潛心修習，要得天下大道的最原初的動議。

老子已經知道，他那個藥方是沒人用的。他只是把它開出來而已。

第4章　世界就像千層餅

原文

道沖，而用之或不盈。淵兮，似萬物之宗；挫其銳，解其紛，和其光，同其塵。湛兮似或存。吾不知誰之子，象帝之先。

注釋

沖：空虛。淵：深遠。湛：深邃難測。

譯文

道是空虛無形的，但其能量和作用無窮無盡。玄遠深奧啊，像是萬物的老祖宗。

放棄你自以爲是的銳氣，擺脫紛紜世俗的糾纏，和於你的生命的光中，認同你道塵中的本相。你便能在幽幽之中，感覺到它那似有似無的存在。

我不知道是誰產生的它，但我知道它在天帝之前就有了。

趣讀

也許尹喜總是纏著老子，問他道到底是個啥東西，要不然不好解釋老子在《道德經》裡反覆提到道，並且從不同的角度解釋。他既然說了，就想把它說清楚。可是，道又是個不好說清楚的東西。也許尹喜已經明白了，但是尹喜怕明白的不是眞諦。因爲道這個東西，只可意會，不可言傳。一不小心，就會掉進語言的陷阱裡。

尹喜問：修行幹啥？祛病嗎？

老子答：《易》書上說，天行健，君子以自強不息。誰見過天得病。天爲啥不得病？因爲天在不停地運轉。人可以躺下來休息，天可有一刻的閒適？天體永動，天體不病。人要是想不得病，也得像天那樣，不停地運動。不見社會上流行的五禽戲？熊經鳥伸，吐故納新，搖搖擺擺，吸吸呼呼，所爲在健體。體健則百病不生，百病不生則長壽不死。不見彭祖，活了八百歲，還落了個早夭，他姥姥淚水漣漣地哭嬌兒。北山有一株老樗樹，以八百歲爲春，八百歲爲秋，四個八百歲才是它的一年。那棵老樗是一象徵。爲什麼那棵樹活得那麼久？因爲它無思無慮，與天地渾化成了一體的東西。它就是宇宙，宇宙就是它，它與宇宙同在。

尹喜問：那麼，修行是爲了長壽？

老子答：在這個亂亂哄哄的世界上你還沒活夠？我爲什麼要西行？現在能夠跟我對話的除了天地之外，就只剩下這頭青牛了。這頭青牛既不搞強權，也不搞仁義，更不播弄是非。牠見了黃金不高興，聞到屁臭不皺眉，也不追求名利，也不顯示力量，不高看天上的飛鳥，也不低視地上的螞蟻。有蹄也不跟誰競走，有角也不與誰搏擊。我沒有給牠拴轠繩，我更不給牠配鞍轡，因爲用不著。牠不想，不是不會想，是根本就沒有想到想。牠秉承天而生，日後秉承天而死，在牠眼裡生死沒有界限。這頭牛也和那棵樗樹一樣，會活得時間很長。但活得時間長是牠的目的嗎？

修行不是爲了長壽，長壽只是修行的一種附帶現象。若是爲了長壽，我才不打什麼坐。我是爲了得道。

尹喜問：你再說說道可以嗎？

老子答：我已經說過了，道可道非常道，道這東西要是能說出來，那不就跟平常的東西一樣了嗎？我們看到的這個世界，世界上存在著的這些個物體，比如說這棵竹子，竹子做的這個小凳子，都是實有的東西，啞巴叫不出來，也能用手指出來。用《易》上的話說，就是「形而上者之謂道，形而下者之謂器」。看得見摸得著的，是低級的東西；高級的東西看不見也摸不著。但是人看不見的東西，不等於不存在。可是，這種無形無影的東西，我又怎麼能跟你說得清？

不光是說不清，就是我說得清你能夠聽得明白嗎？有句話叫做對牛彈琴，說這個牛聽不懂琴聲。其實，那也得看是啥樣的牛。我這頭青牛能不懂嗎？伯牙鼓瑟六馬揚秣，那馬也聽得蠻有滋味。老師在台上講課，有的人聽懂了，有的人聽不懂，有的人講一遍就夠了，有的人講八遍他也不會。是老師講的有問題呢，還是學生聽的有問題？抑或是雙方都有問題？

告訴你吧，宇宙是分層次的。以後的佛會說，宇宙分爲三十三重天，一重天裡一個大千世界。他說對了。其實不止三十三層，他說三十三層也是爲了表述上的方便。宇宙沒有邊沿，大到不可說。蜉蝣的世界是一世界，爬蟲的世界是一世界，禽獸的世界是一世界，人的世界是一世界，神仙的世界是一世界。這是從大處畫分。要是往細裡畫分，那世界就多得不可勝數。幾千年後的科學家知道，不僅宇宙天外有天，其實宇宙還小到沒有內核。我們看到的物體是物體，高倍顯微鏡下看到的物體還是物體嗎？這麼跟你說吧，我手裡這根竹簡，一天對折一次，無限地分下去，一萬年也折不盡的。人因心靈而畫分，一人一個世界，各在不同的層面上。我看到的世界你看得到嗎？我領悟到的東西你能夠理解嗎？所以說聖人都是孤獨的，無法與人交流的。一旦到了能夠交流的時候，語言反而成了多餘的東西。不見情人之間，只需一個媚眼就夠了。

尹喜問：這麼說，這個道你是不能說的了？

老子答：能說不能說呢？我也不知道。我說不能說，可我這不是正在說嗎？我說能說，可又讓我怎麼說？

我試著再說給你聽。道這個東西，沖虛無形，浩浩渺渺，無處不在。它的作用也是無窮無盡。它深奧有如深淵，「注焉而不滿，酌焉而不竭」，萬物都源於它，它就是萬物的祖宗。它好像沒有自己的鋒芒，平平靜靜的，沒有半點紛亂之象，和光同塵，哪裡都有它。高潔的、神聖的、豪華的事物離不開它，低級的、污穢的事物也離不開它。後來有一個和尚說，佛是乾屎橛兒！這人太大膽，也太粗魯，但道理沒錯。

道這個東西，玄妙啊，深遠啊，看不見可又存在著，存在著卻又看不見，我不知道它是怎麼產生的，似乎是在上帝產生之前。就是說，連創造世界的上帝也是道的產物。

第5章　都是稻草狗

原文

天地不仁，以萬物爲芻狗；聖人不仁，以百姓爲芻狗。天地之間，其猶橐籥乎？虛而不屈，動而愈出。多言數窮，不如守中。

注釋

橐籥：風箱。

譯文

天地不理會人間的所謂仁不仁、義不義，它把萬物都看成是稻草紮成的狗；大智者也是，他把老百姓看成稻草狗。天地之間不正像個大風箱嗎？越空虛越不會窮盡，越鼓動就越生出風來。所以說得太多，就會使自己陷入困窘，還不如保持虛靜。

趣讀

先來解釋啥叫芻狗。芻狗就是用稻草紮成的狗，古代用於祭祀。芻狗這東西，別看就是一把稻草，紮成形之後，就不能當成稻草看了，也不能當成一般的狗看，它是祭祀時的一道不能缺少的風景。祭祀是件非常莊嚴神聖的事情，天界的神靈，逝去的祖先靈魂，都要臨蒞。人們看不見他們，他們可看得見人們。能不肅敬？敢不愼懼？稻草狗在這樣場合，還是稻草狗嗎？它已經成爲一種象徵，一種儀式。

比如說吧，有個人是你的朋友。朋友沒當官之前，跟你不分彼此，說話隨便。你經常用手捋他的後脖梗，每捋一下他就放一個屁。後來，他的身分變了，當了個不大不小的官兒。假如，你在他開會的時候，照著原來的樣子，再捋一下他的後脖梗試試，他不僅不會條件反射似的再放一個屁，而且，他會惱怒，從此跟你翻臉。因爲這時他的後脖梗，已經不是後脖梗，而是權威的官帽支架了。後脖梗子能動，官帽支架能動？動不得。

祭祀過後，神靈已經走了，先祖也已離去，只剩下人了，這時候稻草狗又成了稻草狗，不，連狗也不是了，而是只剩下稻草。這時人們心理放鬆了，稻草狗倒了也可以不扶，大人孩子都可以在上面踩過來踩過去，因爲用不了多久，這些稻草狗就跟其他的稻草一樣成了灶底灰了。

順便也解釋一下橐籥。橐籥，就是古代的風箱，做飯鼓風用的。古代的風箱也許與現代的風箱不同，但工作起來的原理是一樣的。

天地悠悠，宇宙浩浩，它們是仁義的嗎？你不能說它們是仁義的還是不是仁義的。聖人與天地是一樣的，他秉負著天地宇宙的造化，涵養著世界萬有。你也不能說他們是仁義的還是不是仁義的。仁義的概念是人自己造出來的，人們以爲好，就強加給天地和聖人，殊不知這太可笑了。

把鳥抓來，養在籠子裡，每天按時供水，供食，甚至捉小蟲來給牠吃。養鳥的人算是仁義的呢還是殘忍的？孩子生出來，每天餵他牛奶，巧克力，太陽熱了，怕他曬著，風來了，怕他吹著，這樣的孩子倒也白白胖胖，招人喜歡。等到孩子長大，還是不放心他，走遠路怕他累著，出遠門怕他迷了路，只好讓他守在身邊，看著他。你說這父母是仁義的還是可怕的？據說有這樣一個囚犯，臨到被處決時，想見見母親。這個囚犯是個盜賊。母親來了，淚眼看著兒子。兒子說，媽呀，我已經沒幾天活頭了，我是罪有應得。只是臨死的時候，我想再吃一口您的奶。這個媽，對待自己的兒子，從小就是百依百順。兒子還是孩子的時候，偷了同學的一支鉛筆，當媽的見了，誇孩子機靈，能把別人的東西拿來，行。後來，這孩子再拿別人的東西就不是偶爾的了，可當媽的一直護著。十幾年後這孩子就成了囚徒。兒子臨死了，當媽的自然滿足兒子的要求。可是當媽的沒有想到，兒子一口把媽的奶頭給咬掉了。媽說：孩子，你怎麼咬媽呀？兒子說：媽，我恨你！

你說這媽是不是仁義的呢？

世上的小事尚且分不清仁義還是非仁義，更何況聖人和天地呢。

老子說，天地不是來實行仁慈的，天地的行爲，說不上仁慈還是不仁慈，它不是按照人間的理來行事的。萬物在它眼裡，無非都是些稻草狗樣的東西，用不著特別顧惜。道是幹啥的？得道者生，失道者死，萬物按照它們各自的規律完成著自己的邏輯。風雨來時，芭蕉葉會破裂，但小草萌發。不能說風雨格外照顧了小草，而摧殘了芭蕉。風雨有風雨的規律，小草有小草的來由，芭蕉有芭蕉的必然。高山爲谷，峽谷爲陵，滄海變成桑田，桑田還會變，或者還變成大海，或者變成了高山，其間的必然性人看不出來。上帝的手指也不多事。像蘿蔔種子樣的那粒東西，該爆炸時就自然爆炸了，爆炸之後誰也沒管它，太陽系銀河系什麼的都是它自己要有的。上帝最是個吃涼不管酸的主兒。上帝是誰？不是基督教中那個上帝，那個上帝是西方人的。我所說的上帝是指統管上天的帝王，也就是道。道。啥都不管，但又啥都不能逃脫它。鳥失道就不飛，人失道就不活，黃狼晝寢，老鼠夜行，豬臉長，貓臉短，這都是道所使然。眞正的有智慧的人，不是拿著仁慈當旗幟擺，也用不著太操心。更不要以仁義的名義，以保護人民的名義，以爲人民謀利益的名義，來鼓吹不切實際的形式主義。你只要給他們一個寬鬆的生存環境就行了，思想自由，人們精神上就舒服，笑意就會停留在人們的臉上；行動自由，人們就會有辦法來做他們想做的。他們想做的事，就會做得好。做得好，效益就好，效益好，他們就高興。難道人民高興不是聖人想做到的嗎？

天地之間，就好比是個大風箱。風箱我們都見過吧？裡面是空的，中間有一根拉桿，拉桿上有用雞毛或鴨毛密密紮成的推進器一樣的裝置，兩頭都有進風孔。拉桿不動，它是平平靜靜的，拉桿一動，帶動推進器移動，它就開始生風。風是平白無故地被鼓動起來的。民間現在還有人在用風箱鼓風，一個小孩子就可以讓風箱動起來。城市用風箱的人已經不太多，改用鼓風機，沒有了拉風箱的那種樂趣，但原理是一樣的。

老子說天地就好比是個大風箱，只是它是個沒有拉桿的風箱。它不應該動。可是，天地間好像沒有一天安寧過，國與國之間戰爭不斷，你殺過來，我殺過去，鮮血殷紅，人骨慘白，「可憐無定河邊骨，猶是深閨夢裡人。」武器越來越先進，殺人的方法也越來越殘忍。戰爭的起因多是因爲政治，就是不是因爲政治也要給它起個政治的名字。諸侯與諸侯，爲了爭奪一個妃子，就可以打起仗來。但打仗的原因決不說是爲了一個妃子，那就該說是爲了國家的尊嚴。可是，這個尊嚴爭過來，只陪著國君睡覺，兵丁們連看一眼的份也沒有。爲了這個所謂的政治，出了好多的政客，政客爲了政治的寶座，每天紛爭不斷，指責對方的錯誤，捍衛自己的觀點，明的不行來暗的，陽謀行不通就來陰謀。這很需要人，需要陰謀家、黑手黨、武士、說客……雞鳴狗盜之徒都用得上。

政客的政治，就是流血，不是身體流血就是精神流血，身體流紅血，精神流白血。所以人不是紅血球過多，就是白血球過多。政治爭到眼紅的時候，就啥也不顧了，誣陷、竊聽、離間、暗殺、美人計、明修棧道，暗渡陳倉……無所不用其極，甚至乾脆殺父弒君。

這樣一來世界就熱鬧非常，名人都是些搖唇鼓舌之徒，人人都以這些名人爲榜樣，各樣的名人學校經久不衰，高分者都發證書、定學位，戴帽分配到某大人物那裡去當門客，一進門的待遇就是副高職。

榜樣有了，世上的人就有了生活的奔頭，每位父母都在給孩子加壓，說是你要是考不上學，當不上門客苦難的日子就沒有頭，上對不起祖先，下對不起後代。努力呀孩子，你看對門那孩子多有出息，回回分數全校第一。哪像你！於是孩子們鑿壁的鑿壁，偷光的偷光，等待落雪的等待落雪，揀螢火蟲的揀螢火蟲，還有的孩子想了個絕法：頭懸樑，錐刺骨，自己懲罰自己，讓自己長記性。

誰說天地這個大風箱沒有拉桿，人的欲望就是百折不撓的不銹鋼拉桿。爲了滿足自己的私欲，人什麼都可以想，啥事都可以幹。拉桿不停，風能止嗎？風不止，這個大風箱能靜嗎？人人都在風箱裡被風吹得團團轉，人的靈魂能不失迷嗎？人的靈魂一失迷，人就像紙片那樣在天上飛來飛去，而失去了自己的溫馨的家園。

人找不到家了，很可怕吧？一個個孤魂野鬼似的，沒個落腳處。還有更可怕的，就是本來已經找不到家了，反而傻乎乎的還不知道，甚至反認他鄉是故鄉，把自己的寫字臺擺進了魔鬼的野窟。

天地本來是靜靜的，天地間的人也應該是靜靜的。平平靜靜的日子任其平平靜靜地流，不要人爲地攪動。人人都按照人的本來心靈做事，會很好。

老子說，我說靜，可是我又說了這麼多，這樣還叫靜嗎？我搖唇鼓舌，我的口腔不也成了大風箱？且住，再說我就陷入怪圈裡了。

寧靜。

第6章 是誰讓時間彎曲的？

原文

穀神不死，是謂玄牝。玄牝之門，是謂天地根。綿綿若存，用之不勤。

注釋

穀神：生養之神。玄牝：指雌性動物的生殖器，這裡形容道。勤：盡。

譯文

道是永恆存在的，是宇宙最玄妙的母體。玄妙的母體之門，是產生天地萬物的根源。

它連綿不斷，渺渺茫茫，似有似無，用之不盡。

趣讀

小痞子走在街上，雙手斜插在褲子口袋裡，他的眼神兒也是斜的。他所留心的決不是有關宇宙來源的問題。有一種欲望在他的心裡作怪，浮在表面上的那種欲望。或對一個好看的女孩多看幾眼，或想著如何撈到錢。其實，不只是小痞子是這樣的，我們每一個現代人哪一個不是這樣？被欲望驅使的我們，哪一個不是心急火燎的猴樣兒？不過，越是有地位有身分的人，越容易故作姿態罷了。不是有這樣的人嗎，本來做了件爲「人民幣」服務的事，卻把它說成是爲人民服務；本來是想把另一個人置之死地，卻擺出了要跟那個人結成親家的樣子。貪污不叫貪污，改名兒代爲國家保管錢財；遊覽不叫遊覽，叫做出國考察；吃飯不叫吃飯，叫檢查團指導工作；賭博不叫賭博，叫給上級解悶兒。當官兒不好聽，因此改叫公僕，可是見了老百姓，脖子挺得像長頸鹿。這些人哪如小痞子可愛？

世界就這樣被欲望驅使著，使人忘了自己姓甚名誰，自覺不自覺地，把生存的過程當成了生存的目的。可卑呀，本來是自己頭朝下，卻抱怨世界顛倒著，本來是自己閉著眼睛，卻說牡丹花沒有開。

欲望讓我們頭昏腦漲，欲望使我們像陀螺那樣不停地旋轉。老子說天地像個大風箱，其實，我們每個人都是個大風箱，這個大風箱被各種各樣的欲望操縱著，心肝脾肺腎亂動一氣，讓人沒有安寧的一刻。大腦呢？我們已經沒有了大腦，只剩下一塊欲望之肉了。

靜下來，聽聽老子在說什麼？

心不靜，我們聽不見老子的話。老子的話需要心靈上的感應，感悟。且讓我們坐好，兩腿雙盤，五心沖天。哪五心，兩個腳心，兩個手心，再加上頭頂心。嘈雜的、紛亂的、已經失去理性的世界離我們越來越遠了，我們就當那是我們昨天做的一個夢。

有人在說話，隱隱約約的，似從天外飄來。是老子的聲音嗎？還是天地本身發出的聲音？

「穀神不死，是謂玄牝……」

什麼叫穀神？人是吃五穀的，世上的事物是不是也吃五穀呢？如果它不吃五穀，它是怎麼發育起來的呢？我們假定它們都吃五穀。那麼自然之神、讓萬物化育生長的神，就是穀神。這位化生萬物的神是不死的，祂永遠獨立於生生死死的事物之外。祂讓別的東西死，祂不死，祂讓別的東西生，祂不生。不生不死，不死不生，眞的有這樣一個超邏輯的東西存在，西方人把祂叫上帝，東方人把祂叫穀神。這位不死的穀神，說到底，就是個玄妙的母體，再說白點，就像女性生殖器一樣，宇宙間的萬有，甚至包括宇宙本身都是祂生的。

這個東西有沒有呢？有。要不然不好解釋。可是，有誰看見過祂呢？好像還沒誰看見過祂，但我們在冥冥之中感覺得到。不信你仔細感覺一下。祂像一個黑洞，深不可

測，世上一切的東西，日月星辰、大小天體，包括塵埃，好像都在朝著祂聚攏，又好像離開牠遠去。擴散開來了宇宙就看不見邊緣，收攏起來，宇宙就是個微小的顆粒。

愛因斯坦說，時間是彎曲的。可是他沒有說，是誰讓時間彎曲的。霍金說，宇宙是爆炸著的，可是他沒有說，是誰讓宇宙爆炸的。

老子說，這個若存若亡的、好像有又好像沒有的道，也就是這個穀神，別看祂虛無縹緲，不好捉摸，祂可是有著奇妙無比的作用。就是說，時間是祂給弄彎曲的，鳥是祂讓飛走的。

第7章　想要的，得到的是負數

原文

天長地久。天地之所以能長且久者，以其不自生，故能長生。是以聖人後其身而身先，外其身而身存。非以其無私邪？故能成其私。

譯文

天地是個長久的存在。天地之所以長久，爲自己而存在，所以它反而能夠長久。

同理，大智者把自身擺在後面，反而倒占了先。他把自己置身度外，反而得到了保全。

這不正是由於他無私，反而成全了他的私嗎？

趣讀

我們人生活在地球上，這個地球在天空的包圍之中。就是說我們被地托著，讓天包著，天是我們的被子地是我們的床。我們有著赤腳走在田埂上被泥土所親的感受，也有著七月看天上雲彩變化的情趣，可是，我們之間又有誰深想過這個天地是怎麼回事？

「曰：遂古之初，誰傳道之？上下未形，何由考之？冥昭瞢暗，誰能極之？馮翼惟象，何以識之？明明暗暗，惟時何爲？陰陽三合，何本何化？……」

「天上明月來幾時。今日停杯一問之。」

「明月幾時有？把酒問青天，不知天上宮闕，今夕是何年？」

「看那天上的流星，是誰提著燈籠在走？」

從古至今，也許只有詩人們在關心著天上的事情。但是，詩人寫完詩，也就完了。天空是詩人寄託情致的一只容器，僅此而已。

做這些詩的詩人們都已經不在了，可是天地依舊。地老天荒是個形容詞，人看不到。人看到的是天的永存和地的長在。「天長地久有時盡，此恨綿綿無絕期」，極言此恨之長，只有詩人才這樣說。

沒有人去思考天地到底是怎麼回事，不是因爲別的，因爲沒有工夫。

人太忙了，世界上好像沒有再比人更忙的動物了。也許你說這不對，有好多的動物是比人要忙的。螞蟻、蜜蜂、老鼠等等的，不也很忙？且人還有睡覺的時候，休息和娛樂的時候，動物行嗎？像那老鼠半夜裡還在搗洞。的確有比人還不知道閒著的動物，可是，這些動物的忙是一種本能，牠們的忙好像沒有目的。人可不行，人是無論做什麼都有著自己的明確的目的性的，人的休息安閒和仙鶴的瞌睡不是一回事。人在睡覺時還在做著夢，人在現實當中實現不了的欲望，在夢中也要實現。

古時的姜太公，在渭水河邊，手持魚竿，那個安閒勁無人能比，可是這老頭是眞的想釣魚嗎？還有近代的袁世凱，官場不得意，回到河南老家，寬穿衣裳，也學著姜尙的樣子釣起魚來。他這時的心境寬鬆得了？

人爲了達到自己的目的，往往不擇手段。欲擒故縱、圍魏救趙、過河拆橋、虛張聲勢、假話眞說、眞話假說、裝瘋賣傻、口蜜腹劍……三十六計、七十二招兒，無所不用其極。

這就是人的聰明之處，也是人的可怕之處。可怕的聰明。老子要人們絕賢棄知，老子早就看到人的這種可怕了。

人像貪吃的蟲子那樣貪婪，卻又比蟲子自私，比蟲子心眼密，比蟲子有理論和邏輯，比蟲子會組織、會鼓動，比蟲子有文化，有教養，還會辦報紙、辦刊物、辦廣播、辦電視什麼的，而且發明出電腦，這就使人更加有恃無恐，自鳴得意，錯以爲自己就是天地間的主人，可以統領一切，指揮一切，可以隨心所欲地把人的夢想隨處栽種。想把森林改成糧田，就把森林交給刀斧；地下的煤有用，就把地掏空；把黑熊捕來，先要割下熊掌；把鯊魚殺死，要的就是魚翅；鹿長角，人割鹿茸，竹有芽，人刨竹筍；老虎可以藥用，殺虎不留骨；孔雀羽毛好看，雀尾無完翎……地球，供人居住，還得供人糟蹋，好像誰也沒想到有糟蹋完的那一天。不，有的人也許已經想到有一天地球上會過不下去，但人不是有所收斂，而是把目光掃向地球以外的空間，月亮、金星、木星、土星、火星……美國人登上月球的那一刻，就意識著整個人類野心的進一步實現。所以，當傳說有外星人駕著飛碟出現在人類的上空時，人比任何一種動物都要恐懼。這是人的私心使然。

一個罪犯被槍斃之前，法官問他有什麼想法。罪犯說：我死有應得。

這名罪犯也許是殺了人，也許是搶了銀行。不管他幹了什麼，都是因爲滿足自己的私欲。有句老話說：人爲財死，鳥爲食亡。人已經聰明到連鳥的死因都查清了，但人仍然陷在爛泥塘也不能自拔。鳥翅膀上拴上金塊就飛不遠，人的私心不退就活不長。這個人，代表著整個人類。

是誰說的：有的人活著，他已經死了，有的人死了，可是他還活著。說這話時有個標準，那就是爲公還是爲私。爲了一己的私心，苟且地活在世上，就是活著也是行屍；爲了公眾的利益而死，就是死了也有威名。

看來，私心是導致早死的根源。

誰也沒有見過天地的死亡。天地之所以不死，是因爲天地沒有私心。也許天地早晚是要死的，但是，相對於人來說，那天地的演化過程是很緩慢的。莊子曾說，朝生暮死的菌苔，不會懂得一個月的長短；夏生夏死的蟬蛄，也不會懂得啥叫春秋。相對於天地來講，人就如同朝生暮死的菌苔，怎麼能夠懂得天地有多麼久遠呢？人過一天，某些細菌已經繁衍了多少代。在這些細菌眼裡，人等同於上帝。可是在上帝的眼裡，人跟細菌大概也歸爲一類。

老子說，天地之所以長久，是因爲它沒有自己的私念，它讓世間萬物按照自己的規律發展和滅亡，它從來不把自己的意志強加給誰。它不因爲太陽亮堂堂，就排擠黑夜，也不因爲彗星有尾，就夜夜安排它值班。它不會老因爲天有九日而焦心，也不因爲天狗吞日而憂慮。天怎麼是這個樣子？因爲它本來就是這個樣子；地怎麼是這個樣子？因爲它本來就是這個樣子。天有沒有自己的想法？有。沒有想法就是它的想法。行星各有軌道，恆星各有據點，爆炸你就爆炸，聚攏你就聚攏，天地從來不干預。

聖人是天下最聰明的人，聰明的人從來不多事。因爲他懂得，天地的管轄範圍夠寬的了，但天地言語過一聲嗎？天地不言，不等於沒有威嚴。天地不動，不等於沒有效果。天地無私，卻成就了天地的事業。執斧伐柯，其則不遠。現成的樣板聖人豈能不效法？

聖人不怕死，反而不會死，聖人不爭搶，反而非他莫屬。爲什麼這樣？辯證法就是這樣顯示，信不信由你。不只是聖人，誰也是一樣。想那戰場上，槍林彈雨，戰士們不是因爲怕死才沒死，而是因爲不怕死才沒死。心底無私，氣定神閒，子彈到了跟前也得繞開；如果怕死，還未開火先濕了褲子，子彈還沒到，神先散了，魂先掉了哪有不死的。就是眞的沒死，也等於死了一樣。若是英雄，就是死了，也會流芳百代。英靈在世上像鮮花那樣盛開，怎麼能夠說他死了呢？

不想獲得什麼的人，人們反而都會給予，連名譽帶物質；佛連自己的身體都不要，祂一心救世，世界回報給祂的是世世代代的崇敬和連綿不斷的香火。孫中山先生爲了國家和人民的利益，把大總統的位置都讓出去了，但孫中山卻成了一國之父。那位袁某呢，除了河南留下一墓地外，再有的就是不大好的名聲了。清官劉羅鍋不想要什麼，人們卻給了他好多；貪官和坤啥都想要，結果連命都沒了。

所以老子說：「後其身而身先，外其身而身存。非以其無私邪？故能成其私。」

想得到的沒得到，不想得到的反而得到了；不怕死的死不了，怕死的反而死了。事物的深層邏輯就是這樣，老子教誨了多少年，可是我們總是懵懂著腦袋，好像還沒聽懂。

第8章 化成一泓清流

原文

上善若水。水善利萬物而不爭，處眾人之所惡，故幾於道。居，善地；心，善淵；與，善仁；言，善信；政，善治；事，善能；動，善時。夫唯不爭，故無尤。

譯文

最高的善像水一樣。水善利用萬物而不與之相爭。它甘心處在人不願待的低窪之地，這一點跟道很相近。

居身，安於卑下；存心，保持寧靜；交往，講究誠愛；言語，信實可靠；爲政，天下歸順；辦事，很有能力；行動，合乎時宜。

唯有不爭不競，所以無過無失。

趣讀

《道德經》分爲上經與下經，上經爲「道經」，下經爲「德經」。啥叫道？道叫道。道，就是道路之道。有人說叫規律，規律難道不是道嗎？比方我們要到一個地方去，不沿著道路怎麼能夠到達呢？戰國時期那位「拔一毛而利天下不爲也」的楊朱，走路時遇到岔道，不知走哪一邊才能到達目的地，因此蹲在岔道口大哭了一場。楊朱泣路的形而上意義在於，道路的問題無疑太重要了。

老子指明的道，是一條無形的道。道雖寬，卻只有一條。那條道，是人類回家的道。所以，老子不厭其煩地在講道的情形，他老人家多麼願意我們都跟著他走，到那一般人到達不了的地方，看那裡開滿了奇妙之花，結滿了奇妙之果，布滿了奇妙之香。

現在的道路已經現代化，鐵路、公路、高速公路、飛機航道、輪船航道、海底隧道，還有資訊高速公路，地球小了再小，改名叫地球村了，比個村子還小了，一通電話打過去，萬里之外的人如在目前，眞的是天涯若比鄰了。這樣的道路，再先進，也能理解。可是，老子說的道，就不那麼好懂了，因爲它是一條精神之路，看不見，摸不著。可是，不沿著它走，就回不到人類的精神家園。

老子說。我沒法明晰地告訴你道的具體形狀，因爲這個道無形無狀。如果非要我說不可，那麼，我請你觀察水。

水有形卻是無狀，誰也不能說水是方的或是圓的或是錐形、菱形的，你把它放在方的容器裡，它就是方的，你把它放在圓的容器裡，它就是圓的。它柔弱得好像沒有自己的性格，好像誰都可以欺負它一把。壘個土壩攔它，它就蓄止不動；舉起刀劍劈它，它就乖乖受著；你把它弄碎了，它就像珠子那樣圓潤，你把它弄長了，它就像蛇那樣滑行；它遇熱成汽，遇冷結冰，遇風起浪，遇水相溶。河由它淌成，海由它匯成，井有水才是井，泉有水才是泉。誰都願意向著高處，唯有水，無論你把它提到多高，它都向著卑下處。

這就是水。它平靜、柔弱，像個無骨的少女。可是，誰又能離得開水呢？人、畜以及一切的有生命的動物、植物，離開水就不能活。就是沒有生命的東西，一旦離開水，也就沒有了靈氣。細察人類的歷史，哪個民族的繁衍之根不是源於大河流域？沒有水，就沒有地球，地球就是另一顆火星。水不僅給了人以生命，還給了人多少的便利！天上飛的，地上跑的，哪樣能夠離開水？更別說輪船舟楫之類的水上工具了。

水唯能下方成海，海的容量、海的能量、海的氣勢什麼東西能比？正是水這種最柔弱、最平靜的東西，卻又是最厲害、最可怕的東西。錢江潮見過沒有？那氣勢所向披靡、氣沖牛斗；海嘯聽說過沒有？掀天蓋地，不可一世。我們大家都知道，最硬的東西，可都是水給磨平、水給擊穿的。山在水面前，只有被纏繞的份兒，山曾經想阻止水，可是，青山遮不住，畢竟東流去。山之險，只能襯托水之奇。

水的靜，也許比水的動還要可怕，越深的潭，就越平靜；這種平靜就意味著它深不可測。俗話說，近怕鬼，遠怕水，鬼是因爲知道情形才怕，水是因爲不知深淺才怕。水爲啥可怕？因爲水會把人及一切有生命的東西淹死。平靜的湖面上，有幾朵鮮艷的花漂著，據說那是水鬼故意擺上去的，它在引誘你，向你訴說著死亡的美麗，然後你走過去，雙腳拍打著水面，突然你一下子滅頂，連哼一聲的機會也沒有，水面上只留下一團髮菜樣的亂髮，只一霎兒，水面就又恢復了平靜。可怕不可怕？

可是，如果你懂得了水性，那麼，你就自由了。人可以像魚那樣在水裡俯仰自如，有的人甚至可以躺在水面上看書。利用了水，萬噸輪就成了可以游動的陸地；利用了水，發電機組就可以日夜轟鳴……水、水、水，有哪一樣能離得開水呢？水的好處、水的用處，也跟道一樣無處不在嗎？

用唐太宗李世民的話來概括就是：水可載舟，亦可覆舟。還可以用另外的一句話來說明：順之者昌，逆之者亡。

所以老子說：水……故幾於道。翻譯成白話就是：水這東西，差不多就是道了。

人，應該靠近水。既然是在水邊繁衍來的，既然在母腹中也是在羊水裡泡著，那麼就應該知水性，知水性，靈魂也如水。

水唯能下方成海，山不矜高自及天。人呢？是擺著個架子才是人呢，還是相反？人也許很了不起，可是，當人有了了不起的想法，人的價值就沒啥了不起了。高傲的人不懂得這個，所以才高傲，矯飾的人不懂得這個，所以才矯飾。高傲的人在別人眼裡其實很低，像影子似的被人踩在腳底下，有時還要被啐上一口唾沫。矯飾的人等於自己給自己在臉上一層一層抹雪花膏，他以爲抹得越多越美，所以就把臉當成了一堵牆。人就怕自己不認識自己。

如果你暫時得不了道，那麼你先像水那樣活一段時間試試。

老子說，居，善地。哪裡是善地？能容納你的地方就是善地。與你相容的地方就是善地。對於水來說，無處不是善地，水是隨遇而安的，流到哪裡都行，無論那裡多麼低窪，多麼凹凸不平，它都會默默地把它填滿、撫平，不留一點縫隙，不留一點痕跡。人，你的心胸就是大海，山大的事情，埃佛勒斯峰那樣的大事，沉在心海裡，應該連個芥蒂大的疤痕也留不下。心靜如水，心如止水，心就是水，水就是道，道與心在這裡相合相契。

老子說，心，善淵。心像深淵那樣。深淵，水多水深水靜，裡面有大魚，有蛟龍，映日映月，大鳥從天空飛過，淵底就會留下鳥翅的刷刷聲響。因爲太靜了。你的心境能這樣靜嗎？是能一會兒還是經常如此？是沒有事的時候能，還是在任何時候任何情況下都能？一個人，做到心如止水也許不難，難的是能把天大的事看小，能把巨石像紙片那樣拋向天空，能夠臨危不懼、處變不驚，能夠把敵人射來的子彈像小鳥那樣抓在手裡，聽它那動聽的歌唱。如果眞能，那麼你離得道不遠了。

老子把人當水看，水是人格的最高顯示。人與人交往接觸，就像水與水相交，兩股水或者不論多少股水匯在一起，就不再有分別。人行嗎？我們都是來自五湖四海，可是卻很難像水那樣相溶相親。黨外有黨，黨內有派，一人是龍，三人成蟲，嫉妒心、猜疑心、貪心、殺心，還有那何其毒也的狼子野心，這個心，那個心，都來排擠、啃噬人的愛心。多可怕！所以老子諄諄教誨：言談，要像水那樣，循循善誘，平和清靜，以誠感人；施政，要像水那樣，走到最底層、最遠處，走到人心的深處，只有得了人心，才能談到治理。得人心者得天下，失人心者失天下。如果像浮在水面上的乾皮瓠瓜，哪怕你在上面塗了好看的顏色，也與那底層的事物不相干。老子說，水見機而行，人也應該抓住每一個機會，坐失良機的事都是人造成的。水不，有誰見過大堤開了洞口，水還愣在那裡不動的？水的能量是隨時隨地可以體現的，人要是做起事來，要是能像水那樣就好了。

老子說，水善於利用萬物而不與萬物爭競，所以水永遠沒有過失。在水面前，人不能只照照自己塗過香水的臉面就拉倒，人還應該把自己變成水，走到懸崖邊，跌碎自己，然後組成新的江河。

第9章 手起刀落，地下是誰的頭顱？

原文

持而盈之，不如其已；揣而銳之不可長保。金玉滿堂，莫之能守；富貴而驕，自遺其咎。功遂身退，天之道哉！

注釋

已：停止。揣：磨鍊。

譯文

保持財貨盈滿，不如罷手爲好。磨洗使之鋒利，薄鋒豈能長保？縱使金玉滿屋，到底誰能守？富貴而又驕縱，自己招致禍災。功成業就引身而退，這才符合自然之道。

趣讀

俗話說，欲海難塡。爲啥難塡？因爲人心貪得無厭。

這是最後一把，他把最大的最後一筆賭注都下上了，如果他贏了，他繼續當他的老闆，繼續在星期六的晚上來做賭徒。如果他輸了，可就慘了。從此後，他就成了一文不名的窮光蛋。那時他或者自殺，或者當歹徒。

捉牌時他的手開始顫抖，這已經不再是手，而是野獸的爪子。他這隻欲望之獸，總想著把天也一口呑下。平時他當老闆就是這樣當的。大魚吃小魚，小魚吃蝦米。他已經擠垮了多少對手，讓他們成爲手心向上的乞丐。他沒有想到自己會輸，可是這回他輸了，而且輸得極慘。

牌已到手，看牌只是一瞬間的事，他不敢看。這時他的手顫得更加厲害，臉上的肌肉也開始痙攣。這是看得見的。看不見的是他的那顆心。那顆心已經不是心了，而是一塊破布，一塊散發著霉味的抹布，或者是一塊已經漸成碎條、仍然還在被人揪扯著的灰色門簾。他已經看到自己光著身子在街頭垃圾堆裡揀垃圾吃的狼狽樣子。他是全裸的，只剩下一個褲頭兒。他的心、他的靈魂，會連個褲頭兒也沒有，赤裸著，在光天化日下乾曬。

他蒼白著臉把牌翻開。

他贏了。眞的！

他的臉繼續蒼白。

對家的臉也開始蒼白。

對家的心也開始向抹布轉化。

他的心臟像青蛙那樣狂跳，本來他還想像青蛙那樣大叫一聲：萬歲！

可是，他喊出來的卻是一聲長臂猿似的怪叫，隨後一口黑血噴在桌子上。

他死了。

這是一個賭徒的下場。

秦朝宰相李斯，眞是聲名赫赫，不可一世。可是有一天他成了階下囚。臨行刑的時候，他對他的小兒子說：「我跟你，還能夠牽著咱那捲尾黃狗，穿過上蔡縣城的東門，到山上去追獵野兔嗎？」

一部《紅樓夢》，寫的就是從有到無的過程。那樣一個鐘鳴鼎食之家，白玉爲堂金作馬，炒個茄子菜吃，雞汁煨蟹汁泡的，竟讓那個種了一輩子茄子的劉姥姥吃不出一點茄子味來，就是這樣一個大家族，說了個完，呼啦啦就完了。眞的是一場夢。

日驕則偏，月滿則虧，弦緊則斷，神散則死。

人怎麼能夠沾沾自喜，怎麼能夠妄自尊大？

人怎麼能夠不可一世，怎麼能夠專橫跋扈？

人怎麼能夠忘乎所以，怎麼能夠不自量力？

我已經說過了，人都是自殺的。

老子主張，「反者道之動，弱者道之用。」剛的反面是柔，唯柔能夠克剛；強的反面是弱，唯弱能夠勝強。所以他說，太滿就要溢，太尖就會斷。將滿的容器，就不要再添，已經很鋒利的銳器，就不要再銼。如果你已經暴富，這可不是好事，強盜即使不來搶，那東西也要生蟲的。更可怕的是，一個已經富有的人，頭腦就有可能變得懵懂，會做出只有傻子才能做出的混蛋事來。有人說，我窮得只剩下錢了。這是痛心之言。錢，啥都能買來，也包括災禍。災禍並不難買。流行著一句話，叫做：男人有錢就變壞了；女人變壞就有錢了。錢和壞總是站在一起，它們是夫妻嗎？抑或是鳥和鳥的影子？

你有了地位，謙遜點好不好？等你從高處摔下來的那一天，也好有人在下面給你舖點軟草，不然的話，會把骨頭摔斷的。你有了名氣，收收下頦如何？總是那麼仰臉看天，當心天空中的烏鴉糞污染了額頭。再說，你不低著點頭，地下的石頭也會絆你個跟頭，更別說地上還有陷阱。你有了錢，說話和氣點行不行？錢那個東西，最髒了，連愛滋病都會傳染的。等你眞的傳染上愛滋病了，你那錢可就一錢不值了。

人啊，無論做什麼，如果失了度，就會自己給自己的脖子上套一個扣兒。自己最後把自己勒死，還怨天尤人，死不瞑目。

你是誰？誰是你？你喜歡錢，錢是你嗎？你有了名，名是你嗎？你當了大官，官是你嗎？當燈紅酒綠的時候，你在哪裡？當眾人向你鼓掌的時候，你在哪裡？你有沒有迷失自己的感覺？你有沒有找不著方位的感覺？你是不是像風箏那樣有點發飄？你是不是像醉漢那樣有點眩暈？你敲敲自己的腦殼，是不是有點像沒有靈魂的木瓢？你咬咬自己的手指，是不是像是啃吃已經乾透了的木薯？

功遂身退，老子說這是最好的保存自己的辦法。老子不是讓你遁世深山，而是讓你有了功不居功，有了名不持名。任何時候，都不要失了你人的本性。

在你回家的路上，就像唐僧西天取經的路上一樣，也要經過九九八十一難，也要戰勝數不清的魔鬼，才能取得打開家門的鑰匙。有多少人死在半路上，有多少人與魔鬼同窟，有多少人反認他鄉是故鄉！

不得不警惕呀，你也許正在向自己舉起屠刀。手起刀落之時，地上那是誰的頭顱？

第10章　上帝也喜歡單純和潔淨

原文

載營魄抱一，能無離乎？專氣致柔，能嬰兒乎？滌除玄覽，能無疵乎？愛民治國，能無爲乎？天門開闔，能爲雌乎，明白四達，能無知乎？生之畜之，生而不有，爲而不恃，長而不宰，是謂玄德。

注釋

營魄：魂魄。抱一：守一，融合為一。天門：人的感官。

譯文

誰能使心靈與眞道合一，沒有間隙？誰能使精氣柔和，好像是嬰兒？誰能洗淨心中的雜念，使之像個明鏡？愛民掌權，誰能夠克己順道，無爲而治？感官心智，一開一合，誰能做到安靜柔順？明白通達，誰能超越人智，擺脫知識？

道生育萬物，而不占有，幫助了萬物而不居功，是萬物之主而不任意宰割，這是深不可測的大德。

趣讀

人的素質大概不在於人的外表，而在於人的靈魂。有的人外表很好看，但是靈魂很骯髒，有的人長得雖說醜，但靈魂很潔淨。長得又漂亮，靈魂又潔淨的人眞是難得。俗話說，孩不嫌母醜，狗不嫌家貧，因爲這裡面有很深的感情在起作用。與人交往得久了，我們都會有這樣的經驗：朋友的音容笑貌永難忘記，不是因爲他長得好看，而是因爲他人好。仇敵的樣子也許非常漂亮，可是，我們想起來就恨得不行。靈魂是本質的東西，容貌只是裝飾。內在品質和外在包裝統一了好不好？好，在街上一走，就知道誰是好人，誰是壞蛋。可是，這樣的現象現實當中並不多見，影視裡、舞台上倒是在在多有，不過，那只能證明導演蹩腳。

皮囊和靈魂組成了人這麼個東西，也許是因爲組裝者的粗心，或者乾脆就是爲了好玩，往往把靈魂和肉體隨意搭配，其情形大概就像進行化學配比試驗。這個人多點惡毒，那個人少點幽默，這個人讓他鼻子高挺，那個人讓他嘴角高翹，到忙了起來的時候，也有弄得很差的，靈魂和肉體都沒有達到應有的標準，這樣的人大概就是白癡。甚至還有把性別弄差了的，把女人的靈魂、男人的肉體胡亂裝在了一起，害得一些人到世上來還要尋死覓活地換性。前兩年就有個男人，憑著醫生的一把手術刀把自己給變了，變成了一個美麗的女人，並且起了個很好聽的名字：蝶衣。據說這樣一來，給社會添了好些的麻煩，首先，戶口本上的性別那一欄，就不知該怎麼辦好，因爲好像別的還可以改，可是性別從來是不能改的。還有更麻煩的，就是如果他她曾經有過孩子，那麼這孩子是跟他她喊媽媽呢還是繼續喊爸爸？他她的弟弟妹妹，是跟他她喊哥哥呢還是喊姐姐？他她的父母是跟他她喊兒子呢還是喊女兒？好像怎麼辦都不好。所以他她只好更姓改名逃到另外一個沒人知道他她的地方，重新開始。

以上是閒談。我想說的是與老子有關的事情。老子說的「載營魄抱一，能無離乎」，不是指的靈魂和肉體的搭配問題，老子看人不注重外表。老子說，你這個靈魂跟你這個肉體是不是經常在一起？

誰來回答老子的話？

我們之間有誰能夠做到靈魂和肉體刻刻相守？你別看我們的身子在這兒老老實實地坐著，可是你的念頭不知已經到了哪裡？你的肉體到廣州去，還得坐飛機、坐火車。就是大鵬扶搖九天，也得憑藉大風托起牠的翅膀。靈魂用不著，靈魂可以不要任何交通工具神遊八極九荒，沒有時空障礙。人不能回到過去，靈魂可以，時間隧道可以瞬間穿過。月球上去一次不容易，目前也只有不多的幾個美國人上去過，可是我們的靈魂可以隨時上去。

不但我們自己上去，我們還早就把吳剛和嫦娥送了上去，讓他們在上面像我們在地上一樣，好好過日子。

所以老子說：專氣至柔，能嬰兒乎？須要有一顆童心，像嬰兒那樣單純、潔淨。誰不喜歡單純和潔淨的人呢？看到像絨絨球那樣的小雞小鴨，看到憨態可掬的小貓小狗，人都起喜愛之心。上帝也和人一樣，也喜歡潔淨和單純。

老子說，「滌除玄覽，能無疵乎」，啥叫玄覽？說白了就是心鏡。是說，心的這面鏡子，你能夠不能夠不讓它有半點的灰塵和瑕疵？別處生瘢長瘡都不要緊，就是少條胳膊少條腿、脖子上長個大瘤子、腳上有很嚴重的腳氣，都不會影響你成佛得道，但是心不行。心必須潔淨無比，上帝才有可能接納你。見過嫁接果樹，那樹苗須非常乾淨才行，髒了，接不活。人的靈魂與天空、與道、與佛、與上帝嫁接，能不潔淨？

當初六祖慧能在師從五祖時，那個非常聰慧的神秀作偈子一首：「身是菩提樹，心如明鏡台，時時勤拂拭，莫使惹塵埃。」就是說，我勤奮修行，時時做到身心合一，不讓心鏡染上纖塵。這個境界可以說不錯。

慧能不識字，那時還在寺裡幹粗活。他聽說了神秀的偈子後，也作了一首，讓人抄在牆上：「菩提本無樹，明鏡亦非台，本來無一物，何處惹塵埃？」我一顆心明明淨淨，空空洞洞，無思無慮，無掛無礙，有心等於沒有，又哪裡能夠招惹來雜塵？非常徹底。所以五祖讓他繼承了禪宗的衣缽。

事物有它自己的規律，人本身也有自然規則，頭朝下活著不行，靈魂就更不能顛倒著存在。人有時很痛苦，那就是靈魂倒懸著的時候。靈魂掙扎著，時時想與你這被欲望弄得顛倒的臭皮囊分離，靈與肉相戕相害，到頭來兩敗俱傷。到時候，血淋淋的肉體提著個血淋淋的靈魂去見上帝，那上帝肯定批個條子，讓你下地獄。

所以老子說：「天門開闔，能爲雌乎？明白四達，能無知乎？」

何謂天門？頭上七竅。你那個七竅，能不能像個柔弱的小姑娘那樣，能不能像個嬰兒那樣，不事張揚，好自爲之。你那個所謂的智慧，能不能不顯示？智慧一顯示，還是智慧嗎？你沒見那孔雀，爲了虛榮欣然開屏，牠沒有想到，美麗的羽毛後面，就是最不雅觀的屁眼兒。人有時比孔雀還傻，做了傻事還頗自得。

大智若愚，眞正的聰明人從來不動聲色。

莊子講過一個寓言：南海的帝王名叫儵，北海的帝王名叫忽，中央的帝王名叫混沌。儵和忽經常到混沌這裡來做客，混沌待他們不錯。爲了報答混沌，儵和忽想給混沌鑿開七竅。因爲混沌沒有七竅。於是他們開始給混沌鑿七竅，一天鑿一竅，這樣鑿了七天，七竅成了，混沌死了。

有了七竅還叫什麼混沌？混沌狀態就是體道者最好的狀態。莊子是在用寓言來講求道的理。混沌不是沒七竅，而是有而不用。有目不視，有耳不聞，有鼻不嗅，有口不嘗，有意不去分辨。恍恍惚惚、混混沌沌、朦朦朧朧，身與神合，神與天地合，沿著大道，回到清清靜靜的故鄉。

第11章　一切的數字都是從零那兒來的

原文

三十輻共一轂，當其無，有車之用。埏埴以爲器，當其無，有器之用。鑿戶牖以爲室，當其無，有室之用。故有之以爲利，無之以爲用。

注釋

輻：車輪上的輻條。轂：車輪中心的圓孔。埏：揉和。埴：黏土。

譯文

三十根輻條匯集到一個轂上，轂上有空的地方，才有了車的功用。搏和黏土製成器皿，裡面空，才有了器的功用。給房屋安上窗戶門，門窗是空的，才有了房屋的功用。

因此說，任何實體之所以有功用，是因爲那些空無在起作用。

趣讀

這一章非常有意思。

世上的事物是怎樣存在著的？見了馬，我們知道有馬這種東西存在，而且有白馬和黑馬、「四蹄踏雪」和「菊花驄」、老馬和馬駒、戰馬和役馬的區別。馬是這樣，別的東西也是這樣。天上看星星，就給星星起了名字，爲的是識別它們、記住它們。爲了弄清和把握這些雜而多的事物，人們不僅給各種各樣的事物起了名字，而且還會從顏色、形狀、體積、面積、重量、質量、數量等方面來區分。同樣是米飯，大米飯和小米飯不是一個概念，乾飯和稀飯也不是一回事，夾生飯和悶糊了的飯自然也不同。戰國時公孫龍等人不是閒著沒事做，才去討論石頭的顏色和硬度，他們以爲石頭有堅硬的性質同時還有顏色的性質。白的石頭是石頭，紅的石頭也是石頭，但白的石頭和紅的石頭決不是一塊石頭。堅硬的石頭是石頭，不那麼堅硬的石頭也是石頭，但它們也不是同一塊石頭。從不同的角度認識事物，是人類的一大發明，有了這樣的經驗我們就可以舉一反三，由此推論出世界上其他的事物。

世上所有的事物，好像都是以「有」的形式存在著的，我們誰都見過「有」，可是有誰見過「沒有」？沒有的東西好像沒法見到，更無法把握。人，形形色色，我們都見過了，鬼就沒見過，神也沒見過。神鬼的模樣都是按照人的想像來的，到底啥樣，凡人沒見過，見過的又不是凡人，所以不好知道。我們想像神仙的生活，無非是我們人類生活的外延，天上也種蟠桃，天上也養馬，玉皇大帝住的也是金鑾殿，不過寶座下面多飄著些白雲而已。現在，科學發達了，人看不到的，通過儀器可以看到了，我們知道了原來沒有的東西，並不是眞的沒有，而是沒有看到而已。電、X光、雷射、電磁波……誰見過？但有。發現了，就能用上。發現它們是人類的一大驚喜。爲什麼？因爲人就喜歡「有」，發現它們就等於從「無」到「有」。財富，人類又多了財富。

「有」是好東西，這人早就知道了，而且感受深刻。多少戰爭就是因爲奪取一點啥東西或啥地方引起的。地方之所以有用，因爲它能夠生長財富，對人有用。可是，人好像從來沒有想到，這個「無」也是好東西。這個無，其實不是沒有，它就好比數字中的零。零不是沒有意義的。不僅有意義，而且意義重大。一切的數字，無論是正數還是負數，都是因爲有零作依託。可以這麼說，一切數字都是從零那兒生出來的。那個零，就相當於老子說的玄牝。零就是無，就是沒有。一切的「有」，都是從「沒有」那裡來的，可以說，沒有「沒有」，就沒有「有」。這個「沒有」，也是一種「有」，而且是更有意義的一種「有」。這就是佛家說的「無中生有」。

靈佑站在百丈禪師身邊侍候，百丈問：「誰？」靈佑答：「我。」百丈說：「你撥撥看，爐中有火嗎？」靈佑撥了撥，說：「沒有。」百丈站起身，自己動手，在爐灰深處撥出幾粒火炭。他夾起來給靈佑看：「你說沒有，這是什麼？」靈佑一下子悟了道。

只知道「有」有用，不知道「無」有用，而且是有大用的人，是多麼的可笑啊。

老子說，一根車軸上有三十根輻條，輻條與輻條之間是空的，且車軸也是空的，正是有了這些空的地方，這輛車子才能行走。摶和黏土把它做成器皿，器皿的裡面虛空，這件器皿才有用。搭房架屋，開門鑿窗，有了房子的虛無之處，這個房子才算行。若是裡面不是空的，就沒法使用，就是不開門窗，也不能使用。因此可以這樣說，任何實體之所以有用，正是因爲那些虛空在起作用。

老子說：有無相生。沒有有就沒有無，沒有無更沒有有。

道是有還是沒有？說它有，沒有人見過；說它沒有，它無時無刻不在起作用。道就是那個無，一切的事物就是那個有。事物有它本身的規律，事物也是從規律那兒來的。連天地都是從那裡來的，誰能說道就是沒有，誰又能說道就是有？

空的布袋才能裝東西，空的笛子才能出聲音，空的天空才能容納日月星辰，空的胃口才能吃烤鴨……空靈空靈，只有空，才能靈。很難想像，一個被欲望塡滿了心靈的人，還能夠有靈性的火花閃現。那種被名利和貪欲墜變了形的心靈，已經成爲實心的鐵砣，它還有什麼用處？漚糞？好像也以能漚糞了。

第12章　鮮花和餡餅砌成的陷阱

原文

五色令人目盲；五音令人耳聾；五味令人口爽；馳騁田獵令人心發狂；難得之貨令人行妨。是以聖人之治也，爲腹不爲目。故去彼取此。

注釋

行妨：幹壞事。

譯文

好看的東西使人眼睛昏暗，好聽的聲音使人耳朵發聾，好吃的東西往往使人失去味覺，騎馬打獵使人心意癲狂，難得的好東西最容易引誘人犯罪。因此，聖人治理天下，他會教導他的百姓，只取那生活所必須的，而不要爲外物所誘惑。所以，要根據這個標準來決定取捨。

趣讀

提到五色，不能不先說說中國的五行。古人通過對萬事萬物的觀察，試圖用五種東西來概括這個繁雜的世界，這便是「木、火、土、金、水」。這五種東西相生相剋，互為因果。木生火，火生土，土生金，金生水，水生木；木剋土，土剋水，水剋火，火剋金，金剋木。有了這五行，世界上的東西都依次來歸類，條分縷析，特有意思：

五方：東、南、中、西、北。
五色：青、赤、黃、白、黑。
五音：宮、商、角、徵、羽。
五臟：肝、心、脾、肺、腎。
五味：甜、酸、苦、辣、鹹。
五穀：麻、黍、稷、麥、豆。
五官：耳、目、口、鼻、舌。
……

好看的色彩誰不想看？好聽的音樂誰不想聽？好吃的東西誰不想吃？好玩的項目誰不想玩？

你到街上去看看，哪一襲裙子不爭芳鬥艷？哪一位女子的嘴唇不塗成櫻桃樣？哪一位小姐的頭髮不千方百計地弄成五顏六色？甚至連手指甲和腳趾甲都塗得色彩斑斕；俗話說，女爲悅己者容。都是因爲有人喜歡看，要是沒人喜歡，她們幹嘛又費工夫又費錢財地糟蹋那些顏料？在糟蹋那些顏料的同時也順便糟蹋了自己的身體。這是人，更別說那些讓人眼花繚亂的霓虹燈了，更別說那些多姿多色的廣告牌了。人是五顏六色的人，世界是五顏六色的世界。五顏六色就代表了社會的進步，五顏六色就顯示著人類是主宰：我想咋樣就咋樣。

除了人爲的色彩，大自然的好多東西也是不甘寂寞，幾乎所有的花朵都是鮮艷的，如果不鮮艷，那就肯定香氣濃郁。花朵在招惹誰？招惹蜂和蝶，招惹蟲和蟻，讓牠們來爲它授粉。可見蜂蝶之類的動物也和人一樣喜歡好看的東西。在這裡不得不順便說說泥土裡生出來的蘑菇，一般的蘑菇或白或黑，色彩並不豐富。可是偏有那麼一些蘑菇，色彩特別鮮艷，好像是故意顯示著什麼，好像在這些色彩的背後有著不可告人的目的。果然，這樣的蘑菇多帶劇毒。這是蘑菇的故意，先用色相引誘然後陷害。這太可怕了，眞像傳說中的蛇蠍美人。

美麗是一口陷阱。

有多少大丈夫沒有倒在戰場上，卻倒在了女人的石榴裙兒下，就是因爲吻了那色彩斑斕的腳趾頭。腳趾頭的力量眞的比子彈還大。

老子趣讀

腐敗呀，墮落呀，理想的旗幟在有些人那裡早已折斷了旗桿，而悄悄升起來的卻是野妹子的彩裙兒。美女耀眼，金錢耀眼，可以獲得金錢和美女的權力更加耀眼。你有沒有這樣的生活經驗？當你從耀眼的陽光中或者特別明亮的屋子裡走出來，你的眼睛一時是啥都看不見。你的眼前一片空白，一團漆黑。你就這樣失去了你的眼睛。你成了瞎子。

這大概就是老子說的五色令人眼盲。

懂得了五色令人眼盲的道理，五音令人耳聾也就好說了。

現在到處都是歌廳，裡面的色彩一般來說是很曖昧的：就像那毒菇一樣，雖說好看，但總讓人感到好看得不懷好意。好看的小嘴兒裡飄出好聽的可以鑽到骨頭裡去的聲音。舞曲或者軟，軟得讓人直不起腰來；或者硬，硬得讓人瘋狂。

搖滾。搖滾一出現就讓幾乎所有的年輕人迷醉。

樂隊。樂隊的名字就叫野鴨子叫撕裂的天空叫黑狗叫今天就死。那音樂具有爆炸力爆發力或者乾脆就叫暴力，讓你在音樂中迷失自我忘掉自我殺死自我只留下一只塞滿了子彈一樣的音符的軀殼；老子說五音令人耳聾，這眞是太客氣了。五音令人心肌梗塞，令人四肢麻木，令人五臟橫飛。報上總有報導說某人或者某孩子一個勁地聽那個「隨身聽」，結果耳朵聾了。醫院的醫生告誡眾人，一定要有節制地聽那音樂匣子。因爲聽音樂而死的例子還沒在報端上發現，其實有好多的人已經葬身在好聽的音樂中。也許死去的不是他的軀殼，他的軀殼在五色斑斕的燈光中隨著繚亂的樂曲啪啪亂蹦，但腳下一點點碾碎的卻是他的已經死去的靈魂。

吃的故事就更多。

中國本來就是個會吃的民族。

「食不厭精，膾不厭細」，孔聖人說的話絕對是經典。吃飯在別的國家大概就是爲了塡飽肚子，在我們中國卻是一種文化，講究「色、香、味」。不僅好吃，而且好看、好聞。至於如何吃，吃的時候有啥講究，則成爲專門的學問。不信你讀讀《周禮》。

在兩千多年前的周朝，皇宮裡單弄飯吃的（包括祭祀，祭祀其實是給死去的祖先或者大地之神弄飯吃）就不下千人。

膳夫：負責管理王宮的食飲膳饈，食用六穀，膳用六牲，飲用六清。供做饈用的就有一百二十種；各種各樣的醬就有一百二十甕。

庖人：專門宰殺雞鴨牛羊等六禽六畜六獸。想那游刃有餘的庖丁，肯定在王宮裡幹過，不然的話他不會有那麼高深的技藝。

內饔：專管煎炒烹炸的。在煎炒烹炸之前，負責檢查東西的品質，「辨腥臊羶香之不可食者」：比方說，夜裡叫喚的牛不能吃；毛太細弱的羊，味太膻，不能吃；小腿發紅的狗也不能吃，因爲它臊；近視眼、眼睫毛相互交叉在一起的豬，因爲腥味太濃只好扔掉；脊背發黑、前腿有圓癍的馬最好也不吃。比現在衛生防疫部門的檢驗細多了。

外饔：專管在野外祭祀時的「割亨」，就是說責任與內饔差不多，只不過是在野外祭天祭地時才用得著。他們在芻狗的簇擁下，忙忙碌碌地圍著鼎俎割著肉塊，神情肅穆，滿臉莊重。

亨人：專門伺候著巨鑊大鼎，該燒火時燒火，該添水時添水。

另外還有好幾名食醫伺候著，隨時調理，春多酸，夏多苦，秋多辛，冬多鹹，該放糖時放糖，談放味精時放味精。若是有人吃出病來，說不定就有殺頭之罪。

吃和喝自古不分，所以要有專門管酒的。管酒的分爲酒正和酒人。酒正管酒的品質和數量。知道酒庫裡還有多少酒，白酒多少，米酒多少，乾白和乾紅各多少；那時還沒有啤酒，更沒有進口的ＸＯ、人頭馬之類，因此減少了好多麻煩。酒盅共有多少類，各有多少個；知道誰喜歡喝頭曲，誰喜歡喝二曲。那時的酒雖說也有好壞，但肯定沒有假酒，也沒有工業酒精兌的有毒液體，即使那樣，酒正們在弄酒的時候肯定也戰戰兢兢。

酒人相當於現在的酒官，在酒桌上負責勸酒：喝，喝，感情深一口悶，感情淺舔一舔；酒逢知己千杯少，話不投機半斤多。能喝四兩喝半斤，這樣的幹部上級放心，能喝半斤喝四兩，這樣的幹部待培養。喝呀，不喝白不喝，喝了不白喝，白喝誰不喝。把廠子喝散了，把舌頭喝短了，把……這都是現在的酒令。周朝的酒令沒見過，不敢杜撰。

周朝的事不說也罷。

現在的吃喝就不用說了。報載一年下來全中國要吃掉幾個億。現代化了，吃的方式更多，可吃的品種也更多，古人吃的東西繼續吃下去，古人不吃的東西也在津津有味地探索著吃。古人捕獵時想到可持續性發展的大問題，網開一面；現代人別管是植物還是動物都往死和絕上吃。把老祖宗留下的吃掉，把本該給兒孫們留下的也吃掉。反正你不吃他吃，他不吃你吃，況且有公款，不用自己掏腰包。所以就吃了個肆無忌憚，喝了個溝滿壕平。

於是街上的胖子漸多，走路鴨步擺擺；醫院人滿爲患：高血壓、高顱壓、脂肪肝、糖尿病、冠心病，還有各樣的癌……都是吃的。或者說差不多都是吃的。甚至連營養不良也是營養過剩造成的。爲什麼？因爲還沒等餓就吃，且吃得過量，好些功能器官懶了，乏了，疲了，或者本身就不堪重負，不想幹活了，或幹不了活了，成了殘廢半殘廢，功能喪失殆盡。功能紊亂，內分泌失調，供需失當，能不生病嗎？

吃的時候都以爲是占了大便宜，其實是吃了大虧。

問題是好多人仍沒覺悟。

五味傷人胃口。老子說錯了嗎？沒有。

是因爲你欲壑難填，才導致你生病。

病分生理的病和心理的病、身體上的病和精神上的病。

久病即死。不是身死就是心死。

身死的人，孤魂何處寄居？心死的人，活著也同僵尸。

孔子慨嘆：我沒見過好德如好色者。人啊人，執迷不悟者多啊。

但老子還有更深一層的意思。

想活著，想活得好一點，節制一下欲望就可以了。好看的東西別多看，好吃的東西別多吃，好玩的東西別多玩，「爲腹不爲目」，肚子吃飽了就不想再吃了，眼睛可是沒看夠的時候。

但是要想得道，就不只是節制欲望的問題了。五色、五音、五味，都是因爲人的五官感知才引起的。瞎子以爲太陽像個銅盆，聾子以爲音樂跟柳條無異，失去味蕾的人吃什麼東西都是一個滋味。不是五音撩撥你的耳朵，是你的耳朵追求華美。外面一桿旗幡隨風飄動。一僧問，是風在動？是幡在動？有的僧答風動，有的僧答幡動。慧能法師說，不是風動，也不是幡動，那是你的心在動。

在佛看來，一切皆心造。

佛把眼、耳、鼻、舌、身、意喚作六根，由六根產生的色、聲、香、味、觸、法，叫做六塵。這六塵也叫六賊。六賊不去，心宅難安。六塵不去，六根難淨。

修道也是如此，關鍵還在於修心。

還是慧能大師說得好：見一切法，不著一切法；遍一切處，不著一切處。

這樣就能來去自由！

第13章　上級想吃魚，送一條給他？

原文

寵辱若驚，貴大患若身。何謂寵辱若驚：寵爲下，得之若驚，失之若驚，是謂寵辱若驚。何謂貴大患若身？吾所以有大患者，爲吾有身，及吾無身，吾有何患？故貴以身爲天下，若可寄天下。愛以身爲天下，若可託天下。

注釋

及：如果。

譯文

得寵和受辱內心都會驚恐，最大的禍患是來源於自己的身心。

爲什麼說得寵和受辱都會引起內心的驚恐？受寵和失寵都是因爲你地位卑下，所以得到時吃驚，失去時也吃驚。這就叫做受寵和受辱內心都驚恐。

爲什麼說最大的禍患來自自己的身心？我所以能有大的禍患，是因爲我處處時時以自身爲念；如果我不以自身爲念，那麼我哪裡還會有大的禍患？

所以，像重視自己的身心那樣來重視天下人的人，才可以把天下寄託給他；像愛護自己身心那樣來愛護天下人的人，才可以把天下託付給他。

趣讀

最近讀到一篇文章：《史達林什麼模樣》。我想在世的除了特別年輕的人，大概誰也知道史達林是什麼樣子，因爲我們曾經到處掛著他的像。那眞是既威嚴又慈祥，正是偉大的父親應有的模樣。可是，通過這篇文章知道，史達林其實長得很對不起他的畫像。他又矮又胖，而且滿臉麻子，右手明顯比左手小好些。當然模樣醜並不影響成爲偉人。據說明朝開國皇帝朱元璋還七孔朝天呢，偉人之所以是偉人，不是因爲他有一副好看的相貌，而是因爲他有著偉人的靈魂。但是，就是因爲畫像，史達林槍決了好幾個畫家。

畫家被召到克里姆林宮，爲史達林畫像。第一名畫家如實畫了，史達林把他殺了；第二名畫家如實畫了，這第二名的腦袋也沒了。這樣一連殺了好幾名畫家。被殺的畫家到死也不知道犯了啥錯。

當年，在中國的漢朝，漢武帝也殺了一位叫毛延壽的畫家。因爲毛延壽把個俏麗的王昭君畫得不好看，錯讓昭君出塞，造成美人外流。皇帝要殺人，誰也不能說殺得不對。你說殺得不對，那就連你一塊殺掉。後來，唐朝詩人爲毛延壽抱不平，說：「意態由來畫不成，當時枉殺毛延壽。」漢朝的事到了唐朝再說，危險係數就小多了。

這個「英明的令人尊敬的」史達林同志卻硬要人把他本來沒有的意態畫出來。畫不成就殺。史達林到底殺了多少人，包括好多領袖級的人物，那是沒人能夠說得清的。殺幾個區區畫家簡直跟捏死幾隻螞蟻差不多，或者能夠殺你還是你的一種寵幸。已經殺了好幾個了，而且肯定還要繼續殺下去。你要是畫家，心驚不心驚？

輪到畫家納爾班迪安了，這位老兄聽到召喚之後肯定懼怕得骨髓裡都得冒涼氣。但是他沒有死，因爲關鍵時刻他得到了詩人馬雅可夫斯基的指點：畫家必須像一隻鴨子望陽台那樣面對他要畫的對象。納爾班迪安大悟，他把自己變成了一隻鴨子，一隻非常恭順的仰視著殺人魔王的鴨子。畫像畫成了，史達林非常滿意。我們看到的史達林的畫像，就是那隻「鴨子」畫的。

啥叫寵辱若驚？這位「鴨子」畫家都經受到了。如果他畫不好，就要殺他。這是辱殺；如果他畫得好，就要把他放到一個他本不想得到但是他又不得不去的一個地位上去，與外界隔絕；或者乾脆讓他非常光榮地死去。這是寵殺。哪樣都不好受。我不知道這位納爾班迪安最終的結局如何，但我敢斷定，他的內心一生不得安寧。

老子趣讀

人有時要受辱。

趙太爺跳過去，給了阿Q一個嘴巴：「你姓趙？你哪裡配姓趙！」

阿Q捂著辮根子，沒有再說什麼。

因爲人家是趙太爺，阿Q算什麼東西。納爾班迪安還是隻鴨子呢，阿Q連鴨子也不是。如果阿Q說自己是鴨子，納爾班迪安會不會過來給阿Q一個嘴巴：「你是鴨子？你怎麼配？」但阿Q可以隨手捏小尼姑的臉蛋兒，並且羞辱道：「和尚動得，我動不得？」

有的人在單位受了氣回家之後打老婆。還有的在老婆那裡受了氣到了單位訓屬下。沒有老婆可辱，沒有屬下可訓，有的人就自己搧自己的耳光，或者把鄰居家的狗殺死。

按照等級、地位、輩分等等的附加成分，可以一級級辱下去。

人有時要受寵。

皇帝要封一個寡婦爲「貞節烈婦」，這是一種寵幸。

上級在你的肩上拍幾下子，也是一種寵幸。

皇上賜給你一把劍，讓你「自裁」，這是一種特殊的寵幸。不然爲什麼還要叩頭「謝主龍恩」？

上級要在你這兒吃飯，也是一種寵幸，不然，爲什麼上司走時還要對上司說，歡迎下次再來？

皇上一道聖旨下來，官升三級，准許「紫禁城內騎馬」，當然，高香大燭就得燃上幾天。

上級說了，這個人我看不錯，很有頭腦嘛。那麼這個人就該明白，天上的餡餅正像飛碟那樣圍著他轉呢。

於是，有給皇上拍馬的。

東晉的時候，桓玄篡位。一天他睡覺的那張床床腿下陷。這時一個叫殷仲文的屬下就說，這是因爲聖德深厚，地都有點承載不住了。

於是，有向上級獻媚的。

林彪的「四個偉大」是怎麼回事？「一句頂一萬句」又是怎麼回事？

主子嘛，身上生個蝨子肯定也是雙眼皮兒。牠不是雙眼皮，也有人要把牠說成是雙眼皮。爲什麼？就是因爲這麼說有好處，或者起碼沒有壞處。

爲什麼寵辱若驚？老子說，因爲你跟人家不是對等的，人家在上，你在下。寵和辱都是人家的賞賜。讓你寵，還是讓你辱，全由著人家的性子來。在封建社會，寵辱有時就在一剎那，或加官晉爵，或滿門抄斬。

爲什麼吹屁拍馬者禁絕不了？因爲有產生他們的土壤和氣候。

爲什麼有人在跑官要權？因爲有人給。

爲什麼有人請客送禮，因爲有人敢吃，有人敢要。

爲什麼有人行賄受賄？因爲行賄者往往得到好處，而受賄者得不到應有的懲罰。

老子趣讀

當命運在別人的手裡攥著的時候，不要談論自由。

但是，生雜草的地上，更應該生嘉禾。或者用中國的一句古話說，路遠知馬力，板蕩見忠臣。或者用外國人的那樣一句話：偉人之所以偉大，是因爲我們跪著呢。站起來吧！

是的，有人站起來了。雖然他可能被殺，但殺掉的是他的肉體，靈魂是殺不死的。

「人生自古誰無死，留取丹心照汗青。」這是宋朝的文天祥說的。

「粉身碎骨渾不怕，要留清白在人間。」這是明朝的抗擊倭寇的民族英雄于謙的詩作。

「對著死亡我放聲大笑，魔鬼的宮殿在笑聲中動搖。」這是烈士陳然留給敵人的自白書。

張志新被槍決的時候，有人把她的喉管割掉了。

梁漱溟先生曾經是中南海的常客，但後來，他在一個小院子裡，僅有一隻羊跟他做伴。

上級想吃魚，你會不會送給他一條？

你沒有魚，上級也不知道你沒有魚。買一條？還是不？

你有一條魚上級不知道。給上級打個電話，還是不打？

上級知道你有一條魚。上級想吃的就是這條魚。

上級還捎了話來，隱約提到魚的事。夜裡失眠嗎？

如果你送了，就升你爲官，如果你不送，就殺你的頭。你送不送？

送與不送，關係到生和死，寵與辱。

人要是不怕死，也就不一定死。就是死，也比活著像樣。

人要是不以寵辱爲寵辱，那就有了自己精神的自由。

寵辱不驚，有時是以犧牲生命爲代價的。但這並不影響有的人能夠做到這一點。

這就是老子說的，不以自己的生命爲念。

一個人連死都不怕了，還有什麼可怕的呢？

第14章　你是水裡的一條魚

原文

視之不見名曰夷，聽之不見名曰希，搏之不得名曰微。此三者不可致詰。故混而爲一。其上不皦，其下不昧。尋尋兮不可名，復歸於無物。是謂無狀之狀，無物之象，是謂惚恍。迎之不見其首，隨之不見其後。執古之道，以御今之有，能知古始，是謂道紀。

注釋

致詰：追究。皦：明亮。昧：黑暗、模糊。尋尋：幽深、渺茫。古始：太初的本原。道紀：道的綱紀，道的規律。

譯文

看它看不見叫做無形，聽它聽不見叫做無聲，摸它摸不到就叫無跡。這三種形態你沒法徹底弄清它，它是個渾然一體的東西。這個渾然一體的東西，在它的上面不明亮，在它的下面也不黑暗。因爲它沒有上面和下面。無論你怎麼追尋也追尋不到，你想解釋它也不可能。找來找去它還是個看之無形聽之無聲觸之無物的東西。無有形狀正是它的形狀，沒有物體正是它的物體。沒有辦法，只有把它勉強叫做惚恍。這個東西，迎著它看不見它的頭，隨著它看不見它的尾。可是，它就是上古的道。你要是得了它，就能把握當今世上的一切事物，知道其由來始末。這就是大道的要領所在。

趣讀

老子在這裡把道亮給你看。可是他老人家讓你看到的是什麼呢？看也看不見，聽也聽不見，摸也摸不著。惚惚恍恍，恍恍惚惚，沒頭沒尾，沒上沒下，沒左沒右，沒前沒後，其大無外，其小無內，沒有概念來概括它，把它叫做惚恍是沒有辦法的辦法。把它叫做道也是不得已而爲之。

雖然你看不見它，但它可是規範著你。整個世界都是道生出來的，整個宇宙都是道的體現。道是法則，道是規律，道是誰也不能逾越的一條山脈。鳥有翅，魚有鰭，鳥在天上飛，魚在水裡游，狗四足直行，蟹八爪橫爬，誰規定的？道。你以爲道在哪裡？道就在你的身邊。道就在你的身上。你的肚臍眼爲什麼長在肚子上而不長在肩膀上？自然形成的。這不是人爲的。你有天大的本事，天大的脾氣，你可以讓你的老婆半夜起來沏茶，但你不能讓你老婆的肚臍眼挪個地方。規律不可違背，誰違背誰就要遭到報應。

道既然是個看不見摸不著的東西，那麼又怎麼證明道的存在呢？

有辦法。

你要想得道，想看看道到底是個啥樣子，想摸摸道是個啥東西，你跟著老子走。看老子是怎麼得道的。

你問我怎麼知道老子得了道？老子若是沒得道，他怎麼知道道是不可說的，不可摸的？他怎麼知道道是萬物之母？他怎麼知道道是眾妙之門？

老子不得道，老子就不是老子了。

老子不再是人，老子是道的代名詞，老子是道的同義語。想到老子自然就想到了道，就好像想到釋迦牟尼就想到佛一樣。

老子每天靜坐嗎？

可能。

但靜坐不見得就能得道。

老子不靜坐嗎？

可能。

不靜坐不見得就不得道。

關鍵還在於老子的那顆心。

不管靜坐不靜坐，老子的那顆心從來沒有浮躁過。

他寵辱不驚，生死不懼，安危不想，得失不計。

我們誰能做得到？

美國作家辛克萊在耶魯大學讀書的時候，他對教授羌塞・丁格說：「我這一生最想做的事就是寫作。」

教授說：「那你會餓肚子的啊。」

辛克萊說：「只要我能寫作，我不管肚子餓不餓。」

教授說：「那你肯定能成功。」

數學家陳景潤一心沉浸在數學的海洋中，包括走路的時候。有一天他撞在了一根電線桿上，連說了好幾聲對不起。陳景潤計算「1+1」世界數學難題的草稿裝了好幾麻袋，他終於靠近了哥德巴赫猜想。

不爲名利而拼命做事的人，反而很有可能得到大的名利。這是道跟人開的玩笑。

把生死置之度外的人，反而倒有可能保全生命。這也是道跟人開的玩笑。

汲汲於名利的人，往往名聲很臭。這是道對他的懲罰。

貪生怕死的人。就是不被敵人打死，那也得被自己營壘的人處以絞刑。這也是道對他的懲罰。

老子無思無慮，一顆心相當平靜。

寵和辱都跟他沒關係；名和利都與他不沾邊；生和死都不在他的視線之內。

然而老子的心並沒有死。相反，那顆心相當空靈。因爲空才靈，因爲靈才更空。空得能容下整個宇宙，靈得能夠感知宇宙的眞諦。

他處在功能態。

他沒有睜眼，但看見了；沒有諦聽，但聽見了；沒有觸摸，但感覺到了。

他跟道已經混化爲一。道是水，他是落在水裡的雨。道是樹，他是樹上的一片葉子。道是天，他就是天上的那片雲。正如《西升經》所說：人在道中，道在人中。魚在水中，水在魚中。

宇宙就是我，我就是宇宙。宇宙是是一顆玉米，我是玉米中的胚芽。宇宙的消息，道的消息，我全知道。我成了宇宙的全息元。空洞啊空洞，空間多大我多大；漫遠啊漫遠，時間多久我多久。不是一維時間和三維空間的機械組合，而是時間與空間的化學一樣的混化。不是一維，不是二維，也不是三維，而是多維。像宇宙爆炸之前，又像宇宙爆炸之後，說是無聲無臭，又不是無聲無臭，說是不可觸摸，又不是空洞無物。就像數宇當中的零，表面看零是沒有，但零決不是沒有啊。零比所有的正數和負數都更有意義。

道不遠人，人遠道。魚在水裡，魚未必懂得水的重要；鳥在樹上，鳥未必領會樹的深意。人在道中，可是總想逆天而行。我們不是瘋了一樣開山造田嗎？我們不是發出誓言，要叫高山低頭、河水讓路嗎？我們說一天等於二十年，搞了大躍進、大煉鋼鐵、人民公社和文化大革命。我們搞了二十年，其實才等於人家發達國家一天。

誰在教訓我們？

離開大道怎麼能回到家？不遵著規律辦事，怎麼能不失敗？

老子看見了，也聽見了，更是感覺到了。但是他說不出來。最終他說出來了，就是這東西只可意會不可言傳。只能順應不可逆著來，叫做：順之者昌，逆之者亡。

第15章 人是萬物的尺度

原文

古之善爲道者，微妙玄通，深不可識。夫唯不可識，故強爲之容：豫兮若冬涉川，猶兮若畏四鄰，儼兮其若客，渙兮若冰之將釋，敦兮其若樸，曠兮其若谷，混兮其若濁。孰能濁以靜之徐清？孰能安以動之徐生？保此道者不欲盈。夫唯不盈，故能敝而新成。

注釋

豫兮：遲疑、謹慎的樣子。猶兮：疑惑、戒備的樣子。儼兮：恭敬、嚴肅的樣子。渙兮：流散、灑脫的樣子。敦兮：樸實、憨厚的樣子。曠兮：寬廣、空曠的樣子。混兮：混合、濁雜的樣子。

譯文

古時候善於行道的人，那眞是微玄精妙，高深得讓人難以認識。正因爲難以認識，所以只好勉強來形容：那個謹愼勁啊，就像冬天在冰上過河；警惕呀就像提防四鄰的攻擊；恭敬嚴肅就像是做客；流逸瀟灑就像是冰雪消融；純樸得就像是未經雕琢的樸木；曠達得好像是虛靜的山谷；混沌得好像一片污水。

誰能沉澱渾濁的使之慢慢變清？誰能喚醒僵死的使之漸漸復生？

持有此道的人從來不會自滿自溢。正因爲不會自滿自溢，才能不斷地從凋敝狀態中更新。

趣讀

在上一章，老子說了，道是既看不見又聽不見更摸不著的非常玄妙的東西。但這個東西又不是可有可無的，不但不是可有可無的，而且是人們須臾不可離開的東西。「魚在水中，水在魚中」，那魚能夠離得開水嗎？魚只有離開了水才明白水的寶貴；魚在水裡的時候，還以爲水靠牠養著呢！

人是不是有時也跟魚一樣？沐浴在陽光中，瀟灑在春風裡，漫步在沙灘上，依偎在柳叢間，並不以爲是大自然的恩賜，還以爲自己是天地的主宰。這就叫本末倒置。

天不跟人計較，地也不跟人計較，就像水不跟魚計較一樣。

道是水，人是魚。

魚是不是懂得水？我不是魚，所以無可奉告。可是我是人，我懂得道嗎？你是人，你懂得道嗎？人比魚複雜。魚要是懂得水可能全體的魚就都懂得；魚要是不懂得水，可能所有的魚都不懂得。人則不行。人有的懂得道，有的不懂得道。有的懂得一些，有的懂得半些，有的連半些也不懂。甚至有的不僅半些不懂，還固執地以爲那些懂得的人是故弄玄虛，是把迷信當科學，是吃飽了撐的，荒唐，可笑，荒唐加可笑。

這樣一來，事情就複雜了。弄不清到底誰可笑了。

老子這樣說：下士聞道大笑之，不笑不足以成爲道。

道不可見，不可聽，不可觸，但是它卻可以讓人體察。或許也只有人才能夠體察。

想不想體察一下？

所謂體察，顧名思義，就是用身體來察驗。換句話說就是修證，靠身體器官靠人腦人心來驗證。

要認知這個世界，認識世界上的事物，沒有工具好像不成。猿人的時候，只有簡單的石器，那時人對世界的認識絕對膚淺，只知世上的「有」有用，所以在部落之間常常爲了爭奪幾根骨頭或幾塊石頭而起紛亂、而流血、而死去。

後來認識到「無」更有用。比如把一根粗木頭掏空就能當船划，把一塊泥巴挖空後就能盛水漿。屋不空不能住人，木不空不能發聲。這就是老子說的：「三十輻共一轂，當其無，有車之用；埏埴以爲器，當其無，有器之用。」

有和無一結合，世界飛速發展。

小到一根鐵針，一管簫籥，大到飛機上天，衛星繞月，電腦下棋，哪樣不是有和無的結合？這個無認識得越廣，發展的空間就越大。這個無認識得越細密，探知事物也就越細微。

在宇的空間，我們已經訪問到哪了？月球是上去過了；土星也發過太空船去了；好多好多的秘密已經被解開，或者正在被解開，或者不久就要被解開。在宙的時間，我們也已經知道了好多。我們曾以爲時間是一條直線樣的東西，節奏均勻，不緊不慢。一天二十四小時，不因紂短，也不因堯長。你急著趕火車，時間不會慢哪怕是半分鐘；你愁緒綿綿，光陰也不會給你縮短一點點。後來愛因斯坦告訴我們，錯了。美國的這位大物理學家把他的研究結果告訴給我們：時間是彎曲的。並且時間是不公平的。例子他舉了許多，都是常人不好驗證的。比如他說，在一艘與光速接近的太空船上的人，與在地球上的人，享用的不是一個時間。太空船上的人時間過得慢，地球上的人時間過得快。差多少？天上方七日，世上已千年，就這個概念。我們沒有愛因斯坦，可是我們的古人早就這麼說，或說天上方七日，世上已千年。或說洞中方七日，世上已千年。

是說工具對於人類發展的重要性。钁頭和免耕法不是一回事，鐮刀和收割機也不是一回事，結繩記事和計算機當然更不是一回事。有了什麼樣的工具，就對世界有了什麼樣的認識；反過來也可以這樣說，我們要想對世界有更進一步的認識，就必須要有更進一步的工具。發明家重要就重要在這個地方。所以歷史書上這樣總結道：工具是人類歷史的推進器。

人好像沒有認識到，還有一個工具，最好使，最先進。這個工具便是人本身。人眞是宇宙間的一個奇蹟。試想一下，假如這個世界上沒有人，那是一個什麼樣的景象？

先說人這個工具有多麼漂亮！

人體眞美。人體是個渾圓的整體，它體現了上下、左右、前後的協調統一，可以使你享受到曲與直、方與圓、軟與硬、長與短的對比和和諧產生出來的節奏和旋律。它是那麼玄妙，那麼不可言說。世界上有好多的戰爭就是因爲爭奪美人而引起的。因爲美人而起戰爭，這個理由太値得了。

西方有這樣一個故事：

雅典的美人芙麗娜，因爲違反教規和有傷風化而被起訴。在法庭上，所有的陪審員都斥責她爲萬惡之源，高喊要處死她。這時，芙麗娜的辯護人慢慢地揭去了披在她身上的紫紅色的長衣。芙麗娜的美麗驚呆了所有的人。

「我們沒有理由把上帝賦予人類的絕倫精品毀掉！」芙麗娜的辯護人只說了這麼一

句，芙麗娜就被赦免了。

中世紀義大利的數學家菲波拉契，調查了大量的人體數值後得知：人體肚臍以下的長度與身高的比值接近〇・六一八，其中少數人的比值等於〇・六一八，被視爲標準美人。這個〇・六一八的比值，就是人們常說的黃金分割率。

有人曾經這樣說：「世界上的一切事物，凡是符合黃金分割率的總是最美的。」

難怪人體這麼美。

菲蒂亞斯說過：「再沒有比人類形體更完善的了。」

西方的一位先哲說：「人是萬物的尺度！」

哪樣工具有人這麼完美？

而且，還有更值得說的，那就是人有靈魂，會思考。

人的大腦的結構比世界上最先進、最精密的儀器不知要精密多少倍。

因爲，再精密的儀器也是人造出來的。

最近報上說，愛因斯坦的大腦被解剖了，證明，這位天才的大腦的確與眾不同。

看來天才是有的。天才與常人、常人與蠢人、蠢人與白痴的不同之處，就在於大腦。大腦是人的核心部位。如果把人比喻成一把鎬，大腦是鎬的刃。

人靠自己發明出來的工具來觀察和研究人文地理生物等等一切，人就是沒有想到反過頭來研究研究人自己。更沒有想到直接用人這個最精密的儀器來探知宇宙之謎。

老子以及其他古代的善於行道的人，就是利用了人體這個最精密的儀器來探知宇宙之謎的。這個儀器怎麼使用呢?這一章，老子就試圖告訴人們一個方法。

先要歸斂自己的意識。是不是打坐，老子沒說。看來打坐與否並不十分重要。關鍵還在思慮。

在這方面，六祖慧能說得最直接：「外不住曰禪，內不亂曰定。」能把心定住，離道就不遠了。

在定之前，先要收斂心情。怎麼個收斂呢?老子說，就像履薄冰那樣，小心翼翼；就像做客那樣，謹小慎微；但謹慎不是拘謹，小心不是害怕，還應該像冰雪消融那樣隨意自然；還應該像深山幽谷那樣不著一物。你看見明礬了嗎，把明礬放在濁水裡，那水就慢慢清了。你先讓你那心死去，但可不是眞死啊，就像沒有明火的炭那樣，經風一吹就會燃燒起來。死了的心再生，再生的心並不等同於重燃的火。火還是那個火，但心不應該再是那顆心了。

第16章　欲望是一根鞭子

原文

致虛極，守靜篤，萬物並作，吾以觀復。夫物芸芸，各復歸其根，歸根曰靜，是謂復命，復命曰常，知常曰明。不知常，妄作，凶；知常，容。容乃公，公乃全，全乃天，天乃道，道乃久。

注釋

靜篤：靜到極點。

譯文

要虛靜到極點，一心守著虛靜到極點的這種境界。世界上繁雜的萬物都在不斷地變化、生長，我就在這種境界中觀察它們循環往復的現象。

我看到：紛紛芸芸的事物，各自都回到它們的本原。

返回本原就叫靜。

靜是它們自然的天性。

回復到本來的天性上去，這就叫做順應自然規律。認識了規律才算是明白。不認識規律，不按照規律辦事這就是胡來，這樣是凶險的。懂得了事物的本來規律，就能包容一切。能包容一切才算是坦蕩無私，能坦蕩無私才能守得住心神，成爲完全的人。精神完全的人才能與自然融爲一體。與自然融爲一體才符合道。符合道才能長久。

老子趣讀

趣讀

蜜蜂忙，螞蟻忙，可是人比牠們忙得多！你看見那被鞭子抽打的陀螺了嗎，人就是那個陀螺。人是陀螺，誰是那根鞭子呢？

欲望，人這個陀螺專被欲望抽打，而且上癮。

嘴要吃，且食不厭精，膾不厭細。大魚大肉吃膩了，就吃海鮮；吃海鮮吃得眼看就要變成青殼蟹了，就跟兔子似的改吃青菜。反正世界上有的是東西吃，猴頭燕窩鯊魚翅，有毒的蠍子無毒的蠶蛹，被人稱作害蟲的蝗蟲和被人稱作益蟲的青蛙，都可以成爲盤中之物，爲我所吃。吃得大腹便便，吃得血壓增高，肝腫心大，腦滿腸肥，依然照吃不誤。

眼要看。眼睛這東西就是好奇，沒有它不想看的東西。多好看的看，多不好看的也看。兩個人打架，自然要看；一個人蹲在地上不動，也會圍上一群人在那兒看。漂亮女人走在街上，渾身上下都是眼睛，回到家裡得抖落下一籮筐。但是一個殘疾人在街上走，仍會有好多人用眼睛在那兒研究。

耳要聽。《論語》上說孔子聽了韶樂之後，三個月不知肉味，可見沉迷之深。連聖人都如此，就別說凡人了。但聖人還有不喜歡聽的，孔子「惡鄭聲」，不喜歡聽流行歌曲。現在的人可是什麼都敢聽，一點禁區也沒有。有好多的年輕人走路都戴著「隨身聽」。這是說音樂，還有比音樂更好聽的，那就是數錢的聲音。就是爲了那個能發出響聲的錢，有多少人連命都顧不得了。

人的手生來就是抓東西的，從生抓到死，抓金條也抓稻草。抓虛榮也抓實惠。幾乎是見什麼抓什麼，哪怕是一堆狗屎，只要是有人抓，那就會有人搶。據說有人在垃圾堆裡揀了個手榴彈，拿回家去，轟一聲爆炸。釣魚人最懂得魚的想法，弄點餌料引誘，沒有不上鉤的。人其實就是那條被釣的魚。

這是物質的，人的欲望更表現在精神上。人的五官其實是人的精神役使的奴隸。動物做夢嗎？但是人絕對做。在夢裡還跟醒著一樣，被欲望那跟鞭子抽得團團轉。

陀螺有停下來的時候。人卻旋轉著，一直到死。

人怎麼能夠入靜？

但是能夠入靜的還眞有。

據說，當年的虛雲老和尚，打坐之前在砂鍋裡煮了幾塊芋頭。他本想吃了這幾塊芋頭再打坐的，哪想沒等芋頭熟，就不由自主地把雙腿盤了上去。這一坐不要緊，半個多月過去了，睜眼一看，那芋頭早已發霉。

這是境界。

假設您正在練功，不管您練的是熊經鳥伸的動功，還是老龜抱蛋一樣的靜功；不管您是發出狐狸一樣的怪叫，還是像鳥那樣會說「宇宙語」；不管您是像菩薩那樣掐訣念咒，還是像太上老君那樣仗劍持符，請問一句：您的目的是什麼呢？

現在最通常的說法是：一是強身健體；二是長壽。

強身健體，就是把您這個陀螺打造得更結實些，以便更耐得住欲望抽打。

長壽，就是讓您這個陀螺轉得時間多些再多些。

不，也許您要說，這是社會上一些現實主義的練功者所尊奉的。我們不，我們要成佛，我們要成仙。仙佛之事密不示人。一是不跟你們說，二是跟你們說你們也不明白，等於對牛彈琴。

可是我還要問一句：成佛成仙不是一種欲望嗎？難道還有比這更大的欲望嗎？不僅僅是強身健體，而且還要金剛不壞之身。不僅僅是長壽，而且還要了斷生死，不再輪迴。還有比這根欲望的鞭子更厲害的嗎？

老子已經是神仙了，釋迦牟尼已經成佛了，但他們修鍊的目的是成仙成佛嗎？

釋迦牟尼對須菩提說：「須菩提，若菩薩有我相、人相、眾生相、壽者相，即非菩薩。」佛問自己：誰是佛？

如果您一心總想著成佛成仙，反而成不了佛也成不了仙。爲什麼？只要您被鞭子抽打著，您就永遠是陀螺。

成佛成仙不是目的，老子說得多清楚。他的目的是爲了得道。換句我們容易聽得懂的話說，就是，他爲了弄清宇宙的本來面目。道嗎？就是要找到回家的路，看看世上一切事物的來龍去脈。

老子說，我靜下來的目的，就是要看看，這萬物的本源在哪裡。這就是「觀其復」；而且我眞的看到了：「夫物芸芸，各復歸其根。」它們都履順著它們的自然路線回到它們的本來面目上去了。

人以類聚，物以群分，一切的來源弄清之後，那是一種何等樣的清爽！何等樣的愉悅！但是這時候的老子決不會像凡人那樣心花翻滾，他的那顆心仍如枯井，不起微瀾。但心裡明鏡似的，對於世界上的每一根纖塵都看得清清楚楚。他知道，他已經跟時間和空間融爲一體了。他就是天，他就是地，他就是宇宙間的一切。他小，小得跟原子核那樣微細，他大，大得可以找不到邊緣，他順著時間隧道回溯，找到了宇宙爆炸前的那一粒微塵；他順著時間前行，便可以看到未來宇宙的千般變化。

「橫看成嶺側成峰，遠近高低各不同，不識廬山眞面目，只緣身在此山中。」這首詩我們都耳熟能詳，可是，我們往往把詩與我們隔離。

你被裹在名利裡面，你就看不清名利裡面的事。你被纏在是非裡面，你就別想去明辨是非。俗話說：一葉障目，不識泰山。眼睛裡有雲翳，你以爲天上雲厚。手上有老繭，你以爲苔蘚不滑。心裡有一點不靜，也影響觀察結果。這就要求，不論面對什麼事情，你都要跳出來，跳到圈子外面，去掉私心，像天空俯視大地那樣，靜觀默視，心無芥蒂，無我無人，無親無仇，無怨無恨，無憂無慮，無苦無樂……連這些無也無，這樣你就心如止水，水裡的蜢蟲雖小，牠一蹺腿你也知曉。

老子在這一章裡提到一個凶字：「不知常，妄作，凶。」

不管您是做什麼的，您都得要摸清您要做的那件事的底細。它的背景，它的前途，它的內部結構，它的外部形狀，它的前因後果，它的來龍去脈。您要是想辦好它，那您就得把自己變成它。您跟它同化了，融爲一體了，您的感受就是它的感受，它的處境就是您的處境，能不成功？可是，您要是僅僅憑著您的意氣、脾氣、想當然、主觀臆斷，最終即使沒造成大的禍害，也會事倍功半。不僅僅是耗費錢財和時間的事，重要的是您耗費掉了生命。生命無價。

一切事情如此，包括練功修道。「妄作，凶。」走火入魔的人已經不少了。據說有一個練功者，從五層樓的窗戶上走出來，他以爲他可以像走在棉團上那樣軟綿綿地在空氣裡散步，結果，他還是像鐵砣那樣直跌地面，摔在水泥地上照樣鮮血燦爛。

第17章 沒有感覺的感覺是最好的感覺

原文

太上，下不知有之。其次，親而譽之。其次，畏之。其次，侮之。信不足焉。有不信焉。悠兮其貴言，功成事遂。百姓皆謂我自然。

注釋

貴言：以言為貴。

譯文

太為上古。上古時候的當權者，人們彷彿感覺不到他的存在；次一些的，還會贏得人們的親近、好感和贊譽；再次的，人們就感到害怕了。更次的，人們就會看不起，從而輕慢他。

正因爲他誠信不足，所以人們才不信任。

悠悠然大道之行，根本用不著發號施令。雖然不用發號施令，反而能夠建功立業。建功立業之後，人們並沒有特別感覺到什麼，他們覺得這很自然。

趣讀

人們雖然靈敏，但是，有好多東西卻感覺不到。這些感覺不到的東西大都是好東西。不信，你聽我說。

比方說你牙疼。疼得，嗬，斷斷地吸涼氣。使勁咬住一獨頭蒜，還是渾身冒冷汗。

比方說你胃疼。感覺胃裡有一塊千年土坯，在那裡不停地旋轉。胃！胃！胃！你說，幹嘛要有胃呢？就是讓狗叼了去，也比讓它疼著強。

比方說你頭疼。你肯定想到唐僧念緊箍咒時孫悟空的感覺，那眞是天空將要爆炸，大地就要消解，人類就要毀滅。頭啊，一刀削了去才好，人的頭疼瘋了的時候就會有這樣的怪念頭。

再比方你犯了痔瘡，腚眼鮮紅，血滴淋漓，而這時偏又大便乾燥。這時你就會終生記住了你的屁股。

再比方……不用再比方了，道理你已經明白。正是它們有了毛病的時候你記起了它們。這時候，你根本再也說不清你對它們的感受，是怪罪？是怨恨？是仇視？還是怪罪怨恨仇視全都有？你說你恨吧，它又是你身上的一部分；你說你愛它吧，它又這麼讓你受不了。這個時候，如果你有悟性，你就會想到，在某些時候你肯定得罪了它了，現在它是在報復你。

是的，牙不疼的時候，你根本沒想到牙的存在。你只感覺到了蘭花豆的脆，雞大腿的香，冰淇淋的涼，蜂漿的甜。甚至，你把牙齒當老虎鉗子使，開啤酒瓶，斷鋼絲。

同理，胃好的時候，你忽略了胃，大碗喝酒，大塊吃肉，不管涼的、熱的、酸的、辣的、苦的、鹹的、餿的、霉的、硬的、軟的、黏的，你都敢往裡傾瀉。胃爲了讓你長記性，非讓你對醫生喊出這樣一句不可：大夫，我胃疼！

人在幸福中，往往感覺不到幸福；人到嚮往幸福的時候，那大概是正處在痛苦之中。

還有讓人們更感覺不到的。比方說天，我們整天在天空下生活，可以說沒有了這個天空，我們就沒有了生活的空間。可是，有誰時刻感覺到天空的存在呢？沒有。我們有時看到天空，但那不是感覺，更不是念念不忘，而是偶爾碰到，或者需要的時候把它作爲我們生活的點綴。我們有時候的確也喊天哪，可是，那個眞正的意思，已經不是指天空，而是一種感嘆。

反過來說，天並不因爲我們不感念它而像胃似的來報復我們。天天天仍舊在照看著我們，給我們陽光給我們風，看著我們生活得有滋有味。這就叫天不私覆，地不私載。

天地無私，包容萬物，但它決不藏污納垢，而是把腐朽化爲神奇：一切的垃圾，一切的污穢，發酵之後，就會變成好的東西。如果天地沒有這樣的德性和功能，那麼，這個地球早成爛杏兒了。

但天也眞有讓你記住的時候。比如天上滾動霹靂，你就感到了天的不可觸犯，一種敬畏感甚至驚懼感就會包緊你的心。比如天降大雨或冰雹，更別說小行星撞擊地球。就已經使人感覺到天的不可冒犯。這時候，你就會感覺到人其實跟螞蟻是一類，都渺小得可笑。

但地也眞有讓你難忘的時候。比如地震，大地像篩子那樣晃動起來；比如海嘯，大海像猛虎那樣猛撲過來；再比如火山爆發，地下岩漿像化開的鐵水那樣流瀉，人被吞噬後就像烈日下的冰糕那樣即刻化掉。人們棲居的大地，在你忽略久了的時候，就會給你點眼色看看。

但老子沒有心思跟我們談天說地，他說的是道。道是天，但天不是道；道是地，但地也不是道。道是飲食男女，道是老樹昏鴉，道是青山綠水，道是白馬黑牛，道是蛇是蛙是跟屁蟲。就好比和尚說佛是乾屎橛一樣，但所有的這些並不是道。他們都可以載道，但本身並不是道。

但是要說道，道又不那麼好說，所以老子只好打比方。比方都有相似處，不相似不能相比。所以，但看老子書上字面上的意思，也很深刻。

老子說，上古的時候，那些部落首領，比方堯舜禹，比方比堯舜禹更早的名不見經傳的人，他們不去人為地搞亂人們的生活秩序，日出而作，日落而息。春生夏長秋收冬藏，一切根據自然的規律去做。不把人的意志強加給大自然，不管人有多大膽，地有多大產，不說「天上沒有玉皇，地上沒有龍王，我就是玉皇，我就是龍王。喝令三山五岳開道，我來了」這樣不可一世的話。也用不著向上一級一級地報數字。更用不著弄虛作假。

這裡插一句，人為什麼要說假話？就是因為說眞話要挨批，起碼得不到好處。記得老作家巴金說過這麼一件事，他的爺爺當縣官。他的爺爺在審案的時候，就問下面跪著的人：你招是不招？不招就打。幾板子之後，那人就招了。說眞話挨批，不說話挨打，看來只能說假話。

有這樣一個故事：縣委上級來鄉裡檢查糧食畝產。管農業的杜副鄉長領著上級在地裡轉，轉完之後彙報。縣委上級問：像這樣的地，一畝地能產多少水稻？杜鄉長看了看旁邊的秘書小王，說：「啊，打八百斤吧。」秘書小王趕緊暗中拉了拉杜鄉長的衣角，把眼色遞了過去。杜鄉長忙改口：「啊，啊，能打一千斤。」秘書小王再次拉動杜鄉長的衣角，杜鄉長很尷尬，不知彙報多少產量才合適。這時縣委上級也投過審視的眼光，這眼光讓鄉長渾身發冷。關鍵時候秘書小王衝了上去，小王一步跨到鄉長前邊去，對縣委上級說：「確切數字我知道，是一千六百！」杜鄉長事後感慨：「鬧了半天是一千六百，這小王，也不早點告訴我！」

畝產一千六百，縣委上級對最後邊這個數還是滿意的。但到底畝產多少呢？也許連八百斤也不到。這個不大識相的老杜不知後來調到哪裡去了，但那秘書小王據說很快就當了副鄉長，專門應付上邊檢查。

莊子說：「聖人不死，大盜不止。」莊子是誰？是老子的學生，他深得老子之眞契。

不擾民，老子以爲這最好。

民自擾，老子認爲這是心不清靜。爲什麼不清靜？因爲欲望去不掉。

老子說上古的部落首領就不擾民，以致老百姓根本不知道他們的上邊還有個什麼首領。這樣的首領跟天一樣，默默地罩著大地和大地上的一切，但是從來不說什麼。老子說，道就是這樣的。道無處不在，但道從來不說什麼，就像陽光和水。陽光和水就是天的賜予。

老子說次一等的領導者，還是順應民意的，給人們做了好多好事，老百姓親近他們贊譽他們。但是，在老子看來，還是無所作爲的好。因爲這個領導人最容易有個人意志，老百姓再一贊揚，這意志就更容易張揚和膨脹，那樣一來，老百姓就很有可能把贊揚變成怨恨和責罵。

我說過，老子是在論道，不一定是在說社會人事。之所以說社會人事，是因爲這樣說好理解。老子實意是說，你要修道，就得跟道一樣。道就是那個天。你說天是有所作爲的還是無所作爲的？你說天有所作爲，天做什麼了？你說天無所作爲，可是你能須臾離開天嗎？

第十八章　他為啥成了英雄？

原文

大道廢，有仁義。智慧出，有大僞。六親不和，有孝慈。國家昏亂，有忠臣。

譯文

大道廢棄了，才顯出仁義。智慧出來了，才有大的僞詐現象。六親不和的時候，才需要講孝慈。國家昏亂的時候，才顯露出忠臣。

趣讀

好和壞、美和醜、眞和僞、親和疏、忠和奸、大和小、多和少、上和下、痛和快……都是比較而來的。失去了一方，另一方也就無從顯現。比如一個人坐在火車上，我們都感覺到是火車在行走，而不是大地在行走。其實，火車和大地是相互對應的參照物。

如果沒有大地的相對靜止，你就感覺不到火車在行走。實際上，我們在火車上坐著的時候，並沒有感到火車在行走，而是感覺大地在旋轉。或者是大地在動，或者是火車在動。如果說大地和火車以同樣的速度朝同一方向行進，我們則一點行走的感覺都沒有。

上小學的時候，有關追及的數學題總讓我傷腦筋，我老是弄不清甲和乙還有丙有人步行有人騎車，步行的走出多遠之後，然後騎車的再追，問追上這位步行者需要多長時間。這問題問得非常形而上，實際上我們上學的時候從來不這麼走，如果一個人有自行車一個人沒有，則有自行車的人肯定要把沒自行車的人馱上。就是沒自行車的人先走，也說不準多長時間能夠追上。因爲步行的人有時要在路上瘋跑一陣，有時又坐下來休息，有時還到老鄉的地裡去偷花生吃。騎車的人呢，半路上車胎還會撒氣，我有一回還切了車軸，扛著自行車走了老遠，比步行者還慢。這都是實際問題，遠比書上的複雜。所以一遇到追及問題我就不及格。

實際世界的確比書本上和報紙上的東西複雜得多。

一老漢把一頭老牛賣了，賣了六千元錢。衣兜鼓鼓的走在回家的路上，心裡揣摩著怎麼用這六千元錢。這時，一個騎著摩托車的青年追了上來，對老漢說：「大爺，您賣牛的時候，我在旁邊看著了，那人給您的是假幣。」老漢疑惑，忙拿出錢來看，這時那青年一把奪過老漢手裡的錢，飛車而去。

一位七十三歲的老太太，用了一天一夜的時間，翻過一座大山，到鄉政府告他的不孝兒子。當她把被石頭磨破了的鞋用一根塑膠繩兒綁住的時候，她想到了她生兒子時，她跟兒子相連的那根臍帶。

某老漢從市集上買回一頭小豬，待把牠的四條腿解開後，牠仍然不想動彈。餵牠東西也不想吃。後來那個豬拉了一些屎。老漢感覺這豬屎顏色不對，就用一根木棍去捅，這一捅，感覺這豬屎分量很重，拿來一塊磁鐵一試，那豬屎竟被吸了起來。原來賣主給豬灌了鐵粉。

在這樣的背景下，不僅英雄、孝子會在社會上絕跡，就連好人也成了珍稀動物。

這就是老子說的：大道廢，有仁義。

第19章 人類在吸毒

原文

絕賢棄智，民利百倍。絕仁棄義，民復孝慈。絕巧棄利，盜賊無有。此三者以爲文不足，故令有所屬。見素抱樸，少私寡欲，絕學無憂。

譯文

棄絕聖賢拋開智慧，人民就會獲得百倍的利益。去掉仁義的說教，人民就會恢復孝順和慈愛。不要技巧與功利，盜賊就沒了蹤影。然而，僅僅用這三者作爲戒律還不夠，還得讓人心有所歸屬。這就是保持樸素的心態，去掉私心減少欲望，拋棄學問以保無憂無慮。

趣讀

聞章：人誰不想獲得智慧？人誰不想成爲聖賢？人有智慧不一定就能成聖賢，但聖賢必定得有智慧。智慧不是好東西嗎？聖賢不是人所追求的嗎？這世上如果多點聖人賢人，少點無賴和土匪不是很好嗎？

老子：我沒說智慧不是好東西，我說了智慧不是好東西了嗎？一個人沒有智慧好像還不如一根木頭。木頭沒有智慧就是沒有智慧，人要是沒有智慧，反而要裝出很有智慧的樣子，這便是人的可笑之處。

眞正有智慧的人，不讓那個智慧外露，無論怎麼看也是一個平常的老頭兒。把話說白了吧，你看我像個有智慧的人嗎？可是我是個沒智慧的人嗎？可是我的智慧又在哪裡呢？說大話的人，內心往往空虛；劍拔弩張的人很可能沒有多大力量。眞正能飛很遠的鳥，翅膀裹住的時候多，能夠說出警語的人，平時肯定沉默寡言。

聞章：我明白您的意思。河上公也說過：五帝垂象，倉頡作書，不如三皇結繩無文。那時候人是那麼自然，與天地和諧相處。人把自己看得並不比其他動物高貴，人跟植物也有著千絲萬縷的聯繫。傳說伏羲和女媧都是人面蛇身，炎帝生下來時人身牛首，義和驅趕著六輛龍駕的車，天空飛著丁令威化成的鳥……所有這一切都在說明，人跟自然是多麼親近。可是，您不知道，後來的人早已跟大自然對立起來了。人跟大自然對著拼搏，大自然也在報復人類。人類已經越來越明白，人是不能脫離自然而生存的，生態環境的變壞最終是要毀滅人類。所以，二十世紀的人類提出了一個口號，叫做永續性發展。就是在滿足當代人需求時，還要充分考慮到子孫後代的生存條件不被破壞掉。這種提法可謂是懸崖勒馬，但勒住勒不住還很難說。可是，我仍舊不理解，聖賢不顯像，智慧不外露，怎麼就能使人民獲得百倍的利益呢？

老子：不是你已經說了嗎？大自然已經在報復人類。是誰把大自然破壞掉的？是人。是哪樣的人？當然是聰明人，是自以爲聰明的人。他們要讓天地自然更好地爲人類服務。其實大自然哪一天沒爲人類服務？只是人類感覺不到。感覺不到不要緊，可是人類還要打著爲人類服務的名義來破壞人類的生存環境。生態環境越來越惡劣，人在吸毒氣，喝毒水，吃毒食，得的病也是千奇百怪難以醫治。這都是人類自己造成的啊。你不是說人類已經感覺到了這些了嗎？既然已經感覺到了，那還用我說嗎？我說，要是不去改造大自然，讓大自然自然而然，讓人們在這個世界上和諧地生存，雖說可能沒有汽車坐，但肯定有青牛騎，水是好的，空氣是新鮮的，陽光是透明的，風也是透明的，白雲白，河水清，這一切不好嗎？民利百倍，又豈止是民利百倍啊。

聞章：可是，後來的人類已經回不到原來那個境界當中去了。他們已經從大自然中得到了好多的好處。別說結繩記事了，現在是連算盤珠都見不到了。人類已經發展到電腦時代，機器都可以跟人下棋了。人們現在吃的是山珍海味，住的是高樓大廈，坐的是飛機汽車火車，所有這一切都是從大自然那兒攫取來的。再讓他們回到原始社會去過那種刀耕火種的日子，怕他們受不了。

老子：那我沒辦法。從來沒人聽我的話。人類在自殺。人類整體在吸毒。爲了眼前的一時舒服，而不顧長久，這就叫剜肉補瘡，飲鴆止渴。

你歪什麼腦袋？是不是又想說我是反動的？腐朽的？頹廢的？無所作爲的？要批倒批臭？聽到有些人這麼說時，我眞痛心。既痛心又可笑。

人類最愛發瘋，人類最沒記性。

老子說完以上這番話，就把眼睛閉上，不再理我。其實我還有好多的話要問，「絕仁棄義，民復孝慈」，上一章已經把這意思說了，不問也罷。可是，爲什麼絕巧棄利，就沒有盜賊了呢？

我不是盜賊，不知盜賊的心理。盜賊爲什麼要偷別人的東西？是因爲別人有的他沒有嗎？是因爲別人的比他的好嗎？是因爲別人的比他的多嗎？我想是。可是，怎麼別人就比他的好就比他的多呢？甚至別人有他沒有呢？

老子既然不說話，只好自己揣摩。比方說我有一輛汽車，我的汽車是怎麼來的呢？當然是買來的。沒有錢買不來東西。我的錢又是怎麼來的呢？因爲我有工資，或者我還有一份專利，或者我還炒了幾年的股票。我賺的。可是爲什麼盜賊賺不來呢？對了，盜賊要是能賺來，還是盜賊嗎？

好，我的眼前一亮，按照老子的思路，我好像明白了。因爲我聰明，我有技術，我會發明，我會摸行情，這一切又緣於我有文化，知識結構不一樣。所以我屬於先富起來的那一類人。

盜賊最貪婪，但盜賊不是沒有文化就是懶惰，或者說他們更聰明，偷盜的技術更精，撬門的手藝沒比。可是，別人要是沒有他們偷誰的？六〇年代，小偷都絕種了，爲什麼？因爲家家家徒四壁，小偷實在是無所作爲。

老子願意人們守著雖然清貧但是清靜的日子，把天上的月亮當燒餅品嘗。

老子突然睜開眼睛，看了我一眼之後，再次把眼睛閉上。可是他說話了。老子說：你不要在這裡耽誤過多的工夫，其實你並沒有明白我說的意思。你向後看，我是這麼說的，此三者並不能作爲一種理論根據來規範人們的生活，你願坐你的汽車就坐你的汽車，你願坐你的火箭就坐你的火箭，我的話一說出來的時候就已經過時，要是天地間是那麼和諧我還說三道四嗎？我不受歡迎那是活該。我的話被人曲解也是活該。我要是被人歡迎被人頂禮膜拜那我就不是我而是孔丘了，孔丘是「聖之時者也」，而我是「聖之過時者也」。後來有人拜我，把我尊爲太上老君，持符念咒，仗劍捉妖，呼風喚雨，消災去禍，出夠了洋相，可是那跟我有什麼關係？

我是說，這個世界變壞首先是人的心壞了。人心是世界之核。核壞是眞壞，核要是不壞，外皮壞點也沒大關係。我是說，你不一定要吃糠嚥菜，可是你一定得有吃糠嚥菜時的那一種粗糙的腸胃，吃肉時感覺不到肉的滋味，坐車時想想那些沒有車坐的人。心要寬，量要大，心境要自然，要樸素，不追求什麼，不厭惡什麼，去掉私心，淡化欲望，與天地同體，與自然歸一。你站著就是樹木，你躺著就是河流，你喝水也要想到羊馬也喝水，你吃飯要想到豬狗也得活著。你腸子裡的蛔蟲跟你同著命運，你其實就是地球上的一條蟲，你其實就是宇宙間的一條蟲。你要知道，在你得到的時候，其實你正在失去。你自己在咬噬你的臍帶，在咀嚼你的生命之根。你跟宇宙合一了，你就跟宇宙同在，你跟宇宙相悖了，宇宙就把你甩開。

這是生活嗎？這是修道。

第20章 在別人眼裡他總那麼古怪

原文

唯之與阿。相去幾何？善之與惡，相去若何？人之所畏，不可不畏。荒兮其未央哉！眾人熙熙，如享太牢，如春登臺。我獨泊兮其未兆，沌沌兮如嬰兒之未孩，累累兮若無所歸。眾人皆有餘，而我獨若遺。我愚人之心也哉！俗人昭昭，我獨昏昏。俗人察察，我獨悶悶。澹兮其若海，飂兮若無止。眾人皆有以，而我獨頑且鄙。我獨異於人，而貴食母。

注釋

唯：應諾。荒兮：廣闊貌。未央：沒有盡頭。太牢：祭祀時三牲齊全叫太牢。累：疲憊。昭昭：清醒。察察：精審。悶悶：昏昧、懵懂。澹兮：恬靜的樣子。有以：有所作為。頑且鄙：愚鈍而且鄙陋。貴：重視。食母：食於母，用道來餵養自己。

譯文

恭維與呵斥，相離有多遠？美好與醜惡，區別有多大？人們都懼怕的你不能不懼怕。

荒原啊，哪裡有個盡頭？衆人熙熙攘攘，好像在享受盛大的宴席，又像是在春天裡登上高臺。

惟獨我渾然無覺，像是泊然未鑿的樣子，混混沌沌的像剛出生的嬰兒還沒長大一樣。疲疲憊憊像是找不到個歸處。

衆人都是那麼志得意滿，惟獨我好像丟失了什麼東西。我眞是個愚笨的人嗎？世俗的人個個明明白白，惟獨我昏昏暝暝；世俗的人人人清清楚楚，惟獨我糊糊塗塗。

大水浩淼蕩蕩如海，高風習習無休無止，衆人都有一套本事，惟獨我又沒用又頑固。

我這樣與衆不同，是因爲我以養本爲貴。

老子趣讀

趣讀

老子對尹喜說，去沏一壺茶來，我跟你倒倒苦水。

尹喜沏了一壺苦丁茶。尹喜問：喜歡嗎？就是有點苦。

老子說，啥叫苦？啥叫甜？沒有苦怎麼來的甜？沒有甜又怎麼界定苦？

尹喜說，沒有苦甜，還有美醜吧？沒有苦甜，還有好壞吧？

老子說，你怎麼還在糾纏這個？美好和醜惡，誇贊與訓斥，打擊與抬舉，能有多大的區別？別把這事看得過重。可是，這個世界是可怕的，原來我是不怕的，可是後來我怕了。大夥都怕的事情你不能不怕。

尹喜問：啥事讓你害怕？

老子呷了一口苦丁茶，說，孤獨最可怕。

老子說，你看，我並沒招誰，也沒惹誰，可是，到處有人在說我的壞話。好話和壞話隨他們說去，我從來不往心裡去。可是，他們爲什麼要說我的壞話呢？

老子說，分析來分析去、我明白了，就是因爲我不合群。這就犯了大忌。人活在世上怎麼能不合群呢？

這個世界上有好多規矩，不成文的規矩。越是不成文的規矩越是可怕。上司來了，大夥都衝著他笑，你笑不笑？你若是不笑，壞了。上司也許倒沒什麼，周圍的人就開始說閒話了：他怎麼回事？怎麼不笑？是跟上司有矛盾？還是看不起咱們？還是生理上有毛病？這傢伙清高得很！見了凡人不說話。別說凡人，見了上司都不說話。這樣幾天之後，上司就開始找你談話：有什麼不愉快的事嗎？誰得罪你了嗎？嫌工資低嗎？有意見可以提，不願當面提，門口有意見箱。

可怕不可怕？

我知道大夥為什麼總像麻雀一樣在一起了。我知道人們為什麼不敢有獨立性格了。可是，我天生就是這麼個人，我就是不合群。我的想法總是與眾不同，我的作法也總是與眾不同。人們吃了一頓燉肉，就高興好幾天。我想這有什麼好高興的呢？你高興了，那被煎煮的牛羊高興嗎？那被烤的山狍子高興嗎？所以我不高興。非但不高興，還好幾天悶悶不樂。

在這個嘈雜的世界上，你要想成就一件事情，就得有獨立的精神。不管別人怎麼看，怎麼想，實在不行我走人。可是，你必須具備一定的生存條件。你必須有住房，必須有基本的生活費，必須把身體鍛鍊好，必須有一顆甘於寂寞的心。大夥都害怕的事你也得知道害怕，大夥都不去做的事你也最好別做。別犯法，犯法不等於精神獨立，犯法只能說明你比糊塗人還要糊塗。

別人說你傻，你就傻著；別人說你精，你就精著；別人說怎麼這人像個孩子似的啥事不懂啊，你就一笑，或者連一笑也不笑。做個嬰兒有什麼不好？我看挺好。嬰兒心最純淨，他的哭就是哭，他的笑就是笑，不論哭和笑都非常好看，為什麼？因為他純淨，

老子趣讀

不像一些人似的笑的背後是口陷阱，哭的背後是個陰謀。

你看我，從來不爲世俗上的事所動，從來不爲世俗的人所改變。眾人每天那個高傲的樣子，特別是發了小財的，升了小官的，嗬，飄呀飄的，眞不知其所以然。淺薄得很！不讓這樣的人發點小財行嗎？不讓這樣的人升個小官行嗎？你要是讓我發財升官我高興嗎？我要是不高興提拔我的人能得到好處嗎？

讓想發財的人發財，讓想升官的人升官，讓想幹壞事的人幹壞事，人不在樓上，是摔不痛的，狗不掉海裡，是淹不死的。不是有一句話叫欲擒先縱？老天爺想要毀滅誰的時候，先要把他架空，讓他得意忘形，腳底下沒了根。

淺薄的人幹不成大事。幹大事的人肯定不淺薄。

我不患得患失，因爲有時失就是得，得就是失。赴宴的時候多吃了一塊肉，很得意。半夜裡鬧肚子只有自己知道。

我缺心眼兒。我缺的正是別人所多的。我不是缺心眼兒，我連心都沒有哪裡會有心眼兒？心眼兒是給需要心眼兒的人準備的，我不需要，心眼兒便如糞土。

世人都喜歡金子。爲了迎合人們這一大愛好，連佛都說西方極樂世界裡都是金磚舖地，樹上的葉子都是翡翠的，結的果實是瑪瑙的。不這樣說，愛財的人不信佛。佛是爲了方便才這樣說的。其實在佛界，金銀財寶還有什麼用？

在眾人都抱著他們各自的金塊得意洋洋的時候，我的心裡卻空洞得沒有著落。爲什

麼？我爲他們悲哀。一個人的心靈難道就這麼不值錢嗎？

尹喜你呢？我已經說了這麼多，你也說說。

尹喜說，我不說，我說什麼。今天我聽你說。

老子說，世上的事本不用說，不如喝茶。

尹喜在茶壺裡續了水。

尹喜問，味道如何？

老子說，你問茶壺。

歇了一會兒。尹喜說，老人家，我明白您的意思了。

老子問，明白什麼了？

尹喜說，在世人看來您是個非常古怪的老頭兒。不論想的做的都跟人不一樣。這是因爲您懂得了道。您總是看到那些別人看不到的，想了別人所想不到的，說了些別人所聽不到的。您想的這些別人不懂，你看的這些別人不信，您說的這些別人以爲是瘋子說的，傻瓜說的。所以您孤獨，您苦悶，您煩惱，您茫然若無所歸。

老子：尹喜啊，我白跟你說了這麼多，你還是沒聽懂我的話。我是這麼說的嗎？我是沒這麼說嗎？說的什麼連我自己都不知道，你怎麼會知道呢？

尹喜吃驚地看著老子。

老子大喝一聲：喝茶！

第21章 道在一個陶罐裡裝著

原文

孔德之容，唯道是從。道之爲物，惟恍惟惚。惚兮恍兮，其中有象；恍兮惚兮，其中有物。窈兮冥兮，其中有精；其精甚眞，其中有信。自古及今，其名不去，以閱眾甫。吾何以知眾甫之狀哉？以此。

注釋

孔：大。容：形態。窈：深遠。閱：觀察。甫：通「父」、開始。衆甫：萬物的開始。

譯文

大德的形態，完全順從道。

道這個東西，是恍恍惚惚的。雖說是恍恍惚惚的，可是其中有形象，有實物。在它的深遠幽暗中，有一個本質的「精」存在著。這個「精」非常實在非常眞切，在它那裡可以得到信息。

從古到今，道的本質不變，它的存在目的是讓人們看到萬物的本源。

我是怎麼知道萬物的本源的呢？就是在這裡知道的。

趣讀

《老子》又名《道德經》，是由道經和德經組合而成的。老子不僅講道，還講德。道是形而上的東西，看不見摸不著。德呢，是道的載體，是看得見的。好比說，誰也沒見過沒有，有了有你才知道什麼叫沒有。和一塊泥巴，做成一只陶罐，陶罐裡面是空的。這樣，藉著這個陶罐你就懂得了什麼叫空。若是沒有這個陶罐，空就不可捉摸。

道本來是不可說的，老子就打了好多的比方，講了怎麼樣治國，怎麼樣打仗，怎麼樣做人，怎麼樣做事。表面看來，老子是在講這些東西，其實老子的本意並不在此，他是在講道。正像用一個陶罐來說明空一樣。

老子突然把陶罐打碎，空不見了。

老子再把陶罐捧出，空又來了。

道就在陶罐裡盛著，一般的人看不見。

把陶罐摔碎之後，道到哪裡去了？

誰都知道「有」有用，誰也不知道「沒有」更有用。

我們大都會騎自行車，騎技高的人，前輪和後輪能夠走在一條線上。對於騎自行車的人來講，大道雖寬，有三寸就夠用了，其餘的地方都沒有用。

不妨把道路切下去，切成萬丈深淵，只在中間留下那一條三寸寬的路。騎自行車的人技術再高，他還能騎嗎？

這就叫做無用之用。

道是看不見的。但被道支配著的德是看得見的。陶罐就是德，陶罐之外就是道。想知道「道」的時候，就去摸摸陶罐。

浮躁的人看不見道，因爲他心起伏不定。好求小利的人看不見道，因爲一枚小錢就可以晃了他的眼睛。仰頭走路的人看不見道，因爲道容易被鳥的翅膀遮住。老是想見到道的人也看不見道，因爲道很害羞，你一追倏忽之間它就不見了。

怎麼才能看見道？老子說，你能恢復到嬰兒狀態嗎？你的心能夠像深井裡的水那樣沒有一點搖動嗎？你能夠寵辱不驚、高低不懼嗎？

老子說，你靜下來。你最好把你變成一只陶罐。陶罐裡面有蛛網，可是你見過陶罐煩亂過嗎？陶罐在陽光的照耀下有陰影，在雨天裡就沒有陰影，放上水它就是滿的，不放水它就是空的，被少女提走它也不高興，被一個瘸子提走它也不沮喪，你把它打碎它

就很隨意地把自己攤在陽光底下，你把它鍋在一起它照常又是一只陶罐。

靜下來。你是不是要想一些事？你想就是了。陶罐是不是也想事？我不是陶罐，我不知道陶罐的想法。老子說，你不要管，想事就想事，不想事就不想事。順其自然。道不遠人人遠道。道就在你的身邊。你抓一把看看？手裡啥也沒有。這沒有就是道。

要說這沒有就是道，你肯定不信。那麼好，我就讓你看看有的。

還是要靜。不讓你想事是爲了讓你靜。讓你想事也是爲的讓你靜。你沒了欲望就自然會靜下來，如果你煩躁不安那是因爲你心裡有事擱不下。有什麼事放不下呢？還有比道更大的事嗎？爲了道你知道孔丘說過什麼樣的話嗎？他說：「朝聞道，夕死可矣。」死都不怕，有了這種精神就有可能得道。

我說道是恍恍惚惚的東西，你沒法把它說清楚。可是，眞的沒法說清楚嗎？不是。我心裡已經非常清楚，我只是沒法跟你說清楚。只有你也得了道，我才能跟你說清楚，可是，那時候還用說嗎？

所以你要跟著我做，我也是人，我能得道你怎麼就不能？你要是不能那是因爲你耐不住寂寞，守不住清貧，忘不下虛榮。見了上司你沒笑，因爲你沒笑別人笑你，你心裡是不是很彆扭？這回分房子，本來應該有你的，結果就是沒你的，你是不是很生氣？有一宗買賣能賺一筆大錢，但是需要你想法去弄一張增值稅發票，而掌握發票的人正好是你的同班同學，你是不是很動心？

你能得到。但你不能得道。

把這些都拋開。人生迅速，生死事大，給你的機會並不會很多。

你是一只空的陶罐。陶罐裡面的東西都要倒空，連裡面那個蜘蛛網也要打掃乾淨。就那麼空著等。就像老母雞孵小雞那樣，耐心而又細緻，一開始雞蛋不動，就跟石頭一樣。後來就有了生命的初動，有了感覺。雞蛋與石頭的區別就在於裡面有沒有生命。二十一天小雞出殼。在這之前就有信了。這就叫做「其精甚眞，其中有信」。

道是一種生命體。

道是宇宙的本眞。

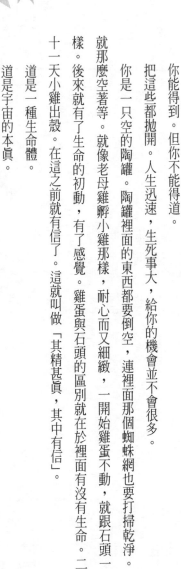

修道時你的意識像陶罐可又不是陶罐，陶罐只是個比喻。因爲你的大腦空了之後並不等於頭骨是骷髏。它還是一個生命的靈體。它與宇宙融合，宇宙的感覺就是你的感覺，你就會看到恍惚之中有一種異樣的觸動，你說不清，但你感覺眞切。你周身暖融融的。氣血在自然周流。好的感覺不要興奮，壞的感覺不要驚慌，信息來了不要害怕，信息走了不要追求。

道可道，非常道。眞的是不好跟你說清楚。你可以看到宇宙的初始，也可以感覺宇宙的未來。其大無外，宇宙無邊，你也無邊；其小無內，原子核裡照樣是乾坤飛旋。世界井井有條。這時你才知道爲什麼有人說「人一思索上帝就發笑」這句話了。在宇宙中，人無疑很渺小。可是，人又是宇宙的一個胚胎，在人的身上涵載著宇宙的全息信息元。當然別的事物上也有，只是它們感覺不到。而人是能夠感覺到的。

注意我說的那句話：「吾何以知眾甫之狀哉？以此。」

我是怎麼知道的呢？我就是這麼知道的。

第22章　吃虧是福

原文

曲則全，枉則直，窪則盈，敝則新，少則得，多則惑。是以聖人抱一爲天下式。不自見故明，不自是故彰，不自伐故有功。不自矜故長。夫唯不爭，故天下莫能與之爭。古之所謂曲則全者，豈虛言哉？誠全而歸之。

注釋

自伐：自我誇耀。自矜：自驕自滿。

譯文

虧缺的反而會得到保全，屈枉的反而會得到正直，低窪的反倒能夠充盈，朽舊的反而能得新生，少取反而往往多得，貪多反而會自找迷惑。

所以，聖賢之人必是與道合一，爲天下人做出示範。

不以自己的見解爲見解，所以能看得分明；不以自己是非爲是非，所以反而是非彰顯；不以自己的功勞爲功勞，反而能夠得到功勞；不驕傲自大，反而別人會尊你爲尊爲長；正因爲你不爭不競，所以天下的人便沒了你的對手。

古人所說的「虧缺的反而會得到保全」，難道是瞎說的嗎？那確實能夠與道合一，不以曲枉爲曲枉的，天下便歸屬他。

趣讀

道是個什麼東西？觸摸沒有形體，觀察不見痕跡，聽之無聲，辨之無色。若說等於沒有，但又到處都在。躲也躲不開，逃也逃不了。你要是順應它，那眞是一順百順，會使自己置身於一個自由狀態中；你要是逆著它，不把它當回事，就好比逆水行河，或可遭到滅頂之災。

道是好東西？還是壞東西？

道不是好東西，也不是壞東西。道不可以好壞來論。

就是這麼一個至高無上的、可以囊括一切的東西，如果有形狀該是個什麼形狀？如果有色彩該是個什麼色彩？如果有聲音該是個什麼聲音？

老子趣讀

有一種蟲子，在夏日的黃昏可以看見牠。這個蟲子是長的，有點像蚰蜒，身子很軟，身子底下有無數的腿。由於牠柔軟，可以攀援到任何東西上去。由於牠柔軟，地面不平也沒有關係。由於牠柔軟，比牠細的洞口牠也可以鑽進去。牠爬著爬著，如果遇到敵人，牠會立即把自己蜷成一團，圓得像一粒珠子，根本找不到縫隙。這樣像鐵珠子似的圓東西，雞都不吃。牠是不是有氣味？好像沒有。牠是個什麼顏色？在地上爬著的時候，是黃土顏色，爬到樹幹上之後，就成了褐色。

沒有自己固定的形體和色彩，一切隨著時間和地點的變化而變化。道就是這樣的吧？這個小蟲子是不是道呢？

小蟲子不是道，牠只是道的載體而已。如果小蟲子是道的話，那麼我們的每個家庭就會養很多，以示自己是得道之人。

小蟲子是道的載體，我們自詡爲萬物之靈的人類是不是道的載體？當然更是。而且我們人類應該比小蟲子更自覺，更表現出色。

我們都看見過海。海是那麼大，那麼浩淼無邊。有誰不驚嘆海的闊大壯觀？可是，海是怎麼形成的？海是低窪的，而且不是一般的低窪。一般的低窪在雨後只能積些水潦，頂多被那眼光短淺的青蛙生上幾粒蝌蚪，不待蝌蚪長大，那水就乾了。莊子曾經看見過涸轍中相濡以沫的魚，莊子慨嘆萬分：到大海裡去吧，那裡只有魚的喜劇，沒有魚的悲劇。你們這麼相親相敬，又可憐又可佩，可是最後難免一死。與其這樣，還不如到大海裡，彼此相互忘記的好。

莊子見過秋水，那情景肯定比一九九八年夏季長江流域和松花江流域發大水壯觀許多。因爲古時候水多，眞鬧起大水來，洪水可以淹到天上去，把星星泡得發白。就是這樣的大水，比起海來就不算什麼了。

海因爲低窪，才能容納千江萬河。

海因爲低窪，才壯闊無比。

海因爲低窪，才有著無與倫比的力量。

人能不能跟海學點什麼？比如說，人的胸懷是不是該寬闊點兒？

海裡有魚無數有龍無數有海藻無數有海豚海象無數，可是人心裡有時放不下一粒芥蒂。誰說了我不好聽的一句話，誰給了我一個白眼，誰把我的一顆蘋果偷吃了，鄰居把垃圾掃到了我的門口……所有這一切使我不舒服；上司對我笑了那麼一笑，這一笑深不可測，所以我失眠能怪我嗎？本來該我當科長，表都塡了，上級也考察過了，可是，最終當上科長的是我的對桌，你說，這能不生氣？

一個小夥子今天相親，女方來人。一早起來，小夥子就開始忙活，擦桌抹凳的。到了太陽老高，還不見女方來人，小夥子有點著急。他騎上摩托車到河堤上去望。就在河堤上他與一個人相撞。那個人也騎著摩托車，後邊還帶著一個半老的女人。兩輛摩托車同時倒地，女人的胳膊肘也磕破了。小夥子氣不打一處來，說，你瞎了眼，會不會騎？

老子趣讀

騎摩托車的中年人說了好些好聽的，說是爲了躲一個土坑，才撞上的。我們都是三鄉五里的，說不準還是親戚。你沒事吧？

小夥子說，就這麼走？想得倒好！看在三鄉五里的面子上，你得給五百塊錢！

中年人說，你不要不講理好不好？我說怪我，你仔細看看，是眞怪我嗎？不錯，我是躲了一個土坑，但我的方向沒錯。行人靠右行，我懂。你看你走得對嗎？

小夥子說，行人靠右走，那是在公路上，這是公路嗎？這是河堤。你想走也行，把摩托車留下。

中年婦女說，把錢給他。今天有大事要辦，別再跟他糾纏。

中年人憤憤地把五百元錢摔到小夥子臉上。

小夥子很得意地回到家裡。

工夫不大，相親的來了，一共來了兩輛摩托車。漂亮的姑娘讓他哥哥帶著先進了門，小夥子迎上去，滿臉堆笑。但很快他的臉就僵在那兒了。後面進來的那輛摩托車正是那對跟他相撞的中年人。這是一對夫婦，是姑娘的姑姑和姑父。

結局是一開始就定了的，那姑娘知道了內情之後，扭身走了。

小夥子在院子裡啪啪搧自己耳光。

報載：一位副市長爲了當家作主，就雇人把市長殺了。

緊接著執法人員就要殺他。槍斃這位副市長時萬人空巷。

電視播出：都江堰市的市委書記和市長，在風水最好的地方花六十多萬元公款爲自己蓋了別墅。那別墅眞是漂亮！可是，到最後這別墅裡住進的不是市委書記和市長。他們另有地方。黨紀政紀和法律都不會饒過他們。

一個叫戚火貴的南方人，也是市長之類的大官，貪污了幾千萬。臨死之前他哭了。他說能不能讓我再活一回，再活一回的話決不再貪。

人的眼光有時比鼴鼠的眼光還要短淺。

人的貪婪之心好比深山大壑，難以填滿。

人是個沒尾巴的動物，可是有時候尾巴翹得比猴子還高。

人最沒良心。背叛朋友的是人，殺死恩人的是人，虐待父母的是人，詭計多端的是人，陰謀與陽謀一塊耍的是人，說了話不算話的是人，造謠惑眾的是人，同類相戕的是人，以鄰爲壑的是人，厚顏無恥的是人，貪贓枉法的是人……

可是，人還可以換個樣子活著。

大公無私的是人，奉獻愛心的是人，救死扶傷的是人，殺身成仁的是人，至誠至信的是人，虛懷若谷的是人，視死如歸的是人，愛屋及烏的是人……

老子說：「天網恢恢，疏而不失。」有個給你算總賬的在天上看著你，這就是道。道既能懲罰也能褒獎，想占便宜的，偏要讓他吃虧；想吃虧的偏讓他占便宜。想得到的偏要讓他失去，不想要的，天上偏掉餡餅；捨不得種子的人，秋後就沒收成；殺死母雞的人，沒有雞蛋可煮。晚上多吃了一塊年糕，半夜裡就要胃疼。世上事物是一根長鏈，因和果扣扣相連，無因不果，無果沒因，可以倒果爲因，也可以倒因爲果。

孔融只不過讓了一個梨，當時那個小梨可能又苦又澀，可是，孔融占了多大的便宜！一個梨便讓這位孔聖人的後裔名滿天下。

周恩來一生爲公，他說：我貌雖瘦，天下必肥。

老子說，道就是這麼個東西，它柔弱，它空虛，它從來不顯耀，它更不擠兌誰。無處不在，但也沒占誰的地方；無聲無臭，但聲音和色彩都是它的造就。我說的曲則全也好枉則直也好，都是拿眼前的事物打個比方。你要是想得道，先得知道道，跟道靠得近些，最終才有可能與道渾化。與道渾化之後，你就是道體。就是道的載體。沒有比道這東西更好的了，你要是得了道，就得了天下最大的便宜。

第23章　少說話

原文

希言自然。飄風不終朝，驟雨不終日。孰爲此者，天地。天地尚不能久，而況於人乎？故從事於道者，同於道，德者同於德，失者同於失。同於道者，道亦樂得之；同於德者，德亦樂得之；同於失者，失亦樂得之。信不足焉，有不信焉。

注釋

希言：無言。飄風：狂風。

譯文

大道無言，所以少說話才合乎自然本性。

狂飆那麼大的風，刮不了一個早上，大暴雨也下不了一整天。是誰決定要下雨刮風的呢？是天地。天地尚且不能使風雨長久，何況人呢？

所以，一心向道的人，就跟道相同；一心向德的人，就跟德相同；失德失道的人，就跟沒德沒道相同。跟道相同的人，道也願意接納他；跟德相同的人，德也願意接納他；與無道無德相同的人，自然他們是一夥兒。

信念不足的人，就會不相信。

老子趣讀

趣讀

少說話！老子這句話可謂語重心長。老子萬不得已才把這句話說出來，在說這句話之前，肯定他考慮了好久。他這樣考慮：既然要少說話，我幹嘛還要說呢？可是我不說，人的嘴巴怎麼能閒得下來呢？

爲什麼要少說話？因爲說話沒用。事情不是因爲你多說了幾句才發生變化的，你可能不這麼認爲，你還以爲眞的是你關鍵時刻那幾句話發揮了作用。是，有些人的話是有用的，特別是在關鍵的時候，比如老子說的這句：少說話，說不定就會發生很大的作用。還有，我們至今記得的那「一句頂一萬句」的話，頂一萬句不好說，但是眞頂用。國家元首晚上說的一句話，不待天亮就要傳達到每一個人，讓家喻戶曉，人人記住。有時候不但要落實到行動上，還要溶化在血液中。可是，正是這些話，造成民族的災難。

使得國家陷入極度困境之中。爲了撥亂反正，我們不得已，又說了好多的話。

爲什麼要少說話？因爲你沒掌握事物的全部規律。你說的話如果符合事物的規律，那麼這話還眞的有用；如果你說的話不符合事物的客觀規律，那麼就要犯錯誤。如果你不說話，犯錯誤僅是你個人的事，如果你說了話，或者還號召了，鼓動了，串聯了，開會了，那麼，這錯誤不就擴大了嗎？

你說你的話符合事物的客觀規律，那只不過是你的一廂情願而已。人是個多麼不自量力的動物，多麼願意自我表現，多麼喜歡自以爲是，多麼虛榮，多麼飄浮，多麼美！特別是當你的話在某個時候或某件事上眞的發揮了一定的作用的時候，你便以爲不管是在什麼背景下在什麼場合下在什麼情緒下在什麼健康程度下凡是從你嘴裡吐出來的音節都是放之四海而皆準的眞理了，你說的話是眞理，你的嘴便是眞理的發源地，你本人也便成了眞理的化身。這不可怕嗎？非常可怕。

那麼你要問，要是眞的不說話了，好多事情就會亂套，人不是靠語言來溝通的嗎？如果人都不說話了，那麼這個世界不就成了一個無聲的世界？人跟蟲蟻還有多大的區別？是的，人不說話世界就太沉寂了，這的確有點讓人受不了。可是，老子並沒有讓人不說話，他只是讓人少說話。而他讓人少說話的背景是，人們的確是說話太多了。官話太多，套話太多，虛話太多，假話太多，廢話太多，沒有用的話可說可不說的話說了還不如不說的話太多，泛濫成災。難道說這些話不需要精力？難道說這些話不需要經費？

難道說這些話不耽誤工夫？難道說這些話不浪費資源？

報刊就是說話的工廠，廣播電視就是說話的嘴巴，秘書就是說話的舌頭，學校就是培養說話者的機關。人人都在說，都在用不同的方式在說，都在說著想說的和不想說的。爲了這說，發明了電話，接著又發明了傳呼機、大哥大，有一種人叫翻譯，專門把兩種或者幾種不同的語言弄明白。說呀說呀，整個世界成了一個大話匣子，有點像蜂箱裡的蜂，擠在一起嗡嗡直叫。要是眞有上帝的話，他老人家也肯定是個聾子，要不然的話，他早被人類吵煩了。

所以說，老子說讓人們少說話，不論從哪種意義上講，都是必要的。

接下來，老子繼續說不說話或少說話的必要。

老子拿風雨作比。老子說，特大的風刮不了一早上，特大的雨也下不了一整天。爲什麼？凡是特別暴烈的東西，都不能長久。脾氣特暴的人，生命不會太長；世上的暴君大都短命，施行暴政的王朝也別想待得過久。爲什麼？天地不容。爲什麼天地不容？因爲天地都不能使大風大雨保持長久，天地能讓人那麼暴烈地存在下去？

還有更內在的原因，老子說，那就是道是沒有嘴巴的。

誰見過道說過一句話？可是，世上的事物都按照道的規矩走。道是自然而然的，道歸納著包括天地在內的所有的事物，道不說讓你死，你是背離了道才死，道不說讓你生，你是符合了道才生。道是無私的法官，手持律條，誰犯到哪一條就把典律翻到哪一條。

老子說，是榮是辱，是禍是禍，是吉是凶，是死是活，就看你的選擇了。因爲同聲相應，同氣相求，水就濕，火就燥，雲從龍，風從虎。還有句話叫做物以類聚、人以群分。世上的事情都是歸了類的。你的心朝向哪裡，哪裡就是你的家。

老子說，你要是愛說話你就說，禍從口出你別怨我。你要幹壞事你就幹，大不了你應訴到法院。你想發瘋你就發瘋，總賬早給你記清了。

老子說，說話到底還是個小事，關鍵還在於你那顆心。爲什麼要你少說話，就是怕浮躁的容易動情的易於與世界其他閒雜事情閒雜人等勾連的話語影響你本來就不太沉靜的心靈。很難想像一顆浮躁的心靈能夠與沉靜的道相和相契。一顆心若是不與道相和相契，那就必然要與別的不好的東西混在一起，這就有點不妙。

因爲與道相和，才能得到道的接納，才能得到道的呵護。

相反，如果你失了道失了德，那就只能跟渣滓成爲一類。

渣滓有什麼不好嗎？不近道的人不知道渣滓的不好，就好像膿瘡不知道自己骯髒一樣。境界不一樣啊，鶴的徜徉和鼠的爬行不等同，雲團的飄逸和泥漿的沉迷根本就不能比較，茉莉的清香和野蒿的腥臭怎麼能是一回事？

是近道，是近德，是滑進無道無德泥潭？都由人來自由選擇。

你想近道想近德，但是不知啥是道啥是德，怎樣才能靠近道靠近德，弄不好說不定一不小心事與願違，滑到本不想去的臭水溝裡去了。這怎麼辦？有沒有避免的好方？是不是有像疫苗一樣的東西提前注射一支，一次管好幾年？

老子說，妙方有，就是把嘴巴閉上，舌頂上顎，在冥想之中，一點點與道靠近。一點不知道道是啥樣子，不知道離道近了是啥感覺，不領略一下道的境界，怎麼能使你產生對道的渴求和嚮往？

第24章 人不知道自己醜

原文

企者不立，跨者不行。自見者不明，自是者不彰。自伐者無功，自矜者不長。其在道也，曰餘食贅形。物或惡之，故有道者不處。

注釋

企：踮起腳跟。餘：剩餘。

譯文

踮著腳跟是站不穩的，跨得步太大反而邁不開腿。

老盯著自己的人看不清別的事物，老自我顯示的人反而名聲不好。

愛自誇的人反而使自己的功勞消失，愛自我炫耀的人反而不被人尊重。

老子趣讀

這些在道看來，就像吃剩下的飯和身上的贅瘤一樣，只能令人厭惡，所以有道的人決不會這樣做。

趣讀

我們總是瞧不起毛毛蟲，覺得那東西太難看，太蠢笨，太貪婪，見了牠恨不得立即殺死。其實，我們人在上帝的眼裡，也是毛毛蟲，或者連毛毛蟲也夠不上。不是嗎？在人的眼裡人是最美的，說人凝聚了天地間的精華。這是人的自誇。毛毛蟲如果也能著書立說，誇起毛毛蟲來說不定比人還會整詞兒。

單就自誇這一點來說，人就是不美的。或者說人還比不上毛毛蟲美。

人看見了什麼就自誇起來？還有比人更自私更貪婪更凶狠更不講道理的動物嗎？人爲了滿足自己的私欲，就可以把別的動物殺了來吃，就可以把別的植物砍了來用。人不僅吃動物的肉，喝動物的血，敲骨吸髓，還吃動物的崽，動物的卵。當著老動物的面殺小動物，當著小動物的面殺老動物，當著彼類動物殺此類動物，而且還把「殺雞給猴看」、「殺雞取卵」這樣的殘忍情景製成成語世代傳說。動物幹過此類的事嗎，就是幹過那也是被逼急了。

鄰村祁三，屠夫，每日殺牛羊無數。這一天，他牽來一頭黃牛，準備殺掉。他就是靠殺羊殺牛致富的，牛肉羊肉很好賣，就是注上水也能賣。原因是人人都嗜腥成性，只要不是人自己的，啥肉也敢吃。而且吃法越來越花樣翻新：除了吃餡之外，煎、炒、烹、炸、氽、燉、煸、煲、腌、熏、烤、熘、蒸、炕、燒等等，不勝枚舉。羊皮牛皮也特值錢，因爲人們越來越喜歡穿動物的皮製成的服裝、鞋帽；喜歡使用和佩帶動物皮製成的箱包、飾物。羊皮的牛皮的已經不算新鮮的了，蛇、鹿、鯨、鱷魚、鴕鳥……的皮都被人用來隨便糟蹋了。屠夫祁三能不發財嗎？

祁三把牛拴在院子裡的榆樹上，就開始在石頭上磨刀子。這把牛耳尖刀，已經瘦下去不少。這把尖刀，就好比是祁三的靈魂，提著這把刀子走在街上，誰都另眼相看。因爲刀尖上滴下的鮮血，落地之後就是白花花的銀子。能掙錢的人在人們的眼裡特閃光。祁三磨刀子的時候，那頭牛就在旁邊無聲地流淚。祁三看見了，他的心動了一下。但也只是動了一下。被殺前流淚的牛他見得多了，他只是笑一下而已。有時還會對牛說：哭啥？牛都得被殺。要想不被殺，下輩子托生人。

祁三把刀子磨好，走近牛。這時牛一下子跪了下來，眼裡的淚水湧流。

祁三才不管這些，他只是感到這很好笑，牛還會跪地求饒。

祁三解開了牛的韁繩，他要把牠牽到殺牛的那個架子跟前去。那個木架子有點像古時的絞刑架，牛向著它哀叫了一聲。他卻不理會。就在他把牛解開牽著牛走向木架子的那一剎那，那牛猛地掙開了韁繩，翹起尾巴，像西班牙鬥牛場上的場面一樣，牛朝祁三猛衝過來。祁三還算機靈，撒腿就跑。但街門關著，他跑不脫，只好在院子裡跟牛兜圈

老子趣讀

子。那牛瘋了一樣，朝他猛撲猛撞。有幾次祁三險些被牛頂在牆角，因此祁三的臉色蠟黃。後來不知怎的祁三上了房，他跟站在院子裡的牛對視了有十分鐘。他的腿有點發軟，他有點怕這頭牛了。

人是最有辦法的，最後祁三還是殺了這頭牛。在牛的肚子裡，還有一頭已經成形的小牛。

在肉攤子前，祁三把這些講給周圍的人們聽。

這便是人，你看有多殘忍。

要是讓動物來評判人，會怎麼樣呢？

老子說得非常好，也非常明白。或者老子已經說得非常好非常明白了，但這裡老子還得不厭其煩地用最淺顯的語言來說他已經不願意重複的話。

他說，蹺著腳怎麼能夠站得穩呢？跨的步子太大又怎麼能走得快呢？可是人偏偏願意這樣做。人說，這樣的道理誰不懂？你老說是因爲你老人家太囉嗦。但是，人眞明白了嗎？要是眞明白的話，爲什麼還不管實際情況允許不允許，提倡超前消費、在荒漠上蓋星級賓館、猛炒房地產、無限制地引進外來生產線……這不是蹺著腳挺立、跨著步走路嗎？

老子說，自以爲明白的，有可能最糊塗，把糊塗當成明白，還以爲自己英明得很。這不是很可怕嗎？老子說，自以爲是的人，誰又瞧得起他。但自以爲是的人，又怎麼知道別人瞧不起他？別人都在嘲諷他，他還以爲那是對他的誇贊呢！這不是也很可怕嗎？

人說，人有糊塗的，可不是人人都糊塗。自以爲是的人很多，但畢竟不能代表人類。老人家是不是批評得面有點寬？

可是，我們人類犯的錯誤還少嗎？我們哪次錯誤不是在聰明的前提下犯的？我們犯錯誤的目的哪次沒有冠冕堂皇的名義？以革命的名義，我們錯殺了好多革命者；以革命的名義，我們把五十五萬人打成了右派；以革命的名義，我們搞了十年文化大革命；以革命的名義，我們把國家的主席逼上絕路。爲了增產，我們把山上的樹伐了，開成了大寨田；爲了進步，我們把鍋砸了，塞在小土爐裡去煉鐵。現在，有誰敢保證，在某些地方、某些人，不在改革開放的旗幟下，來幹一些有害改革開放的事呢？

可怕的是，我們犯錯誤的時候，並不以爲這是錯誤，而還以爲是在建立功勳。這是明白還是糊塗？

人啊，就是喜歡自以爲是，喜歡誇大自己的優點，喜歡掩蓋自己的缺點，有了點功勞就更甭提，恐怕別人不知道。可是人忘了喜歡自誇是最大的缺點啊。一個自以爲是的人往往被別人瞧不起；一個自以爲是的民族，就會被別的民族瞧不起；一個自以爲是的人類，就會被外星人或者上帝或者其他的生命體瞧不起。就像一個人一樣，如果被人瞧不起，還有什麼意思呢？

屠夫祁三，站在人的立場上，以爲：人就是比牛高明，人就得把牛殺死，吃其肉，穿其皮，哪怕牠懷著牛犢也照殺不誤。牛哭，是牛的可笑；牛怒，是牛的可恨；牛死，是牛的必然。

屠夫祁三在街上向人們諞殺牛的過程時，滿臉是笑，周圍聽的人也是。某些人之所以自高，是因爲這些人忽略了還有比他更高的人。人類之所以自高，是因爲人類忽略了還有比他更高的東西。比如道，就是宇宙間最高的準則，爲什麼它是準則，而人不是準則（人是多麼希望是啊），是因爲道這東西從來不自以爲是，從來不誇功，從來不自覺了不起，反而它把這些看成是吃剩下的飯或者是身上的腫瘤贅疣。

想靠近道的人，該怎樣想？怎樣做？

第25章　人跟駱駝比，誰大？

原文

有物混成，先天地生。寂兮寥兮，獨立而不改，周行而不殆。可以爲天下母。吾不知其名，強字之曰道，強爲之名曰大。大曰逝，逝曰遠，遠曰反。故道大，天大，地大，人亦大。域中有四大，而人居其一焉。人法地，地法天，天法道，道法自然。

注釋

混成：渾然一體。寂：無聲。寥：無形。殆：倦。曰：則、就。逝：運行不止，周流不息。反：同返。

譯文

老子趣讀

在天地生成之前，就有個渾然一體的東西存在著了。這個東西，無聲無形悄然寂靜。它獨立存在，自成體系，誰也不能改變它。它周遍運行卻不會倦怠。可以說它就是天地的母親。

我不知道怎麼來概括它，勉強把它叫做道，勉強來闡明它就用大來說明。大，便無限飛逝，遙遠無極，周行不息而返回本原。

所以道爲大，天爲大，地爲大，人也爲大。宇宙間有這四大，人是其中之一。人要以地爲法則，地要以天爲法則，天要以道爲法則，道以它自身爲法則。

趣讀

道誰見過？老子見過。除了老子之外，誰還見過？好像沒有。或是有只是我們不知道。爲什麼不知道，因爲他不說，或者他說了，我們以爲他在發昏。

老子怕我們說他發昏，所以他再三說明道是個什麼東西。

老子曾說，道不可說，開口便錯。但不說，人們又怎麼知道？

老子曾說，道是萬物之母。現在又說道是天地之母。萬物當然包括天地，老子這是在強調，連我們以爲無限大的天和地，也都是道的繁衍，你可以想像道有多大，有多玄遠。

老子還說，道產生了萬物，但誰產生了道呢？老子說，我不知道。道是至高無上

的，它是自然而然產生的。就像我們總喜歡問的，先有雞還是先有蛋？追問到底，就不是雞和蛋的問題了，而進入哲學範疇。總得有個東西作爲開端。這個開端就是道。

關於道，老子說了不少，老子總說總說的，不是因爲老子嘮叨，是因爲這東西實在不好說。就是好說的東西，不也總在強調嗎？老師給學生講課，不是總是站在台上講車軲轆話？這種車軲轆話總講總講的，就叫做誨人不倦。況且，老子講了這麼多，究竟有幾個人懂了呢？

老子說，今天我就再講一回。啥叫道，道就是個大。怎麼個大？天地大不大？天地都是它生的，肯定它比天地要大。

它獨立不改，沒有誰，沒有什麼事物能夠限制它，指揮它，框定它，更別說改變它了。你說還有比這更大的東西嗎？這種大，已經不只是形體上的大，而且還是本質上的大。

玄遠無邊是大，細密無極也是大，無限寬闊是大，無限微細也是大。就像是數字，有正數，還有負數，正數可以無窮大，負數也可以無窮大。正數和負數都是由零產生的，零包含了無數的正數，也包含了無數的負數。零就好比道。無窮大由道而生，無限小也由道而生。

有一個好消息老子告訴了我們。他說，道大，天大，地大，人也大。老子把我們人跟天地畫了等號，而把形體上比人大好多倍的鯨魚、大象、駱駝等等的排除在外。看來

老子趣讀

老子畫分大小的標準不是形體而是本質。人怎麼就比鯨魚大？這不用問，連鯨魚也認可。這就是人類可以制約鯨魚，而不是鯨魚制約人類。我們可以吃魚肝油兒來補充營養，而誰見過鯨魚把人肝製成藥丸來服？

生而爲人是件値得驕傲的事情，因爲人是萬物之靈。

我們人之所以常常自得，是因爲我們有資本。

我們人總愛把事情做過頭兒，比如前邊說過的，想吃哪種動物的屍體就吃哪種動物的屍體，想怎麼對待自然界就怎麼對待自然界，總想把自己置於萬物之上，來滿足人類隨心所欲的饕餮之心。這也不怪人類，因爲沒有誰管得了人類。

老子說道管得了，可是誰見過道？

人的弱點是，不見棺材不掉淚，不撞南牆不回頭。但是棺材和南牆都能見到，唯道難見。

於是人瘋狂起來：

我就是天狗，我把月來吞了，我把日來吞了，我就是我了。

這是郭沫若的詩句。當然是寫詩，並不眞的呑。郭的本意是想以此來表述人的豪情和反叛精神，但，詩句的背後，是不是也隱藏著人類不可一世的傲慢？

不管人聽不聽。老子還是要說。老子說在宇宙之間，有道、天、地、人這四種大。道這種大，不用說了，它是無處不在的，它是至高無上的，它是牛出蛋和雞的祖先的那個玄妙之物。可是，道是沒說過什麼的，道有一萬條理由隨心所欲，可是它沒有一刻是隨心所欲的。道有所遵循。

好比一個單位的主管，一個公司的老闆，或者乾脆說吧，一個國家的皇帝，他說出話來就是法律，他就是權力的象徵，他定的規矩別人都要遵循。

可是好的皇帝，也是有所遵循的，孔子所謂「君君臣臣父父子子」，就是說你皇上老子也得有所遵循，君要像個君的樣子，父要像個父的樣子。如果你不遵循，隨心所欲，不知收斂，那國家就要亂，臣民就要反，到時候別說君當不成，恐怕連命都保不住。歷史上的例子還少嗎？

一個單位一個公司的管理者，更是要有所遵循，自己定的規矩，自己首先得執行，率先垂範，身先士卒。不然的話，用不了多久，你就得倒台。

如果說道看不見不好說的話，那麼天，大家都能看到。天大不大？天大。因爲世上的事物都在它的範圍之內，蘇軾作詩說「七八個星天外，兩三點雨山前」，是說星的遠，並不是眞的在天外。因爲天的外面還是天。天驕傲過嗎？天自大過嗎？天有哪天不高興了嗎？天有時要下雨，有時要打雷，有時還要下冰雹，有時還要讓兩個行星相撞，可是，這並不是天的過失。天是按照道的眼色行事。

如果說天離得遠，仍舊不好捉摸，那麼地總是看得見摸得著的吧？豈止是看得見摸得著，我們有誰能夠離開我們賴以生存的這個地球呢？我們依附在大地上，由大地提供給我們糧食和水，由大地安排我們的棲息地，生時大地供養，死後在大地上安臥。就是爛也要化成泥土。

我們可以在我們的腳下濫挖濫掘，但大地卻沒有趁機把我們按在地下。我們肆意地欺負大地，把腥臭的大便小便排在地上，把痰吐在地上，把凡是不要的東西不管好的壞的都一古腦兒地丟棄在地上……大地不但從沒說過什麼，而且還化腐朽為神奇，把所有的垃圾都化成了肥料，化成了泥土，變成自己的東西，反過來再供養人類。這就是地的道德所在。

可是人大在哪兒呢？

人大，是大在他有意識會思考，人如果不會思考，那還不如一隻大猩猩。

正因爲人會思考，有意識，他知道什麼是好，什麼是壞，什麼是成，什麼是敗，什麼是奇，什麼是怪。他能夠認識這個世界上一切事物的規律，進而順應規律。就是說，人可以靠近道，可以與道同化，可以把無形的道化成世上的奇蹟。

世上的一切事物包括天地在內，都是聽憑道的，唯有人是可以主動地與道渾化，而體現道的精神的。人能不是四大之一嗎？

人是大，可是人又一刻不能自大。你一自大，就離道而去。人一離道，即造惡行，哪還敢稱大？

所以，人必須有所遵循。人要是不知道怎麼辦，就效仿大地行事，大地就是道的精神的載體。天不言自高，地不言自厚，人無爲而體道。這種無爲，不是懶漢那樣啥事不做，而是順應著萬事萬物的規律，自然做事，不裝小聰明。

第26章　出門別忘了帶盤纏

原文

重爲輕根，靜爲躁君。是以聖人終日行不離輜重。雖有榮觀，燕處超然。奈何萬乘之主，而以身輕天下。輕則失本，躁則失君。

注釋

輜重：運送糧草的車。榮觀：華麗的宮殿。燕處：閒居。超然：不在意。萬乘之主：古時，一車四馬為一乘，萬乘之主，指大國的君王。

譯文

持重是輕浮的根本，安靜爲躁動的主宰。所以君子每天不管走到哪裡都不忘帶著裝運糧食物品的車輛。雖然住在豪華的宮殿裡，但他卻能超然處之，不爲所動。

然而有的大國君王，卻以輕慢其身從而輕慢天下。

輕浮就失去了根本，躁動就失去了主宰。

趣讀

聽完老子的一篇言論，尹喜笑道：「老人家，您說得不錯。可是容我問一句，您可以不可以稱爲君子呢？」

老子不解其意，他盯著尹喜看，嘴裡還嚼著一根苦丁葉。

尹喜說：「您說君子在行走的時候，不管走到哪裡，都不忘帶著他的輜重糧草，可是您，除了您這頭青牛之外，我可是沒見您的糧草在哪裡呀。」

老子說：「尹喜呀尹喜，你是眞糊塗啊還是故作蠻鈍？我給你講了這麼半天就白講了嗎？我還以爲你是個有悟性的人，鬧了半天我看錯了人！」

老子裝作生氣的樣子，不再理尹喜。顧自一個人在那裡嚼苦丁茶。

尹喜原想跟老子開個玩笑，沒想到這玩笑開大了，反而討個沒趣。尹喜是不知道嗎？不是。尹喜當然知道老子所說的輜重是什麼，對於一個修道的人，這是起碼的常識。也難怪在這個問題上一走題，老子就生氣。

尹喜重新把老子的這段話復習了一遍。

老子趣讀

軍隊打仗，在長蛇陣似的行軍隊伍中間，肯定可以看到長長一溜車輛。通過路上深深的輸跡可以看出，車上裝的都是重東西。是人吃的糧食，是馬吃的草料，是埋灶做飯的鍋，是備用的槍械。俗話說得好，兵馬未動，糧草先行，一個沒有好的軍需後勤作後盾的軍隊，是不可能有戰鬥力的。

即使是個人，在走遠路的時候，也不忘記帶著足夠的乾糧和衣裳。就是在乾糧和衣裳好像不再是那麼重要的未來的時代裡，出門的人也不會忘記帶著信用卡。除了信用卡之外，還會帶著ＩＣ卡或者其他什麼卡。沒有這些，就寸步難行。

對於一個修道的人，啥是他的糧草，啥是他的盤纏呢？

尹喜回憶自己修道的體會，覺得這裡面大有感觸。

老子說得對，重為輕根，靜為躁君。你是個修道者，得道之人可以像雲團那樣擦著山上的草尖飄浮而走。這是輕嗎？是輕。但是修道者也可以重，一屁股坐在地上，九頭牛也難以拉動。這是重嗎？這不是重。這僅是功夫而已。那麼什麼是重？你一顆不動的心才是重。心是個最容易浮躁最容易漂移最容易因情而動的東西。老子說過，寵辱皆驚。遇到害怕的事你害怕了，遇到高興的事你高興了，遇到生氣的事你動怒了，遇到悲傷的事你垂淚了，遇到痛苦的事你難過了，遇到新奇的事你心跳了，這都不行。

一個小和尚，當然這是後來的故事，小和尚看到一個姑娘，心動不已。他問老和尚，那個姑娘是什麼？老和尚說，那是隻老虎。老和尚這樣說是怕小和尚心不寧靜。他把姑娘說成老虎是爲了打消小和尚的念頭。可是，這小和尚，整夜整夜睡不著覺，他想的就是那隻讓他動情的「老虎」。

老和尚沒說錯，正是姑娘這隻老虎把小和尚的一顆寧靜之心吃掉了。

這個不動之心就是修道人的輜重糧草，走到哪裡也不能丟掉的。

尹喜不是沒動過心。

尹喜終身未娶，可是尹喜並不是陽痿病患者，他也是個性情之人。在他的平原老家，他有過一個心愛的姑娘。他跟她曾經在水塘邊的蘆葦叢中相互依偎。但是，因爲家貧，他卻娶不起那個姑娘。姑娘的父親把姑娘嫁給了一個富戶。尹喜憤而出走，後來當了兵。在當兵的幾年時間裡，他的一顆思念之心沒有須臾平靜過。但是，有一天他回了家，卻發現他所居住的村子以及周圍多少個村子已經在戰爭中化爲廢墟，老父老母不見了，姑娘連同富戶都不見了。

尹喜一顆心死去。

他是在這種境況中走向冥想的。就是在修道的冥想當中，有時他也不免悲從中來。

那令人激情澎湃的蘆葦叢，也時常來入夢。

尹喜知道，有這些東西常來偷窺他的心靈，他是難以修成道的。

他不再想這些。他要讓這些情緒像蛇那樣流走。

因爲這些東西都是虛幻的，糾纏它們等於自己糾纏自己。

還因爲尹喜要知道，什麼是天，什麼是地，天從何而來，地從何而生，天地間的人是怎麼回事？是什麼力量導致了人類的悲劇？爲什麼人類不能生活得更好些？爲什麼人要自相殘殺？爲什麼人要分富貴貧賤？爲什麼爲什麼爲什麼？尹喜問號太多了。這一切沒有誰來回答他，只有道能夠回答。

修道的人最好不要動情，但無情的人絕對修不成道。

尹喜明白，正是由於他脫離了一己之私，他才進入了大我之境。他修道不是爲了他自己那片失去的蘆葦叢，而是爲了眾生都有一片溫馨之地。

尹喜見老子仍在努力地嚼那片苦丁茶，以爲老子還在爲他方才的話動怒。尹喜知道，人不怒則不威，老子不會眞的動怒，他動怒的目的是恨鐵不成鋼。老子是臉動心不動。

尹喜對老子說：「老人家，方才我把話說錯了。」

老子猛回頭，盯緊尹喜：「你是誰？誰是你？」

尹喜無言以對。

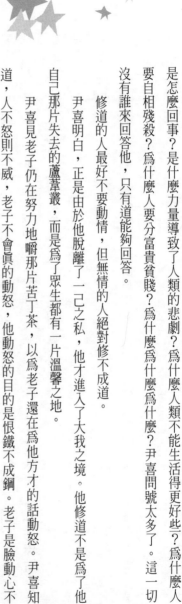

第27章　善於行走的不用腳

原文

善行無轍迹，善言無瑕讁，善數不用籌策。善閉無關楗而不可開，善結無繩約而不可解。是以聖人常善救人，故無棄人。常善救物，故無棄物。是謂襲明。故善人者，不善人之師。不善人者，善人之資。不貴其師，不愛其資，雖智大迷，是謂要妙。

注釋

瑕讁：紕漏。籌策：古時計算用的器具。關楗：門閂。繩約：繩索。襲：承襲。要妙：精要玄妙。

老子趣讀

譯文

會走路的不留行跡，會說話的不留瑕疵，會算賬的不用撥弄算盤珠子。用不著上門閂，而沒人能夠打開才算是懂得關閉，用不著用繩索，而沒人能夠解開才算是懂細綁技巧。

所以聖人善於拯救世人，而無人被棄；聖人善於拯救萬物，而無物被棄。這就是我們常說的承襲了大道之明，得到了大道的眞諦。

所以說，善人是不善人的老師；不善的人是善人的鏡子。如果不愛老師，又不把可供借鑑的鏡子當回事，再有智慧也是身在迷中不知迷。這是要妙所在，必須牢記。

趣讀

什麼東西最會走？蛇嗎？的確是有那麼一種蛇，走起路來能夠在草穗上飛，不在地上留下痕跡。但這如果算是善於行走的話，那麼蝴蝶、蜻蜓、蝙蝠以及所有的鳥雀都算是最善於行走的了。可是，沒有在地上留下行跡，不等於沒有行跡，長空雁叫，花叢蝶飛，人都看得見。而且，也並不因爲人看不見就不算沒行跡。有一種地鼠，能在地面表層以下飛快行走，根本不到地面上來，但地下的行跡也是行跡。

那麼不留行跡的是什麼？

如果說過去不好解釋的話，那麼現在好解釋了。因爲有好多的試驗好多的發明好多的科學進步都已經證明了，有好多的東西行走最快卻又的確不留行跡。比如：電，誰見過電行走的痕跡？可是電是無處不走。電在各種導體中行走，比如電線，銅的、鋁的、鐵的、鎢的，粗的、細的、半粗不細的，電在裡面自由行走。可是，你把電線斷開，只能看見鋼、鐵、鋁、鎢，根本看不見電的痕跡。電也是無聲無臭可以感覺不可捉摸的神妙之物。與電相類的東西還有電磁波、雷射、X光等等的只有科學家才能弄明白的東西。它們的速度非常快。多快？據科學家測算，光在眞空中的行走速度大約每秒鐘三十萬公里，這也只有善數的人才能算得清。愛因斯坦抓住了一個光速，就重新把世界解釋了一番。他說如果我們能夠跟著光速一塊來行走的話，我們看到的世界就不是現在我們看到的世界了。看來光速是量度宇宙的又一把尺子，一把新尺。

聲音也是個善於行走而不留行跡的東西，但是它比起光來要遜色許多。平時天上有雷電，我們總是先看見閃電，然後才會聽見雷聲。其實，聲和光是在同一時間發生的，光行比得快，聲音行走得慢。並不是因爲我們眼睛長得靠前，而耳朵長得靠後的原因。

有沒有超光速的東西？超光速的東西目前科學家還沒來得及假設。愛因斯坦也只能設想有那麼一艘接近光速的太空船，在他眼裡，光速是一個極限，不可逾越。難道還有比光速更快的東西？

有。

有一句話這樣說：精騖八極，思接千載。這句話把時間和空間都說到了。時間可以穿越，空間可以跨越，而且在一瞬間達到。誰能做到這一點？人。人的思維。人的意識。

老子意識到了這一點，老子就是這樣靠了靜思默慮得到了他想得到的東西。他的思維跟天地宇宙融合爲一體，成爲宇宙的有機的組成部分，因此可以感知宇宙間的一切。

老子是在這樣一層的意義上來說善行無轍跡的。

同理，善言無瑕謫的意思是說，行道之人的交流，不是靠語言來進行的，而是靠心靈之間的感悟，行的是不言之教。別說行道之人了，就是凡人，只要是心有靈犀，彼此眉目間的那暗轉的一抹秋波，照樣心領神會，比語言本身不知要豐富多少倍。這樣心領神會的語言，怎麼會留下因爲語言本身的侷限造成的隔閡和傷害呢？

老子本意是想說：善於行走的不用腳，善於說話的不用嘴。善於計算的連計算機也用不著。不是有神童嗎？一口氣能把圓周率三．一四一五九後面再續上一百八十位。那不是靠死記硬背所能奏效的。

什麼樣的門門無人能開？你的意識如果封閉得住，什麼樣的邪念能夠進來？《西遊記》中孫悟空在唐僧沙僧豬悟能白龍馬面前用金箍棒畫一個圈，妖魔鬼怪統統奈何不得，沒有哪個能進得來。這是一種超現實的力量。是佛的意念的形象的說法。總起來說，有形的門閂好開，無形的門閂難撥；有形的繩索好解，無形的繩索難除。

一和尚在法師面前求解脫，法師說，誰綁了你？

有個人喝醉了酒，晃著身子去小解。爲了不至於倒地，他靠在一棵樹幹上。小解完後，他卻怎麼走也走不脫。他想這眞是怪了，總聽說有鬼魂，從來沒見過，也不大信，這次可是遇上了。這樣掙扎到了天明，酒也醒得差不多了，再仔細一看，原來他繫腰帶時把他連同小樹綑在了一起。

自己綁了自己。

得道之人要拯救世人，他不會把人分成親疏厚薄，然後挑挑揀揀，像我們在菜市場上挑蘿蔔。得道之人要拯救世上的一切事物，他讓道涵蓋它們就行了，並不替它們包辦什麼，更不有意地去剔除或者特別保護什麼。因爲一切的人爲的目的很淺近的行爲，都有揠苗助長的嫌疑。

老子說，我不知道你聽明白了我的意思沒有。這個你指的是尹喜。老子說，別管是做什麼事，修道也是一樣，不會的是要拜會的人爲師，會的人自然會把不會的人當成促使自己精進的一面鏡子。人爲什麼要修道？就是因爲看到世人離道太遠，可笑的可笑，可恨的可恨，可憐的可憐，可怕的可怕，在那個災難深重的陷阱裡越陷越深。有權勢的，以爲從此天下歸了自己，啥事也敢做。有錢幣的，以爲啥都可以買來，結果把命搭進去。人人私心膨脹，爲了目的不擇手段，最終自己把自己害慘。

有幾個能覺悟呢？

第28章 沒有葫蘆哪來的瓢？

原文

知其雄，守其雌，爲天下溪。爲天下溪，常德不離，復歸於嬰兒。知其白，守其黑，爲天下式。爲天下式，常德不忒。復歸於無極。知其榮，守其辱，爲天下谷。爲天下谷，常德乃足，復歸於樸。樸散則爲器，聖人用之，則爲官長。故大智不割。

注釋

忒：差錯。器：器具。官長：百官之長，即君王。

譯文

知道什麼是雄健，卻安守雌柔，像那天下的溪澗。

甘做天下的溪澗，自然之德與它常伴，這樣就能使人恢復到嬰兒那樣的純眞。

知道哪裡是光明，卻安守黑暗，而成爲天下人的模式。

成爲天下人的模式，自然之德就會至誠不移，這樣就能使人復歸到無邊無涯的境界。

知道什麼是榮耀，卻安守羞辱，胸襟寬闊像是山谷。

只有虛靜如谷，自然之德才能裝足，這樣人就可以復歸到無邊厚樸。

這渾圓虛空的樸，化開之後，就可以像器物一樣爲世上所用。高智慧的人用了它，就可以成爲天下人的首領。

所以說，至高至上的智慧是渾圓一體，不可分割的。

趣讀

尹喜向老子發問：老人家，我在做功的時候，怎麼有時感覺到自己突然變成了一個無知無欲的嬰兒？這是對還是錯？

老子說：看你這記性，我不是已經說過：專氣致柔能嬰兒乎？能有嬰兒的感覺，說明你進步不小。如果沒有感覺，光下死工夫那也不管大用。

你知道你是怎麼做到這點的嗎？

尹喜說：不知道。

老子趣讀

老子說：蛤摸掉到井裡，你是只知其然，不知其所以然。我來告訴你：

你知道啥叫剛健，但是你不用，意識裡始終是平靜和雌柔。剛容易表現，而柔則最難做到。你做到了，所以你才有了嬰兒那樣的感覺。

嬰兒的柔，不是一般的柔，那是沒有任何造作的自然天成的最佳狀態。是最貼近道的。或者說是道的載體。

嬰兒的出生，表面看來是父母的事情，可是，僅僅是父母的事情嗎？

既然是道大天大地大人也大，嬰兒是父母的孩子，同時也是天地的孩子，更是道的孩子。嬰兒生下來，恬淡虛靜，至眞至純，意識中沒有半點雜痕，難覓一粒微塵，這不就是道的精神本質嗎？嬰兒柔弱，但是精神圓滿，神鬼不能傷。他體現的不正是道的狀態嗎？

嬰兒從小到大，到成人，就像是山泉水似的，在山是清的，出山後則是濁的。社會是一口大染缸，人在裡面滾來滾去，滾上十幾年幾十年，幾乎失去了本色。有好多的人是無論怎麼尋找也找不到他的本來面目了，當然，他也不可能去尋找了。他還以爲人就應該是這個德行呢。

世界上的人就是這麼怪，相對潔淨的人，他反而總感覺到自己心靈上的污點；在泥淖裡像泥豬疥狗那樣骯髒的人，反而笑話別人不會生活。

見了錢不要，見了妞不泡，見了權不靠，見了門不撬（指開後門，走關係），這不是個傻瓜蛋嗎？

一洋人問一和尚，說和尚吃肉嗎？和尚說不吃肉。不僅不吃肉，而且凡是葷腥都不沾，蔥薑蒜椒等辛辣之物也算葷腥。

洋人問，那麼和尚結婚嗎？和尚說不結婚。不僅不結婚，那種事連想都不能想的。心裡一有動念，便犯了戒。

洋人問，和尚都有哪些戒律？和尚說，不吃腥，不殺生，不偷盜，遠酒盅，心不浪，嘴不妄，不睡軟床不聽唱。

洋人把頭搖來搖去，說，那有什麼意思？

和尚說，其意頗深，非洋人所能理會。

跟這個洋人一樣，多數人認爲人來到世上就是爲了來滿足口腹之欲，孔子不是也說「食色性也」嗎？他可是聖人。連聖人都說好吃好色是人的本性，我們還要怎麼樣呢？所以要享受人生，要消費人生，甚至連起碼的道德也不要了，把僅有的一點遮羞布扔掉之後，就剩下精赤條條的欲望之魂了。

別說修道，那離常人太遠，但總得有點理想吧？總得做點對人民有益的事情吧？總得對得起每月的薪水吧？總得對得起自己的良心吧？

如果除了吃火鍋就是睡女人，那是不是太動物化了？或者說更動物化了？因爲人做起這些事來，可比動物懂得講究口味和技巧。吃的花樣不用說了，玩的花樣隨著時代變化而變化，單是性交方式就有上百種，並且印在書上或者乾脆拍成黃片供人們觀覽。

這個世界是不是有點發瘋？

人的精神外凸，自然傷痕累累。人除了知道淺薄的口腹之外，已經麻木了心靈的感受。其實幸福只是一種感覺，心靈的麻木，已經使我們不懂得啥叫幸福了。即使幸福就在你身邊，你也把它忽略掉了。

吃喝之時，嘴舌腸胃的感覺也許不錯，可是，吃過喝過之後呢，嘴是不是有點麻木，胃是不是有點撐脹？單是撐脹點還不算什麼，到了躺在病床上胃切除的時候。那感覺就有點不妙了。

足吃足喝的最終結果是什麼呢？是一身大病。現在的病有哪樣不是吃出來的毛病呢？脂肪肝，高血壓，冠心病，血管硬化。還有名目繁多的癌……說來都可怕。還有另外的病，梅毒，淋病，濕疣，還有聞之令人色變的愛滋病……這不是吃出來的，這可是玩出來的。

躺在病床上的人望著窗外的樹葉感慨道：唉，有副好身體該有多好！比有什麼都好！

可是他不知道，還有比有好身體更好的東西，那就是有份好心情。

有了好心情，自然就會有好身體。這是一個因果關係。

如果你有副好的身體，再配上一副嬰兒那樣純潔寧靜的心靈，那又會怎樣？你就會無時不感到安詳，無時不感到圓滿。

老子說，尹喜，你要知曉，修道之人回歸到嬰兒狀態，只是個比喻，並不是眞的像嬰兒那樣，因爲嬰兒只是處於自然狀態，而修道之人應該比嬰兒更多些自覺。由自然到自覺這裡面大有學問。

修道之人要懂得精神內守。你不是無知無欲，而是有知識不用，有欲望不想。你明知社會上崇尚的是剛強，可是你偏固守著雌弱，這樣的雌弱不是眞雌弱，就像老虎打盹一樣，力量和雄勁在內而沒在外。

你明知社會上高揚著白亮白亮的智慧之旗，可是你偏固守著看似愚鈍的暗昧之心，不事張揚，不露頭角，一心內求，不求聞達。

你明知社會上提倡褒彰的榮耀是什麼，可是你偏固守著你自己認定的追求，不以此爲羞爲辱。不爲名利所動，不爲浮華所俘。

這像嬰兒，也像低處溪澗，更像虛靜的空谷。

老子說，我所說的樸，如果你不好理解，可以拿一個東西來形容。這就是葫蘆。樸素之樸沒人見過，可是葫蘆人人得見。葫蘆從外觀上看，是渾圓的，同時它也是自然形成的。宇宙就像個葫蘆，只是它太大，我們沒法把握而已。葫蘆裡面是空的，後來的道家都喜歡拿個葫蘆，並且裡面還裝有神藥。其實這只是個象徵。葫蘆裡裝的藥，不是什麼丸散膏丹，而是救世的良方。這良方就是提醒人們別把你自己身上本來有的寶貴東西給弄丟了。

寶貝不在別處，就在你自己身上。說來說去，就是你那顆心。

還沒污染的，最好能守住；已經污染了的，應該在心靈之水中好好漂洗一番。

葫蘆裡沒有藥，有的只是一片虛靜。虛靜是通向大道的門徑。

有一天，你把葫蘆破開，它就會變成瓢。瓢不再是葫蘆，但它是葫蘆的器物。道不可以直接拿來用，只有變成器才能用。正像《易》說的：「形而上者謂之道，形而下者謂之器。」沒有道，哪來器？沒有葫蘆，哪來的瓢？

你的心就是葫蘆，不要把它分割開全做成瓢。你有葫蘆了，還愁沒有瓢用？

第29章　地位高的人不一定智商高

原文

將欲取天下而爲之，吾見其不得已。天下神器，不可爲也。爲者敗之，執者失之。故物或行或隨，或噓或吹，或強或羸，或載或隳。是以聖人去甚，去奢，去泰。

注釋

得已：達到。噓：呵氣使之暖。吹：吹氣使之冷。羸：瘦弱。載：安坐在車上。隳：毀壞：墮下車。甚：過分。奢：鋪張。泰：享樂。

譯文

想把天下拿過來憑著意志來治理，我看這達不到目的。

老子趣讀

天下是個神聖的東西，不是憑著意志就可以治理好的。誰這樣做，誰就會失敗；誰想把持，誰就會喪失。

事物千差萬別，有前行的就有隨後的，有哈氣取暖的就有吹風弄寒的，有強盛的就有衰弱的，有承載的就有毀壞的。

所以，大智者順其自然，不做那些過分的，不追求奢侈，更不安於享樂。

趣讀

老子在尹喜面前突然失笑。

尹喜問：老人家，您笑什麼？

老子說：我笑人，人是多麼不自量力呀。

尹喜問：人怎麼個不自量力呀？

老子說：唉，沒有比人更不自量力的東西了。

老子待的那個年代，連年戰火不斷。無數的諸侯國，你爭過來，我伐過去，戰馬的鐵蹄把黃土都踐踏熱了，戰士的鮮血把黃土都染黑了。疆場上白骨累累，白骨旁邊杞柳叢中，那一支被太陽曬裂了的竹簫，是誰家的一個夢境？在這樣的戰爭年代，滾滾硝煙中，莊稼苗兒又怎麼紮根？老百姓的日子自是苦不堪言。「荒骨露於野，千里無雞鳴」，「家無隔夜糧，背有長年癰」，「相見不敢語，恐觸殤子情」。這種淒苦的情狀又是怎麼造成的呢？

智者老子不能不思考這些問題。

不只老子，那時的凡是有思想的人，都在思考這樣的問題。怎樣才能免除連年的征戰，怎樣才能把國家治理好，怎樣才能使老百姓過上平靜的日子。

這樣的話題延續了多少年，在老子之後，還有人在探討。

孔子說，這是因爲執政者丟掉了仁義。因此必須恢復到周朝，周朝多好，人們生活有序，非禮勿動，非禮勿聽，非禮勿視，幹什麼都有規矩，君有君的規矩，臣有臣的規矩，父有父的規矩，子有子的規矩。哪像現在，一切亂套。

孔子說，我把我的整套的治國方略都給各諸侯國的首領們說了，可是他們聽不進去，他們早就被戰爭烤熱了頭腦，哪裡還知道啥叫仁義？這個世界沒法治了，說不定哪天我就乘著木筏子漂流到國外去。

莊子跟孔子唱反調：這個世界這麼壞，全是仁義鬧的。爲什麼征戰不息？就是因爲人把東西分成了好的壞的，把人分成了美的醜的，這樣，一個美女就可以成爲戰爭的導火線。沒聽老子說嗎，不要有那麼多是非心。是非是靠不住的，此是一是非，彼是一是非，拿你的非來非我的是，拿你的是來是我的非。可是，世上的事物根本就沒有固定的是非標準，一切都在不斷的變化當中，方生方死，方死方生，你說飛鳥在天空飛著呢，可是你細細分解牠的每一個動作，牠又是靜止的。這就像後來人演的電影片子，連起來是動態的，割開來是靜止的。還是按老子說的，順其自然的好。要問什麼時候才能安寧？等你們這些聖人都死掉的時候，人們沒了是非心，世界就平穩了。

墨子說，別打了，你也別打造雲梯了，他也別製造弓箭了，把城頭上的掩體拆掉，把河上的浮橋作爲民用。別管爲什麼，先停下來再說。一切問題都可以在談判桌上得到解決。

我們大家都是兄弟姐妹，親還親不過來呢，幹嘛還動刀動槍的。當官的你也別欺壓老百姓，老百姓你也別難爲當官的。因爲說不定哪天你們的身分就會換個樣。這就叫「官無常貴，民無終賤」。所以要先讓餓肚子的吃上飯，讓體寒的穿上衣，讓勞累過度的好好休息休息，這樣天下不就好治了嗎？

子產則說，天道遠，人道近，既然世界已經這樣了，想回歸自然已經不大可能。治亂的方法不是沒有，那就是實行法治。定下標準，把標準鑄在鼎上，向全民公開，不管你是誰，標準面前人人平等。哪管你皇親國戚，哪管你平民黎庶，誰也沒有特權。我就不信國家治理不了？

這就是諸子百家的時代，思想相當活躍。

老子說，治理國家這樣的事情，是一套科學。動亂動亂，一動就亂。要是一動就亂，哪如不動。本來好好的，多事人偏要動，偏要顯示人的能耐。亂了不是？

老子說，天下是天下人的，不是哪個人的。君王地位高，但不一定智商高，可是，越是智商不高的君王越認爲自己了不起，他以爲地球是他家盤子裡的一粒泥丸，可以隨意摶來摶去。他以爲老百姓是他家放牧的一群羊，想餵誰把好草就餵誰把好草，想抽誰一鞭子就抽誰一鞭子。憑藉個人意志個人脾氣個人好惡來治國，而不是順應自然規律來治國，不失敗才怪呢。

老子說，世上的事物，本來千差萬別，各有天性，不可能讓它們隨著誰的旨意改變。再說，世上的事物沒有好壞之分，都是相比較後才有的鑑定。有前才有後，有暖才有寒，有強才有弱，有成才有毀。誰說不是這樣的呢？

一切都在那裡自然存在著，一切都按照它們各自的天性發展著，用的著誰來管理它們嗎？偏來管理，弄了些強加於人強加於物的東西，不是反而把事情弄亂了嗎？

老子說，雖說如此，尹喜呀，我幹嘛要多管閒事呢？我嫌世上還不夠亂嗎？你要明白，我所說的一切，都不是爲了治理世事。我說了，世事根本用不著誰來治理，更別說治世的理論了。我要說我的治世理論有用，我不是自己在搧自己的耳光嗎？老聃再愚鈍，也沒愚鈍到這個地步。

那麼我說了這麼多，所爲何來？爲了保全精神而體味宇宙間的大道。

你問我笑什麼，我笑我自己。

第30章 談談和平與發展問題

原文

以道作人主者，不以兵強天下。其事好還。師之所處，荊棘生焉，大軍之後，必有凶年。善有果而已，不敢以取強。果而勿矜，果而勿伐，果而勿驕。果而不得已，果而勿強。物壯則老，是謂不道。不道早已。

注釋

還：報應。師：軍隊。果：勝利。不道：不合乎道。

譯文

按照規律來行事的領導者，從不靠武力來稱霸天下。用武力是有報應的。軍隊駐紮的地方，必然生滿荊棘；大的戰爭過後，必然經濟凋敝。

善良行事自會有好的結果，用不著強取豪奪。

達到目的而不矜持，達到目的而不炫耀，達到目的而不驕縱。達到目的好像是不得已的樣子，更別說逞強了。

任何事物一逞強就要老朽，因爲這不符合道。不符合道就會早早消亡。

趣讀

老子雖說一心向道，可是，他那顆在紛亂的世事中浸淫過久的心，又怎麼能夠忘懷塵世。當然，經過多年的修鍊之後，他已經心平氣和，再大的事也不會讓他動心了。他已經無悲無痛，無喜無怒，無艾無怨。那些難以忘懷的如煙往事，成爲他修道時一個不可磨滅的背景。有這個背景和沒這個背景是不一樣的。若沒有這個背景，他老聃說不定只是一個脾氣平和的鄉間老頭兒，或者頂多是一個認識許多甲骨文、認眞讀過《三墳》《五典》的智慧老人。閒來無事，跟孔丘、子產、左丘明等等的人坐在一起下下圍棋品茶說說前朝軼事還是很愜意的。那樣。他就不一定能領略道了，或者肯定與道無緣了。正是這個動盪的世道，讓他對世上的種種事物究根問柢，有了無數個疑問，也才有了破解疑問的追尋，有了不懈的追尋，也才有了對於道的理解。

世界是個多麼和諧的整體！

一切都是有章可循的，一切都是有來由的，一切都是有因果的，一切都是按照它自身的規律運動著的。這裡本沒有人的什麼事，人隨著日頭初升上山幹活，隨著日頭西墜下山回家，身有葛麻可披，腹有粗食可飽，就可以了。還要怎麼樣呢？

但是戰事激烈。一場戰爭接著一場戰爭，爲了什麼呢？起因或是爲了一小片土地的畫分，或者是爲了一點物品的分配，甚至發動一場戰爭只是爲了給某個妃子取樂子。血流漂杵。

老子注意到，凡是駐紮過軍隊的地方，都長滿了葛針橫披，野蒿沒人。這是怎麼回事？因爲駐紮軍隊的地方，周圍的青壯年都被征抓一盡，哪裡還有人耕種田地？凡是打過大仗之後，這一年肯定是荒年凶歲。怎麼能不是荒年凶歲？一場惡戰，那要死多少人啊，人亡家破，天地間瀰漫著一種毒汁樣的霧霾，使人難以喘氣。在這樣壓抑的氛圍裡，何談家的安寧和國的興旺？

老子想，非得這樣不可嗎？好的君主，怎麼可以炫耀武力來爭奪天下呢？好的君主，怎麼可以憑藉自己的主觀意志來治理國家呢？

表面看來好多的事情是靠人的意志來完成的，但那眞的是靠人的意志來完成的嗎？那只不過是人的意志符合了事情的規律而已。一旦人的意志違背了事物的規律，那人就會製造災難。人製造的災難上蒼不會輕易饒恕。即使上蒼饒恕，人民也不會饒恕。有多少帝王就是被人們推翻的。表面看來是人民推翻的，其實是他自己推翻了自己。這就叫得道多助，失道寡助。

戰爭不能解決任何問題，不但不能解決問題，還會使問題更加麻煩，況且還會破壞掉好多的設施，給老百姓帶來沉重的災難。只有和平才能爲解決問題創造機會，只有在和平中才能求取發展。

怎麼樣才能消滅戰爭呢？

有這樣幾條可以試試：

一、不炫耀武力。哪怕你擁有了多少萬枚多彈頭導彈，國庫裡蹲著核武器，也不要炫耀。因爲這些東西，在毀滅別人的同時，也毀滅了自己。更重要的，它是在背離道的要旨，背離了道的東西，不論有多強大，也是要即刻滅亡的。

二、你按照事物的規律辦事，引導而不強制，寬厚而不專制，順應每一件事情的自然規律，不憑個人的意志想當然，不憑個人的脾氣耍刁蠻，不給下邊寫條子，不聽上邊瞎鼓勵，不鼓吹形式主義，不在冬天裡種水稻，不在夏季裡戴皮帽，這樣肯定能發展。

三、民也富了，國也強了，物質文明和精神文明都進步了，這時，還是不炫耀。沒有炫耀資本的時候不値得炫耀，有了炫耀資本的時候還用得著炫耀嗎？炫耀只能說明你淺薄，你小家子氣，好比叫化子拾了根金條，心態還是叫化子心態。你不炫耀，不但不炫耀，還要眞誠地做出不得已的姿態。好像自己先富起來對不起大家的樣子。這樣，誰不尊重你？誰不贊成你？誰不欽敬你？你就會像大海納河川一樣，包容了整個世界。你沒顯示強大，但是還有比你更強大的嗎？

什麼東西也是一樣，只要一逞強就要暴露危機，因為它脫離了道。「物壯則老」說的就是這個道理。

第31章　為戰爭哭泣

原文

夫兵者，不祥之器，非君子之器。不得已而用之，恬淡爲上，勝而不美。而美之者，是樂殺人。夫樂殺人者，則不可得志於天下矣。夫兵者，不祥之器，物或惡之，故有道者不處。君子居則貴左，用兵則貴右。吉事尚左，凶事尚右。偏將軍居左，上將軍居右，言以喪禮處之。殺人之衆，以悲哀泣之，戰勝以喪禮處之。

注釋

兵：兵器。處：對待。

譯文

兵器不是好東西，不是君子所用的東西。萬不得已而用兵，也要以平靜心來對待，適可而止。就是打勝了也不要當成美事來看。

如果把打仗這事當成好事，那就等於以殺人為樂。以殺人為樂的人，是不可以得志於天下的。

刀槍不是好東西，萬物都厭惡。所以有道的人決不用它。

君子平時以左方為貴，打仗時以右方為貴。因為左方象徵吉祥，右方象徵凶惡。行軍打仗時偏將軍在左邊，上將軍在右邊，就是以凶喪來看待戰事。殺人多了，就揮淚哀泣，打了勝仗，要像辦喪事那樣來看待。

老子趣讀

趣讀

老子對尹喜說：你是個把關的人，把關幹什麼呢？是為了防備外面的敵人偷襲？還是為了防止裡面的人外逃？

尹喜說：我也不知道，軍人以服從為天職，今天讓我在這兒把關，我就在這兒把關。明天把我調到內地，我就到內地。

老子問：那後天讓你當將軍呢？

尹喜說：這是不可能的。

老子說：你也別說可能不可能，你也別管可能不可能，我是說假如要讓你當將軍你

怎麼辦？尹喜沒說話。

老子說：世上好多的修道之人，並不是眞心修道。是因爲他們在世上活得不稱意，或者是因爲在官場上受排擠，或者是因爲在情場上受打擊，或者因爲在市場上受了欺，或者乾脆就是因爲懶惰，受不了種地經商之苦，便打起修道的招牌，集起幾個道徒混口飯吃。

除了後面這類人外，前面那三種人，一旦他們面前出現好的轉機，他們就會立即轉向。

愛當官的有人給打通了關節，某上司在視察的時候提到了某某的名字，說這個人頭腦是清楚的，處事是果斷的，就是有點不愛接近上司，就是有點脾氣急躁……怎麼今天沒見他？這樣的消息傳到某某的耳朵裡，當天晚上便心跳不已，屁股上像紮了草一樣，還怎麼能夠睡安穩？

道可道，非常道，明天一早便跑掉。

情場上失意的人，心灰意冷，這樣的人也來修道。他那顆心已經死去，表面看來好像是恬淡，寧靜，微瀾不起，可是一顆死去的心怎麼可能生出智慧的根芽？沒有智慧的根芽，怎麼能結出智慧之果？

他們是把情場上的事看得過大了，本來就是兩個人，你愛他，他也愛你，突然他不愛你了，這有什麼呢？一個已經不再愛你的人還值得你去愛嗎？難道人與人不是對等的嗎？難道他就比你重要一萬倍嗎？兩個人本來是對等的，你看我是一隻鴛鴦鳥，我看你是一枝並蒂蓮，他突然離你遠去，他的那個影子應該越來越小才對，最後化作一片雲煙才對，怎麼會越來越大，反而占據了你的整個心靈呢？難道他比道還大嗎？如果他比道還大，你修他得了，幹嘛還來修道？

一旦那個人回心轉意，這道還修得成嗎？

道可道，非常道，你來逃避我知道。

市場上沒掌握商機，賠得一場糊塗的時候，便覺得前途一片黑暗，吃嘛也不香了，喝啥也不甜了。但還沒有勇氣投河，便來道觀修道。至於啥是道，他也不知道，他也不想知道。他一是在這兒調整心情，二是在這兒來躲債。他的一顆競爭之心，怎麼可能在一夜之間褪盡呢？如果道可以賣錢的話，他會包裝一下拿到市場上去的。

道可道，非常道，恨道不能換鈔票。

尹喜，你別說你是向道之人，眞要是讓你當將軍，你能一心不動嗎？

尹喜覺得老子這是在羞辱他，他眞想跳起來，跟老子大吼一通。可是，轉念一想，這也許正是老子下的圈套，看你受了羞辱驚不驚。

寵辱皆驚，修道人難過這一關呢。

尹喜顧自打坐，像是沒聽見一樣。

老子看了一眼尹喜，心想：眞好像，冷雨摧石頭，東風射馬耳。

老子心中暗喜。可是他還是說：尹喜，不管你當不當將軍，有些話我不能不說。這個刀槍不是好東西，打仗不是好事情。如果把鑄造刀槍的資金用來鑄造鋤耒不好嗎？就是鑄造祭祀的鼎鼐也比鑄造刀槍好。要知道，青銅不是無限的。

對於一個君子來說，打仗是萬不得已的事。人不犯我，我不犯人。人家非要來打，我有什麼辦法？但是不管什麼原因，打仗總是凶事。因爲要死人。別管是自己的士兵還是敵人，都是血肉之軀，都是父母所生，都是天地造化，都秉承道的旨意。來到世上，是來做事的，不是來死的。所以，即使仗打贏了也不應該高興。應該哀悼才是。

你要是當了將軍，就要想法制止戰爭。

勸說君王霸主毀掉雲梯炸掉兵械庫是一個法兒，用戰爭來消滅戰爭也是一個法兒。怎麼樣用戰爭來消滅戰爭？你看見過山林著火了嗎，要想救火護林，就得先把山林燒開一個火道，這樣火就燒不過來了。戰爭也如此，你以正義之師，來打敗侵略之敵，然後制定和平共處的原則。這就是以戰爭來達到沒有戰爭的目的。

如果你做不到這點，就辭職算了，讓有這個能力的人來做。

當將軍不是一件光榮的事，就是因爲他跟鮮血有關係。

你看行軍的時候，偏將在左邊，上將在右邊，爲什麼？因爲右邊爲凶，左邊爲吉。這是在幹凶事，所以統帥必須站在凶的一邊。

至於打仗與修道的關係，那還用我說嗎？

要是天下不這樣紛紛擾擾，我來修道嗎？要是修道之後，天下還這樣紛紛擾擾，修道又有何用？我是想讓大家明白，特別是那些當權者明白，順應自然是多麼重要的一件事。我出關的目的，非常明確，就是警醒世人。至少，讓人們知道，有那麼一個叫老聃的人，因看不慣這個紛亂的世界，走了。

尹喜聽著，突然鼻子一酸，淚水奪眶而出。

第32章　葫蘆裡裝的還是葫蘆

原文

道常無名。樸雖小，天下莫能臣。侯王若能守之，萬物將自賓。天地相合，以降甘露，民莫之令而自均。始制有名，名亦既有，夫亦將知止。知止，所以不殆。譬道之在天下，猶川谷之於江海。

注釋

小：精微。臣：使之臣服。賓：賓服。

譯文

道沒有它的名字。

道體的本源雖然精微，天下卻沒有什麼東西可以支配它。王侯若能持守它，萬

老子趣讀

物將會來歸依順從。

天地陰陽相合，自然降落雨露。同理，老百姓不用誰來下令自然就會平和無事。

宇宙一開始，就有了秩序名分，既然有了秩序名分，人應該知道遵循而不是僭越。知道止步，就沒有禍善。

道在天下容納萬物，就好比大江大海，能夠容納百川。

趣讀

老子在談到道的時候，一會兒說它大，大得不得了，比天還大，比地還大，因為天地是它的衍生之物；一會兒又說它小，小得不能再小，小得沒有名字，沒法形容。那麼道到底是小還是大呢？

道其實不能以大小論之。道無處不在，宇宙間一切的事物，都在道裡泡著。並且，大小是相比較而存在的。你說天大，還有比天更大的東西，你說基本粒子小，用那個高倍的顯微鏡才能看得見，可是，還有比基本粒子更小的東西。

莊子曾經說過：「一尺之棰，日折其半，萬世不竭。」他說一個一尺長的東西，一天折斷一半，這樣折一萬年也不會折完。當時莊子講這個話，在別人聽來簡直是說胡話。怎麼可能呢，莊子你試過嗎？恐怕你連半個月也折不了。

莊子不一定去試，他覺得這不僅僅是個實踐的問題，而且更重要的它是一個理論上的問題。用現在的眼光來看，莊子就是個大物理學家。

後來的物理學家，研究來研究去，研究到一種粒子，覺得這樣的物質顆粒夠精微細小，不可能再分了。道本無名，就給起了個名，叫基本粒子。意思是說，這是最基本的了，宇宙就是由這樣的小東西構成的。

但是情形怎樣呢？且不說基本粒子種類繁多，包括電子、中子、質子、光子等等一系列三十多種，並且根據基本粒子的質量大小及其他性質的差異還可分爲光子、輕子、介子、重子等，而且，它並不是物質最後的、最簡單的組成單元，它還有著內部結構。就是說，它還是可分的。之所以還沒分開，只是實踐的問題，而不是理論上的問題。

再深一步講，宇宙也是分層次的。我們人認識到的宇宙是一個空間，一定還有好多的空間我們還沒有認識到。就是我們認識到的空間，根據人的認識上的差異，也肯定不在一個層次上。比如我們一般的人跟愛因斯坦認識到的空間決不是一回事。表面看來，我們可以跟愛因斯坦坐在一個餐桌上吃烤餅，但是我們並沒有生活在同一個境界裡。他看到的時間是彎曲的，我們感覺到的時間是直線滑行的。他以爲大地在飛奔，而汽車沒動，我們覺得汽車在跑，而大地不動。再往細裡說，我們不跟愛因斯坦比，也不跟霍金比，他們畢竟不是常人。就是常人跟常人比，每個人眼裡的世界並不是一樣的。生理上的差異和心理上的差異都可以導致認識上的誤差。究竟誰看到或感覺到的世界是眞實的呢？

有一回我坐著敞篷汽車到了一個地方，我發現這個地方所有的燈都是鮮紅的。當時心裡很詫異，不知是怎麼回事。後來知道，是我的眼睛被風刮的，充了血。等於有了一層血膜，所以看見的燈都是鮮紅的。不只是燈，一切都在面前變色。如果人生來眼睛上就有一層血膜，是不是鮮紅就成了正常顏色？

誰知道我們因爲生理上和心理上的缺陷或侷限而感知到的世界距世界的本來面目相差多少？反正是距離越大，我們就越可笑。我們把我們感知到的殘缺世界當成本眞世界來認定，並且以此來推論其他事物，這就更可笑。

可笑，譬如我現在論道。

這樣看來，可以這樣說，一個人就是一個宇宙。就是說，這個人感知到的宇宙與另外一個人感知到的宇宙是不一樣的。這是說人，那麼，人與馬，人與螞蟻，馬與螞蟻，馬與馬，螞蟻與螞蟻……也根本不會在一個層面上。更別說還有更大的比如佛、上帝、外星人的境界和更小的比如微生物、微微生物、微微微生物的境界就更相差懸殊了。

我們人認識到的宇宙是一個宇宙，基本粒子裡面肯定也是一個宇宙。

佛說天有三十三層，其實豈止三十三層，六百六十層也止不住。

所以老子說，道這東西雖然小，可是，沒有誰可以支配它。反過來，它要支配所有的事物。這是老子從小的視角上來論道。若是從大的視角來說，老子還可以這樣說：

「樸雖大，樸外還有樸。」

道沒有名字，樸是樸瓜，又名葫蘆。老子隨便拿個葫蘆做了道的名字。葫蘆是個象徵。天地是一個大葫蘆，大葫蘆外面還被葫蘆套著，小葫蘆外面還有無數的更小的葫蘆。

老子說，你怎麼掙扎你也逃不出你的葫蘆。你被你自己造的葫蘆罩著。要想跳出葫蘆，必須改變你的認知能力，擴大你的認知範圍。但是，你也只能是從一個相對小的葫蘆裡跳到一個相對大的葫蘆裡面去。你不可能不在葫蘆裡頭。而且你本身就是葫蘆的組成部分。

老子說，你想跳到一個大的葫蘆裡去，但是那是由你的主觀意志決定的嗎？你的主觀意志本身是對是錯你能知道嗎？你知道哪裡是大葫蘆哪裡是小葫蘆嗎？你這樣想，只能證明你的可笑。

老子說，既然你已經被這樣規定好了，你還要怎麼樣呢？你以爲路燈是鮮紅的嗎，你錯了。你以爲路燈不是鮮紅的嗎？你又錯了。你自己把你自己框定了。你在被框定住的圈子裡，說著自以爲是眞理的昏話，做著自以爲是功績的蠢事，這樣，哪如不說不做呢？

老子說，你不說不做，不做自以爲是的掙扎，這樣反而順應了自然，就好比在河裡溺水，如果逆著水流，越掙扎越壞事，如果你靜下氣來不動，也許能夠順著水勢漂流到岸。由小葫蘆到大葫蘆說不定就是這樣自然而然過渡過去的。這就叫：「知止，所以不殆。」

老子說，大海就好比是大葫蘆。大海能容百川。人應該像海那樣，胸襟寬寬的，心情朗朗的，這本身就是大葫蘆的境界。葫蘆外面是葫蘆，葫蘆裡面還是葫蘆，你還有什麼可憂慮的呢？

第33章　毛毛蟲是怎樣變成蝴蝶的？

原文

知人者智，自知者明，勝人者有力，自勝者強。知足者富，強行者有志，不失其所者久，死而不亡者壽。

注釋

強行：勉力而行，努力不懈。死而不亡：精神不朽。

譯文

能夠認識、了解別人的人有智慧，能夠認識、了解自己的人才高明。能戰勝別人的人有力量，能戰勝自己的人才算是強者。知足的人富有，努力不懈、勉力而行的人才算有志氣。知道自己該在什麼地方待著的人可以長久，肉體消失，精神永存的人才算長壽。

老子趣讀

趣讀

別嫌老子說話囉嗦，他說的可都是至理名言。

老子讓尹喜燒紅了火箸把這些話刻在竹簡上，當火箸接觸到剛砍下了的青皮竹子時，青竹表面立即浸出一層細汗，這便是後來文天祥在詩中提到的汗青。在老子出關後，尹喜把老子的這幾句話又特意在特製的寬大的竹板上用金文刻出，掛在了他的簡陋的茅草棚裡。

尹喜覺得，這不僅是修道者要修持的，社會上的人也須時時牢記。因爲社會常人和修道者之間並沒有一道鴻溝，神仙也是常人做，得道者是誰？就是那些懂得順應世間事物規律的人。如果不按照規律行事，即使做了神仙也要被貶謫到凡間。

在老子走後的好長的日子裡，尹喜在靜坐中默念的就是老子的這幾句話：「知人者智，自知者明。勝人者有力，自勝者強。知足者富，強行者有志，不失其所者久，死而不亡者壽。」

他把這幾句話當成了叩響大道之門的鑰匙。

他想，成道也是它，不成道也是它。

後來他寫《關尹子》一書時，心中依然跳動著這幾句話的影子。

寫《關尹子》時，尹喜已經得道。他想找老子問一問，他所理解的這幾句話的涵意究竟對不對。後來他想，有這種想法，說明他還沒到最佳狀態。他反問自己，你知人了嗎？你自知了嗎？

俗話說得好，人貴有自知之明。人不自知又怎麼樣呢？人要是僅僅不自知，好像也沒有什麼。自己願意，糊塗成土豆又有什麼關係？如果你是個傻瓜，是個白癡，智商最高不到十，數不清自己有幾根手指頭，那的確與別人沒大關係，等於世間多出一個白吃飯的人而已。可是，那些沒有自知之明的人偏偏不是傻瓜，不僅不是傻瓜，而且比一般人還要「聰明」好多。這樣的人從不會承認自己沒有自知之明。沒有自知之明的人要是知道自己沒有自知之明，那還算是沒有自知之明嗎？沒有自知之明的人都是些自以爲很聰明的人，在精神上他往往有鶴立雞群的感覺。

由於他沒擺正自己的位置，所以他看問題往往本末倒置。他是頭朝下來看待世界，一切無不顛倒。由此他認定世界顛倒，而他自己不可能顛倒。

他跟世界嚴重錯位，這樣，他能夠正確認識和了解別人嗎？他能夠正確理解和接受這個社會嗎？

這樣的人總感覺自己懷才不遇，總感到世界對他不公平。因此每天吃牢騷拉牢騷，滿腹裡消化不掉的全是牢騷，心肝肺全被牢騷泡皺。

不自知的人不可能知人，不可能知社會。不知社會不知人再加上不自知，不就是整個的糊塗蛋嗎？

糊塗蛋跟白癡，誰好些呢？可能白癡好些。

老子趣讀

白癡不以爲自己傻，但也不以爲自己聰明。

尹喜還反問自己，你是個強者嗎？你怎麼個強法？

社會上的人大都崇尚強者。可是對於誰是強者並不是人人清楚。如果不清楚誰是強者反而還要崇尚強者，這不是盲目崇拜嗎？

在崇拜強者之前，先要弄清誰是眞正的強者。

美國拳王泰森，一拳下去對方倒地不起，泰森算不算強者？

魯智深先是拳打鎭關西，後又倒拔垂楊柳，魯智深算不算強者？

首先承認他們有力氣，但有力氣並不等於強者。

他們有力氣，有他們本身內在的原因，也有外在的原因。以泰森爲例，如果泰森生下來時本來是個小蘿蔔頭兒，完全是靠了自己刻苦努力，一次一次使自己的身體達到了極限，而他又一次次超越了自己，那麼，在這方面來說，泰森就是個強者。並不是因爲他打倒了對方才是強者。

對方倒地之後，如果精神上沒有倒，回去之後反覆研究自己敗在什麼地方，反覆研究泰森勝在什麼地方，從而超越自己，那麼，這位倒地者也是位強者。

能戰勝別人的人不一定是強者。

能戰勝自己的人絕對是強者。

戰勝別人是外在的強者。

戰勝自己是內在的強者。

一個人，能夠超越別人當然不錯，可是，要知道，這裡面因素很多。一、你身體條件好；二、你地理位置優越；三、你學歷高；四、有人暗中助你；五、你耍了陰謀；六、對方失誤；七、對方精神狀態不好；八、對方有意讓你；九、對方欲擒先縱；十、對方根本無心與你比賽。因素遠不止這些，先舉十個，以表示其多。

可是戰勝自己呢，就要慘烈得多。你本身就是你超越的對象。你要是不戰勝你原來的東西你就不可能超越你自己。可是你原來的那些東西都是你精心壘築而成，其中不知凝注著你多少心血多少汗水多少失眠多少頭昏多少苦惱多少焦心；成功後又築上多少喜悅多少歡欣多少美酒多少歌吟。如今撫著它就像是撫著一段泥跡斑斑的城牆，所有的苦澀也都化成了美好的回憶。但這時卻要你親手把它推倒重新壘砌，你憑什麼？理論上沒有新的建樹觀念上沒有新的改變精神上沒有新的準備行動上沒有新的打算你能夠有此舉動嗎？在超越自己的路上哪怕只前進了一寸，也是了不得的事情。因爲他這一步是在超越了他的極限的狀態下邁出的。

否定別人好說，否定自己最難。可是你偏要否定自己，這不就是英雄嗎？你要否定自己，也果然否定了自己，從而蛻變出全新的自己，你是眞正的強者。

毛毛蟲變成蛹，蛹再變成蝴蝶，由小爬蟲進入到翩翩翱翔的自由空間，這之間的心路歷程有多艱難，又有多豪邁，誰能說得清？

尹喜想，能夠戰勝自己的人是在向道靠近。因爲人先天帶來的和後天沾染上的壞東西太多，比如懶惰、急躁、脆弱、貪婪等等等等，這些與道格格不入。人也是毛毛蟲的一類，要變成蝴蝶，到自由空間裡翱翔，先要有自知之明，再要有自勝之強，然後才說得上體道。得道的人不是不死，他就是活一萬年不也是死？一萬年在宇宙中也不過一瞬，何況沒聽說有活一萬年的。彭祖活得最長了，不是也才八百歲？得道的人之所以不死，是因爲他們的精神像蝴蝶那樣在空中翩翩不已。

第34章　道是螞蟻頭上的觸角

原文

大道泛兮，其可左右。萬物恃之以生而不辭，功成不名有。衣養萬物而不爲主，可名於小；萬物歸焉而不爲主，可名爲大。以其終不爲大，故能成其大。

注釋

泛：漫流，形容浩淼無邊。衣養：護佑養育。

譯文

大道瀰漫周流，左右上下無明不在。

萬物依仗它生長發展它從不自詡自誇，功勞都是它的它卻從不標榜。

它養育萬物而不以主宰自居，好像微不足道。萬物都歸順依附它，它也從不以主宰自居，沒有比它更大的了。

他爲什麼這樣大呢？就是因爲它從來不自以爲大，所以它才大。

趣讀

這一章單說道的大。

關於道的大，老子已經說了不少。他老人家爲什麼還要說來說去？這是因爲道的確是太大了，無論怎麼說也說不到道的邊緣上去。

老子說：關於老子的大，我說了不少，說得人們耳朵起繭，可是誰又眞正把我的話當回事呢？孔丘這個年輕人曾經到我那兒求過道、態度不能說不恭敬，可是，對於我跟他說的那些，他又能領略多少呢？我說的話很明白，他就是不理解，這就是代溝。他從我那兒回去，跟他的弟子們說，你們見過龍嗎？老子就是一條龍，有時見首有時見尾，有時首尾不見，這是誇我呢還是糟蹋我呢？把我神化的目的是什麼？無非是想說我這一套跟凡人無關，不屬於凡人境界，要在凡人世界過凡人日子，最離不開的還是他那套仁義禮智信。這樣他就輕而易舉地把大道像綢帶那樣掛在了高高的神的廟堂上，讓人頂禮膜拜而就是不能使用。也許是我這一套把孔丘嚇住了，他覺得可聞而不可觸。唉，他還是沒有懂得道啊。

孔丘無疑是個非常有智慧的人，學問大，智商高，對社會人生研究得很透，他自以爲有了他那一套理論，世界就安寧了，就有秩序了，但眞是那麼回事嗎？我看也未必。他是年輕氣盛，不到五十歲他覺悟不了。

像孔丘這樣高智慧的人都不能理解道，我還說什麼呢？可是我不說，不是就更沒人懂了嗎？可是我說，誰又能懂得呢？

尹喜又燒了一壺苦丁茶，這時已近中午，太陽把壺下的餘火照得像團白氣，根本看不見火的形狀。尹喜想，太陽就是道，在太陽下，一切的火光都失去了顏色。或者也可以說，都被陽光融化爲一體了。道就是這樣同化事物的嗎？道同化事物而不被事物所同化，就像陽光容納火光而火光容納不了陽光……當他聽到老子的悲嘆，猛地把頭抬了起來，他覺得老子太悲觀了，他覺得老子太孤獨了。這樣一位老者，在中原找不到知音，只好走出這函谷關，難道函谷關外就能覓到知音？別說知音，就是關外的口音你老人家也怕聽不懂呢。那麼，從此之後，老子不是更孤獨更難過了嗎？老子來到函谷關，陪伴他的只是那頭青牛，那頭青牛解道嗎？也許在老子看來，這頭青牛就是不解道，也比人要強些，因爲牠雖不解道，但也決不謗道，決不背道而馳。

尹喜看了一眼老子，陽光下的老子雙目微閉，嘴裡仍在喃喃自語。尹喜突然感覺到老子就是太陽，而自己就是陶壺下面那已經看不到形狀的爝火。太陽的中心是不是冷的呢？它需要不需要爝火的些許的溫暖呢？

尹喜囁嚅道：「老人家，從一開始我就說，我願意向您學道。你總說沒人懂得，你是嫌我愚拙嗎？」

老子把眼睛微微睜開些，他說：「我這樣說了嗎？」這樣說完之後，老子就把扣在地上的陶碗掀開，他知道那苦丁茶煮好了。

老子從尹喜手上接過陶壺，斟了一碗。青色的茶液中映著一枚小小的白的太陽。老子說：「茶在水裡泡著，人在道裡泡著，水有茶味，人可有道味？」

老子說：「你看，現在連太陽都在茶裡泡著了，太陽下有茶碗，茶碗裡有太陽，是茶碗在太陽裡還是太陽在茶碗裡？」

老子說：道大，道比天還大，道周流六虛，無處不在。我已經說過多少遍了，聽到的人都說明白了，可是他們明白了什麼？就光知道道大嗎？可是到了市集上，見了一個大西瓜，那眼睛就放光，西瓜比道大多了。還道大呢？

道大，就算是你知道。可是道就在身邊你知道嗎？

道不遠人人遠道。道就是你就是我，就是太陽就是火，就是茶壺就是茶碗。你以爲道大，跟天那樣大，就像天那樣觸摸不著嗎？不是，道不僅大，而且小。多小？螞蟻小，螞蟻頭上的觸角小，那道就在那上邊安營紮寨。

你看周圍這竹林，郁郁蔥蔥，上邊嫩葉蘸著陽光雨露刷刷生長，下邊老根不知不覺在變粗，竹筍在地裡一點一點向外拱，同時向外拱的還有蟬蛹。你聽那蟬叫，像陽光似的那麼細，牠是在叫嗎？牠的叫聲與青牛的叫聲有什麼區別？就是因爲一個是用嘴在叫，一個是用薄膜在震顫？除了這樣的不同還有什麼不同呢？是誰讓他們不同的呢？

還有這燒茶，茶爲什麼還要燒？爲什麼是燒茶而不是燒別的？要說茶好喝，爲什麼牛不喝？要說草不好吃，爲什麼牛要吃？人和牛的區別在喝茶上還是在吃草上？人要是吃草而牛喝茶那情形又該怎樣？是誰這樣安排而不是那樣安排？誰有這麼大的權力？人有這樣的權力嗎？

都是道。道法自然。自然而然。

原來我老說道大道大，今天說道小。小才能捉摸，小了才能近，才能看得清楚。都說大了看得清楚，可是誰見過天？太大的東西看不見，太小的東西也看不見。我所說的小，是說以人的眼睛看到爲界限，人眼睛看到的東西都不能算是大東西。所以我說道小。道就在眼前，你看到的就是，你摸到的就是，你感覺到的就是，都是。都是道的體現。是道讓它這樣的。

大的是道，小的是道，不大不小還是道。遠的是道，近的是道，不遠不近也是道。道是大還是小呢？道無大無小，大小之別是我爲了說明它而不得不用的概念。

第35章 把木頭雕成菩薩，倒頭便拜

原文

執大象，天下往。往而不害，安、平、泰。樂與餌，過客止。道之出口，淡乎其無味。視之不足見，聽之不足聞，用之不足既。

注釋

大象：道。往：歸往。善：傷害。

譯文

誰掌握了大道之象，天下的事物就歸向他。天下都歸向他，也不會因此有善，而會得到安寧、平順、太平。

表面的歡樂和宴食，像釣餌，使得好多人沉浸其中。

道這東西，說起來平淡無味，看起來不艷麗，聽起來不動人，可是用起來卻受益無窮。

趣讀

誰是執大象者？

你不是我不是他也不是。老子是嗎？老子也不是。爲什麼說老子也不是，因爲老子一心向道。向道者，不是道本身，更不是道的執掌者。

老子說過：「人法地，地法天，天法道，道法自然。」就是說，天地人都有上一級的規則來遵循，而道沒有，道以自身的規則爲規則。這樣道就成了至高無上的東西。那麼在道之上，還有個執掌者，能說得通嗎？

老子給自己拴了一個很難解開的扣兒。

老子明知這是個扣兒，爲什麼還要拴呢？

老子不得已。

因爲道不可見，不可說，不可觸，不可摸。老子說了很多，並沒有人信他。都以爲這老頭神經不正常，放著圖書管理員不當，總弄些玄玄乎乎的東西。老子說茶壺是道，聽的人就反唇相譏：你昨天還說道看不見，摸不著，怎麼一轉眼就說茶壺是道？是，茶壺不倒茶水出不來。

老子**趣讀**

老子說道，聽眾大笑。

人們不相信有個道，倒是相信天上有神靈。每到祭神的日子，市郊到處是人。青銅大鼎一字排開，在鼎前，跳八佾舞的跳八佾舞，焚香的焚香，擺供品的擺供品，男巫女巫打扮得人不人鬼不鬼，無論是坐著的還是跳著的，都如入無人之境。站在鼎前的執事，把雪白的拂子一豎，立時地上跪倒一片人。這些人裡面包括天子和王公大臣。在神面前，這些不可一世的人物突然變得非常虔誠和渺小。而且，他們爲了愚弄百姓，還把自己說成是神的旨意的執行者，以神的名義下達命令。而老百姓還眞的相信這些。總是祈求神的護佑，總是把自己的命運拴在神的腰帶上。

老子無奈，也想把神挪過來用一用。不一定要人們相信，他覺得這樣說方便，好理解。就像說宇宙沒邊一樣，總是不好捉摸。不如就說宇宙有一個硬殼的好，像個雞蛋差不多，人們反倒相信。因爲人們見過雞蛋，沒見過無邊虛空。

不是你們相信神嗎？執掌道的神才是最大的神。這個神就等同於西方的上帝。上帝萬能，他說怎麼樣世界就怎麼樣。執道的這個神也是如此，是他讓竹葉青麥梢黃流水綠水鳥白的，是他讓人直行蛇爬行蟹橫行的。他有著至高無上的權力，他沒有錯的地方和時候。你只能歸順他，如果你不歸順，他就要給你個顏色看看。

可是老子並沒有沿著這條路走下去。其實原本他就沒打算這樣走。他只是那樣採用了一下假想的說法，一帶而過之後，就不再說。

老子犯了一個不該犯的錯誤。

老子應該將神眞的祭起來。眞的把這個直到現在人們仍然莫名其妙的道，擺到神龕上去。那樣就根本用不著費盡口舌來這樣說那樣說，一句話，神就是這麼安排的，誰還敢再問？神願意給誰家降福祉就給誰家降福祉，願意給誰家降災禍就給誰家降災禍。沒有理由就可以這麼幹，全憑他的情緒。你要是惹了他那還了得？這樣一來，說不定人們還眞的全去信道，因爲道是神的，你不信道神就要懲罰你。可惜，老子沒這樣做。老子太善良了。老子眞是道的忠實信徒，他老老實實按道的精神辦事，一點不嘩眾取寵。

可是，老子並不知道，在後來連他自己也被弄成了神，叫做太上老君。常常被人祭到台上去，讓他去呼風喚雨、拿妖捉鬼、祛病消災。

老子更不知道，在他之後兩千多年，神鬼的陰魂並沒散盡。五四運動，試圖打倒各種偶像，讓人來做主，讓科學來引路，讓民主來支撐社會。但是怎麼樣呢？道路依然艱難。總有這樣那樣的神來侵蝕人的靈魂。如果沒神了人們就自己造一個。人把人造成神，人把物造成神，人把泥巴造成神，獨獨不把科學當成神。科學，應該說就是道的一個新的稱呼，或者說是道的一個載體。道當然仍在檢驗科學。科學也是分階段的，也是分層次的，也是不斷發展的。如果它不合道，那就不是科學，或者是僞科學。或者在某一階段是科學，發展到某一階段就不再是科學。牛頓力學到了愛因斯坦之後，不就不那麼無懈可擊了嗎？

如果把道當成了神，那麼老子的話就成了聖經，誰還敢違背？人把一棍木頭砍削成菩薩之後，倒頭便拜。他忘記了自己才是神。佛不是說嗎，即心即佛。你那顆心就是佛，如果外求，便是外道。

老子的本意也是，你啥都不要信，你就信道就行。怎麼個信法？別在山頂上栽水稻，要在水裡養泥鰍。順應自然，順應規律，不拗天而行，不依我而行，一切因時因地而行。

可是人，除了相信神之外，再就是相信自己的感官刺激。在神面前，有時靈魂抖顫；一旦離開神的廟堂，便忘記了該有的清規戒律。那眞是啥妞也敢泡，啥牌也敢叫，啥酒也敢喝，啥話也敢說。追求感官刺激，追求物質享樂，醉生夢死。道，在哪兒呢？不在飯桌上，不在女人的裙帶上，也不在酒杯上，而在手拷上，在死神那猙獰的笑容裡。

老子說，這就叫：樂與餌，過客止。

過客，在神那兒失去了自我；在樂餌這裡殺死了自我。自我已死，道在哪裡？

第36章　國家也如一條魚

原文

將欲歙之，必故張之。將欲弱之，必故強之。將欲廢之，必故興之。將欲取之，必故與之。是謂微明。柔弱勝剛強。魚不可脫於淵，國之利器，不可以示人。

注釋

歙：收攏。微明：微妙高明。國之利器：治國的策略。

譯文

要收斂時，必須要先張弛。要削弱時，必須要先讓他強縱。要廢棄的，必須先興起。要奪取的，必須要裝作送給的樣子。這是很微妙的聰慧之處。柔弱的勝過剛強的。

老子趣讀

魚不能離開水，國家的權柄和機密不能隨便讓人知道。

趣讀

中國的文化積澱又深又厚，人走在裡面幾乎沒過頂，所以有時感到呼吸困難。像美國，攏共才有二百多年的歷史，就像出外旅行的人只在腋下夾著個小公文包，利索得很。我們可不行，走到哪兒都像搬家，一個人後面還跟著好幾輛卡車。也的確有好東西，每一件大的小的，包括一枚瓦片幾點碎瓷，也讓西方人眼饞得不行。

其實，宋版的書，唐朝的畫，漢朝的雕刻，秦朝的陶俑，殷朝的甲骨等等的比起中國人的思想觀念來，真的就不算什麼了。最厲害的還是軟體。因爲那些硬體都是靠了這些軟體才有可能製造出來。

所以說，中國人最有文化。哪怕是文盲半文盲（時至今日，真的還有好多文盲半文盲），雖說識字不多，甚至根本不識字，但滿腹都是文化。不信，讓一位不識字的老太太跟你說幾句：

——與大兒子的談話

牽牛吃別把牛繩拉得太緊。太緊牛鼻就疼，疼了牠就不肯跟你走。

二叔住院了，我們也應該去看看，送點東西，給一些錢。少架的事已經過去了，不要老是記在心上。我們記心上，他也會記心上，兩家不是成了仇人？我們不記了，他也

不會記，兩家不就和好了？

——與丈夫的談話

閒時要和人坐，有話要跟人講。不要老是待在家裡悶在房裡。一個人不跟別人交往，就像一間房子沒有門窗。

——與小女兒的談話

父母疼愛子女如牛毛那麼多，子女疼愛父母不如牛毛那麼長。

——與兒女們的談話

摘自《讀者‧農婦語錄》

怎麼樣？不敢說比教授說得更好，起碼比教授說得不差。

也許你要說，這樣的老太太不是很多，但我要說，那只是別的老太太或老太太的丈夫沒有說出來而已。中國人在古老的文化裡浸泡過久，生命基因裡面幾乎全是這些東西。在產床上，嬰兒一落生，哇的那一聲啼哭，西方的與東方的就不一樣。醫生說一樣，那是醫生還沒有在這方面下工夫研究。

道，在大多數中國人那兒也被看成是一種文化。的確，它確實是被當成文化被中國人吞到肚子裡去了。

可是道是一種文化嗎？或者說它僅僅是文化嗎？

孔子說：「朝聞道，夕死可矣。」他所說的道，跟老子說的道是一回事嗎？

老子趣讀

據說老子西出函谷關，過了多年之後，他老人家又潛回中原大地，細細觀察人們對於道的感悟。結果他看到好多人打著他的親傳弟子的旗號在傳播道，並且有了好多的《道德經》的版本，有了好多門派的注解，所有的門派都說自己是眞正的王麻子。他認眞地聽了好幾個門派的人講授的《道德經》，原文沒有變化，可是內涵全走了樣兒。有的甚至走得面目全非，令人哭笑不得。比如有人說，老子是保守頹廢的總代表，是在搞階級鬥爭熄滅論，反動得很。這讓老子差點笑出聲來。

道可道，非常道。一說出來就錯。老子已經錯了，下面的人還能不錯？

老子說：我那裡面有文化，我也用了好多的非常優美的文辭，有些話的確對人生有指導意義，可以當作座右銘來看，但是，如果人們只記住了表面的這些，而把字面裡面的內涵丟掉，那無疑是買櫝還珠。

可是這個櫝多好看啊。

工人們做一件陶器，陶器做成之後，陶器漸隱，而文化漸成。

廚師做菜，菜成文化成，吃的不是菜，而是文化。

喝茶叫品，喝酒叫飲，老娘叫親，老爹叫尊……這都是文化。

最能代表中國道家文化的，有一種拳，叫太極拳。這種拳的發源地在河南陳家溝。發明者是明朝戰將陳王庭，他精讀《周易》，細研《老子》，揣摩陰陽，探討吐納，創編了太極拳。

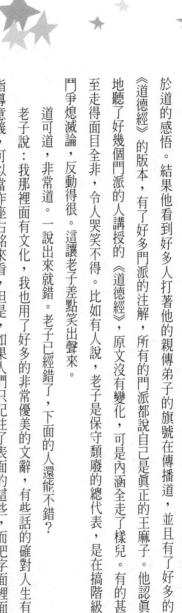

這種拳體現的是道家文化的精髓。

它柔中有剛，剛中有柔；動中有靜，靜中有動；欲擒故縱，欲奪先給；以退爲進，以進爲退；欲合先開，欲開先合。它講求渾圓，無時無處不在圓的運動中，動起來如行雲流水，無懈可擊；可以說整個的人在打拳中就變成了一個旋轉著的能量團。它的爆發力和技擊技巧，西方的拳擊家難望其項背。

老子說：柔弱勝過剛強。

老子說：欲將歙之，必故張之；欲將弱之，必故強之。

太極拳中全體現出來了。

但老子的這些話僅在太極拳裡嗎？它在沒在官場上，在沒在商場上，在沒在戰場上？凡是人與人人與事較量的時候，就必然要用上這些。如果你不會這些，或對這些不諳熟於心，就會慘敗。

動作上的太極拳好學，可是心路上的太極拳好學嗎？

是術，還是略？是陰謀還是陽謀？是該發揚光大，還是該摒棄不用？

老子本意想說的是這些嗎？

如果說不是這些，那麼他想說的到底是什麼呢？

老子大概是想說：國家也如一條魚，只有在大道如泛的水裡才能自由自在。那些欲歙先張的戰術你都會，但是你不用，你也用不著。雖然不用，但不能不懂得。就像兵械

老子趣讀

彈藥庫裡有原子彈而不用一樣，兵械彈藥庫裡有原子彈和沒原子彈是不一樣的，有原子彈不用和炫耀武力也是不一樣的。

第37章　違反規律的事不如不幹

原文

道常無爲而無不爲。侯王若能守之，萬物將自化。化而欲作，吾將鎮之以無名之樸。無名之樸，夫亦將無欲。不欲以靜，天下將自定。

注釋

將：會。自化：自我化育。欲作：私欲萌動。

譯文

道通常看起來好像是無所作爲的樣子，其實沒有哪樣事物不是它未完成的。君子王侯若能持守它，就不會來做什麼，而是任萬物自己順自然而變化。變化中有私欲發作，我便用無可名狀的葫蘆樣的大道來鎮規。有了這個大道之樸，欲望自然平息。

無欲心才能靜，心寧靜，天下自己就安定了。

趣讀

有一首民謠這樣唱：

你說我懶，我不懶，
天上的事不用我管。
太陽不用老牛來拉，
月亮不用取燈來點。
星星不是羊拉的屎，
銀河水不深也不淺。
刮風下雨隨它的便，
不風不雨算什麼天？

你說我懶，我不懶，
地上的事不用我管。

牛馬豬羊四條腿，
哪個不知往前躥？
地裡的小苗朝上長，
不到秋天粒不滿。
時間過去就拽不回，
過了今天就是明天。

你說我懶，我不懶，
我自己的事不用管。
白天走路頭朝上，
夜裡睡覺閉著眼。
思傷腦袋恐傷腎，
喜傷心來怒傷肝。
無思無慮真自在，
根本不用羨神仙。

創作這個歌謠的是不是懶漢？如果不是懶漢，那麼他就是一個非常曠達的人，不把任何事放在心上。他說天上地下人間所有的事情都是有著它自己從產生到發展到滅亡的規律，都有著它們自己特殊的存在方式，人是犯不著來爲這些操心的。

歌謠的本意也許不錯，但是從客觀上也難免爲一些眞正的懶漢支起了一把傘，在這把大傘下他們一任身心的頹廢。

可是，寫到這裡的時候，有一些往事便像雨後的葦錐那樣使勁朝腦子裡鑽。我回憶起，準確地說是我替大家回憶起我們這個從來不知道啥叫懶惰的民族，在荒唐的年代以勤勞的名義、甚至以生命的代價做出的荒唐事情。

年輕人不知道啥叫大躍進，那時提出一個口號。叫做十五年超英超美，跑步進入共產主義。藍圖不可謂不輝煌，口號不可謂不響亮，目的不可謂不正確，幹勁不可謂不飽滿。眾人都被這種輝煌的前景激動著，中國人民集體瘋狂。爲了這樣的一個目標，還有什麼豁不出去的？在這樣的目標面前，人的生命個體不是太渺小、太微不足道了嗎？所以，人們表現出了眞正的史無前例的沖天的幹勁，人人都在奪紅旗，放衛星。

生我養我的那個小村裡據說就發生了這樣的事：種田的人並不敢相信畝產萬斤的神話，土生土長的基層幹部也不相信，可是他們相信上級不會錯，相信報紙上的文字都是眞理，別處能打那麼多，我們也就能打那麼多。但是的確又想不出別的有效的辦法，他們在眞心地埋怨自己腦袋太愚鈍的同時，也在這樣的荒唐的大背景下，認眞地去求證一些從來沒有試過的事情。他們想讓小麥畝產達到一千斤。畝產一千斤小麥在當時眞的是神話，那時畝產最多達到二百斤。怎麼才能讓小麥達到畝產一千斤呢？採取的一個非常重要的措施就是在每畝地上播下了五百斤的種子。他們按照人的常規思路算了一筆賬：這五百斤小麥播下去，一粒麥種結出兩個麥粒，這夠保守了吧，那就會多出一倍，一千斤小麥就有了把握。如果要結三個粒，五個粒甚至更多呢？這不是不可能的，平時小麥能結幾十個粒呢，那麼放出的這顆衛星就會驚動世界。

五百斤小麥播了下去，麥苗出來後哪想密不透風，擠在地裡要死。據說在地頭安上了好幾台吹風機，就是那樣，小麥最終也沒長成了每畝地的五百斤麥種白白扔掉。

稻堆堆得圓又圓，
社員堆稻上了天，
撕片白雲揩揩汗，
湊上太陽吸袋煙。

那時到處是這樣的歌謠。文學界的泰斗郭沫若和周揚當時編了一本書叫《紅旗歌謠》，收集的都是這一類的東西。

那時哪裡還知道啥叫規律？那時哪裡還知道啥叫遵循？

瘋狂啊，在瘋狂中流血流汗，在瘋狂中苦幹蠻幹。我們曾笑話古人揠苗助長，可是我們自己呢？反過來要讓後輩人笑話。

違反規律的事不如不幹。

不幹違反規律的事不算懶漢。

第38章　大丈夫該在哪兒安家？

原文

上德不德，是以有德；下德不失德，是以無德。上德無爲而無以爲，下德無爲而有以爲。上仁爲之而無以爲，上義爲之而有以爲，上禮爲之而莫之應，則攘臂而扔之。故失道而後德，失德而後仁，失仁而後義，失義而後禮。夫禮者，忠信之薄，而亂之首。前識者，道之華，而愚之始。是以大丈夫處其厚，不居其薄。處其實，不居其華。故去彼取此。

注釋

上德：上等品德的人。攘臂：伸出手臂。扔：拉拽。

譯文

道德高尙的人，並不把道德掛在嘴邊上，因爲他內心自有；道德低下的人，時時要道德來規範，因爲他心中沒有。有大德的人清靜無爲，因爲他沒有自己的目的；道德不夠的人追求道德，是爲了某種目的。

有大仁愛的人追求仁愛，並不刻意追求目的；有大義氣的人追求義氣，目的就比較明確。有大禮法的人一心追求禮法，卻沒有人響應，就伸出胳膊強拽人家。

所以，喪失了大道的人追求道德，喪失了道德的人追求仁愛，喪失了仁愛才講求義氣，喪失了義氣的人才強調禮法。所謂禮法，標示著忠信淺薄不足，這已經是禍亂的開始了。

最先發明禮的人，是打著道的浮華的幌子，實際上是愚昧的開始。所以，大丈夫就應該處於豐厚的大道之中，不站在淺薄的禮法上。處於大道的樸實中，不站在虛浮的華艷裡。

明白了以上這些，就知道該怎麼取捨了。

趣讀

這裡提出了一個很深刻的不容人迴避的問題：我們該怎麼做人，我們該置身何處？

在這個嘈雜的世界上，人是分等級分層次的，不承認這一點是不實際的。

老子所處的時代，相對現在來說，應該是比較簡單。那是個單純的自然經濟的時代，剛有了青銅器不久，種地還在用木耒，交通更是不發達，吃的住的用的簡單得很，恐怕連炸醬麵也極少見，席夢思的樣子他們更是做夢也想不出來。但即使這樣，那人的層次就已經顯露出來了。

比如，王公吃肉，百姓只能吃野菜。

比如，女巫不耕而食，農人卻耕而不食。

但老子所說的層次還不在物質生活上頭，而是在精神層面上畫分。

老子說，人，不管你是在哪個地位上，不管你是從政、從文、從巫、從軍、從事農桑，最關鍵的還是看你有沒有道，有沒有德。

如果你在道德之外，縱然你身居高位，腰纏萬貫，也不如街上一乞丐。

然而，我們人類，進化到現在，好像道德上沒見有多少長進，倒是好多壞的東西像腫瘤一樣一直附在人的身上，任你怎麼甩也甩不掉。

虛榮：人是自古就虛榮呢，還是後來才變得虛榮起來？人是跟原來一樣虛榮呢，還是越來越虛榮？

戰國時期的孟軻用他那桿鐵筆刻畫出了一個虛榮人的嘴臉：有這麼一個齊國人，每天從外面回到家，就跟妻子和妾說，自己在外面已經吃了飯，而且都是大魚大肉，都是有頭面的人請的。妻子疑心，暗中跟著丈夫觀察，結果發現他的體面的丈夫是在墓地上跟人家討些祭品吃。而且一個墓地吃不飽，還要跑到另一個墓地去。發現眞相後，妻子與妾抱頭哭了一場。她們覺得這個男人太沒出息了。

看來，虛榮自古有之。現代人大不必自愧。

而且，在現代人看來，這個人也是眞的沒出息，到墳地裡討要吃的，實在有辱斯文。

現代人的確沒有人到墳地上討吃的了，可是，不是有人到人事單位那兒討官去了嗎？這個人又比那個齊國人強到哪兒？

爲了自己的一點虛榮，一切的羞恥心、是非心都可以餵狗，這樣的人還有什麼希望呢？齊國的丈夫從墳地裡回來，他的大老婆小老婆還抹了一把鼻涕；現代男人從人事單位那兒回來，他的老婆會不會爲此一悲？恐怕未必。也許這就是時代的差距。

貪婪：這個東西也跟噩夢一樣一直纏繞著人類嗎？

回答也許是肯定的。

古時候有四個人在一起談論志向。一人說，我的理想是發財，腰纏萬貫；一人說，我的追求目標是當個揚州刺史；一人說，你們那個太俗，我想跨鶴仙遊。最後一個人說，我跟你們的目標一樣，只不過加在一起：腰纏十萬貫，騎鶴下揚州。好事想著一人獨攬。

現在的人貪不貪？不用我說，看報就行，有好多的人被判刑、被殺頭，原因就是貪。甚至有貪幾千萬、上億的。爲了一顆貪心，海關人員就可以放棄責任，參與走私。爲了一顆貪心，警察局長就可以置法律於不顧，拿法律換錢。爲了一顆貪心，一個民意代表就可以花幾十萬元公款，爲自己建造別墅。爲了一顆貪心，一個縣長，就可以把工程包給送禮者而使工程成爲豆腐渣。

綦江的彩虹橋轟然塌落，因爲有人貪心太重。

九江防洪大堤是「王八蛋工程」，皆因「王八蛋」不幹正事。

一頭驢啃吃了青苗，一位老農拉過毛驢便打。一邊打一邊訓斥：「你以爲你是幹部啊，走到哪兒吃到哪兒！」

雖是笑談，但要是眞當笑談看，可就錯了。

殘忍：人跟動物比，誰殘忍？當然是人。

北齊後主高緯問南陽王高綽：「在南陽何事最樂？」

高綽說：「把好多的蠍子放在缸裡，然後把一隻猴子放在裡面，這最好看，最讓人樂。」

後主高緯忙令人找來一堆蠍子，放到浴盆裡，然後把一個人脫光放到裡面。看著那人在裡面哀號。高緯對高綽說：「這麼好的事，怎麼不早點奏上來？」

也只有人才有這麼高的「智慧」。

現代人殘忍不殘忍？爲了一點小事，把父母殺了的有之；爲了爭得一個官做，把競爭者殺了的有之；爲了人的口腹之欲，把天鵝殺死，把大鯢殺死，使得好多珍奇動物瀕臨滅絕；爲了人的貪婪之心，好多的動物、植物、礦物……滅種、滅跡。

虛僞：這也是人的天性嗎？不然爲什麼總也去不掉？

孟子吃牛肉，但是不忍看見牛被殺時渾身顫抖的樣子。所以他說：君子遠庖廚也。眼不見心不亂，孟子虛僞。孟子把仁義當遮羞布，把自己遮了一下。

現代人虛僞不虛僞？不不不，一點也不。這話是眞話嗎？這本身就是虛僞。現在已經不是虛僞的問題了，而是公開作僞了。連最薄的那層面紗也撕掉了。

說假話還是一個問題嗎？不是早就有人說，不說假話辦不成大事嗎？把假話說得比眞話還好聽，不是已經成爲現代人的高智商的表現了嗎？說假話，辦假事，裝假象，在某些人那兒不是已經成爲家常便飯了嗎？

有這樣一則故事：一老農，買來種子播下，到秋後竟然顆粒無收。因爲種子是假的。老農決心一死，買來一瓶農藥喝下。結果沒死。因爲農藥也是假的。由於人沒死，一家人慶幸，買來一瓶好酒全家喝，結果全家人都死了。酒也是假的。

除了以上這些，還有譬如狡詐、嫉妒、吝嗇……唉，關於人的不好的東西，我不再講下去了。我眞有點不忍了。

老子最看重的是道，是德。他說仁啊義呀禮呀忠啊信啊等等的，規範人的東西，都是等而下之的、不得已的東西了。人到了讓規矩規範的時候就已經晚了。門窗籬笆防的是好人，壞人總是能找到可鑽的漏洞的。

老子爲什麼喋喋不休地講道講德？就是因爲人們缺道缺德呀！

第39章　壞人好比爛蘋果

原文

昔之得一者：天得一以清，地得一以寧，神得一以靈，谷得一以盈，萬物得一以生，侯王得一以天下貞。其致之也，天無以清將恐裂；地無以寧將恐廢；神無以靈將恐歇；谷無以盈將恐竭；萬物無以生將恐滅；侯王無以貞將恐蹶。故貴以賤爲本，高以下爲基。是以侯王自稱孤、寡、不轂。此非以賤爲本耶？非乎？故致譽無譽。是故不欲琭琭如玉，珞珞如石。

注釋

一：道。貞：正。廢：塌陷。歇：消失。蹶：跌倒。

譯文

先說一下一，一是什麼？一是宇宙的本原，也就是道。

自古以來只有得了道的東西才能發展：天得了道才清虛明淨，地得了道才安穩早定，神得了道才有靈性，河谷得了道才流水沖盈，萬物得了道才生長茂盛，王侯得了道才能使天下歸正。

以此來推論：天空若是不清明恐怕就要破裂，地要是不穩定恐怕就要塌陷，神要是沒有靈驗恐怕就要消失，河谷若是沒了水恐怕就要涸竭，萬物若是不生長恐怕就要滅絕，當政的若不能使天下歸正恐怕就要顛覆。

所以說，貴是以賤爲本體的，上是以下爲基礎的，因此最高的當政者自稱孤家、寡人、不善。這不正是以賤爲本嗎？不是嗎？所以說最高的榮譽反而沒有榮譽。

所以，不要追求做美玉，也不要刻意做頑石。

趣讀

上一章，老子說道，大丈夫應處其厚，不應居其薄。因爲薄的地方不是人應該待的地方。人要是待在那個地方，就要被其他的人罵了：缺德鬼！缺了八輩子德了！

可是，人人知道缺德不好，爲什麼還要缺德？如果每個人的道德像大地那樣厚重，都按照本分做事、做人，你不欺詐，我不狡詭，他不陰損，天地溫暖得像個大葫蘆似的，完整得像個大葫蘆似的，無懈可擊像個大葫蘆似的，那有多麼好？那不眞就到了人類理想中的桃花源？

可是不，人缺德者正多。不只是現在多，過去也多，而且以此來推論，以後也還有「這缺德的人就像野草，自古到今，從來就沒有缺過。」爲什麼不讓他滅絕？因爲這缺德不缺德也是相比較而存在的。總是有一些相對缺德的人在。就像毛澤東曾經說過的那樣，凡是有人的地方，總分左中右，不可能整齊劃一。

現在討論的不是缺德的人多與少的問題，而是人爲什麼要缺德？

這仍然跟人的欲望有關。

人的欲望原是塡不滿的無底洞。

爲了塡這個洞，一些人就開始想邪的、歪的。

爲了達到自己的目的，有時就忘記了手段。

比如想得到玉米，自己開荒，撒種，澆水，鋤地，治蟲……汗水泡幾個月，然後收穫玉米。而有的人想得到玉米，就採取了最直接的辦法，到玉米成熟的時候，到別人家的地裡去偷，或者乾脆到糧庫去搶。這後一種人就是不擇手段。

偷玉米只是一個比喻。

可偷的東西還很多。最大的盜賊，是把天下偷來。

古人說，竊鉤者賊，竊國者侯。賊當大了，就不是賊了。因爲賊可以把自己打扮成正人君子。而且，賊還可以大喊捉賊。

人不可能沒有欲望。人要是沒有欲望與枯木何異？

從某種意義上說，人的欲望正是社會進步的原動力。人正是爲了達到什麼目的，然後才去努力。一個目的接著一個目的，這樣就構成了人類進步的鏈條。

關鍵是人不要有邪的欲望。

不要有侵害人的欲望。人都有欲望，爲了你的欲望，而影響或損害了別人的正當欲望，是缺德；爲了你的一己之私，而影響和損害了公眾的利益，是缺德；爲了你的眼前的私利，影響和損害了大局的長遠利益，是更大的缺德。

但老子好像並不太關心人群中誰缺德還是不缺德的問題。在他眼裡，這些都是小問題，屬於細枝末節。在他老人家看來，只要你得了道，一切問題迎刃而解。有了道，就不愁沒德，有道有德，就不會缺德。缺德的來源，是因爲德之不備，道之不足。

老子從人的問題引申到自然界。他說，缺德的問題還不僅僅體現在人上，連天地河流也有個缺德不缺德的問題。不僅僅表現在普通人的身上，連位居侯王的人也有個缺德不缺德的問題。

老子說。天有道，天渾然一體，雲舒氣朗；夏夜銀河星密，滿而不溢；冬日雪落四野，寒而不冷。北斗高居，而群星朝拱；太陽高照，而霞彩流布。偶有賊星滑動，但天上大序不亂。這就叫天得一以清。如果天失了道，天的顏色也不會正。天落隕石，霹靂驚天。臭氧層大大減少。大氣污染厲害。下雨時，雨的顏色不正常，雨的氣味也不正常。老子說，這樣，天有一天也要破裂。天要是破裂後，那會是個什麼情景？

老子說，地也一樣，地要是有道，地渾然一體。地上河水清澈，草木蘢蔥，萬物繁茂，動物植物非動物非植物都是那麼富有生機。人在其間，能沒生機嗎？可是地要是失了道，也了不得。地震、火山爆發、地下水枯竭，這樣，久而久之，地就不是地了，而成了沒有生機的乾核桃。多可怕！

老子說，大地尚且如此，何況人乎？

王侯稱孤道寡，自卑自棄，有時還寫道罪己詔公布於眾，說天旱是因爲我的德分不夠，說山洪是因我罪孽深重。老子說，這是在做樣子給天看給地看，更是給人看。可是，如果他的心存虛僞，不眞心問道，做事總是違背良心和民心，那麼，他的位置能待多久呢？

老子說，人，最要緊的還是心靈上的問題。能不能在心靈上保持住原始的那份純淨，是檢驗人得道還是失道的關鍵。後來的莊子不同意人們使用桔槔提水，不是他反對科技進步，而是怕人從此失掉原有的那份純眞。人心的純眞比多提幾罐子水寶貴不知多少倍。從這個角度上講，還是不用桔槔的好。

人要是缺德少道，就好比蘋果爛了一塊，已經不值錢了。不值錢的爛蘋果，自然只能讓它爛掉。所以，一些壞人天地並不管它，也懶得制裁。因爲已經用不著制裁，他自己就把自己爛掉了。自己非要爛掉不可的人，誰也救不了，也沒人救。

大道無缺，大道無形。人是做美玉，還是做頑石？都不做。人保持心靈的純正、樸厚，就夠了。

第40章　你一繃勁，褲子準開線

原文

反道者之動，弱者道之用。天下萬物生於有，有生於無。

注釋

反：相反，相對。

譯文

相反，是道的運動的規律，柔弱，是道的力量的呈現。世上萬物都是生於實有，而實有從虛無而來。

趣讀

「尹喜尹喜，你來看！」老子像個孩子一樣的指著竹子上的一隻蟬蛻高聲叫嚷。

尹喜放下手上的刻刀，來到老子身邊。

尹喜說：「這是蟬脫下的皮。」

老子說：「可是，蟬哪裡去了？」

尹喜說：「您向上看，竹林裡，竹梢上，都有蟬在叫。但不知哪隻是這個殼裡的。」

老子說：「哪隻都一樣，所有的蟬都是從殼裡脫出去的。」

尹喜不知老子要說什麼，只是凝著神看著老子臉上的表情。

老子看了尹喜一眼，說：「你知道嗎？所有的蟬正在死去。」尹喜吃驚地看著老子。

老子說：「不明白嗎？你還沒有見到死蟬是嗎？你以爲竹林上叫著的蟬都是活的是嗎？」

尹喜心想：竹林上的還在叫著的蟬，當然應該是活的；若是死的，牠還會叫嗎？可是，他不敢拿這樣的話問老子。

老子接著往下說：「蟬就是道。牠是秉承道而生，而又秉承道而死。」一邊說，一邊回頭看尹喜。見尹喜仍一臉疑惑，輕嘆一口氣，說：「這樣說吧，牠的生的開端也是死的開始！」

老子趣讀

尹喜恍有所悟，他攔住老子的話，說：「您先別說，我好像明白了。」

老子說：「你說，你說。」

尹喜想了一下說：「你看這蟬，在地下待了好幾年，默默無聞，這不有點像是修道。修道的人不求人知，不求上達。人不知，而不慍。人不問，而不惱。修行了多少年，終於得道，然後他就像蟬那樣，從愚昧的土壤中爬出來，把舊的軀殼脫去，徹裡徹外變成一個新的自己。然後他在新的境界中生活。這時他的所思所想，所作所爲，都脫盡了原來的痕跡，你簡直想不到他就是原來的那個人。就好像蟬永不再是原來的那個蟬蛹一樣。所以說，蟬蛹是沒有得道的蟬，而蟬是得了道的蟬蛹。」

老子緊蹙的眉頭漸漸展開，他鼓勵尹喜繼續說下去：「不錯，再說下去！」

尹喜卻說：「沒了，就這些。」

老子說：「怎麼沒了呢？」

尹喜笑了笑。

老子說：「不錯，你說的是修道的過程，這個過程是少不了的。其實就是不修道，就是做平常的人，也有個不斷蛻變的過程。蛻化變質這個詞不是個壞詞，可是在人間，怎麼成了壞詞了呢？就是因爲人向好處高處蛻變的不多，而是變壞的多。變好，是要脫層皮的，裡裡外外都要脫。你變得不是你自己了可是你還是你自己，新的自己。人沒有一成不變的。如果不變好，那就是要變壞。變壞也要脫層皮，但這個皮好脫。爲什麼變好不好脫，變壞好脫？因爲人變好是向大裡變，向高處變，靈魂蓬勃開，原來的小的軀殼已經容不下它，必須撐開。而變壞，是往回縮，靈魂變小，用不著往外撐。所以人變壞非常容易。」

老子說：「藉著這個蟬，我想說明另外一層意思。那就是世上的一切事物，都是向著對立面轉化的。就是說，從一開始，它就走向它的反面。你看，這個蟬，牠生出來，就開始死。我們人也一樣，從嬰兒哇哇墜地那一刻開始，人就開始死了。人要是不生，就沒有死。一生下來，就預示著死，只是個早晚的問題。太陽也是，從日出東山限，就預示著日沒西山嘴。蟬最後必死無疑。可是，蟬又留下了卵，這個卵是又一代的蟬。這樣死蟬又預示著新蟬的生。這樣生生死死，死死生生，永無窮盡。我把這種現象概括成一句話，就是：反省道之動，簡稱反動。一切事物都在向相反的方向運動。他願意也好，不願意也好，反正就是這麼回事。」

老子說：這是從大的面上講。若是往細裡說，更容易看出來。你想高出別人一頭，所以你顯示自己。可是這一顯示，你在別人眼中反而更低了。而且在這顯示的過程當中，很有可能要捅樓子。你原想打個旋風腳，結果一屁股蹲在了地上，褲子立即開線，當眾出醜。這就是俗話說的，露多大的臉，現多大的眼。

你一心想往上爬，果然春風得意，其實這是要出醜的前兆。如果不趕緊夾起尾巴，很可能就要到河裡去撈你的死屍。

（歷史也好，現實也好，那些權重一時的貪官們，結局果然不妙。這也是反者道之動吧。）

想摔下來的，就往高處爬；想回來的，就往遠處比；想早點死的，就拼命活著。其實《易》中卦象顯示的非常明白，物極必反。

所以還有一句話，尹喜你也許已經知道。既然反者道之動，那麼，你就要用柔。不要顯示，不要逞強。逞強的人不是有力量的表現，反而最容易讓人看出破綻。你如果是一個深潭，你不動就更顯深沉；如果你本就是一片淺水，不動，還好些，你一動，就更顯淺。所以，不管是修道，還是做人，都應該守住柔弱。而且越是剛強者越是要柔弱。就好像官越大，反而越沒架子一樣。有架子的，肯定沒修養。這句話概括一下就是：弱者道之用。

第41章 一人一個世界

原文

上士聞道，勤而行之；中士聞道，若存若亡；下士聞道，大笑之。不笑不足以爲道。故建言有之：明道若昧，進道若退，夷道若纇。上德若谷，大白若辱，廣德若不足，建德若偷。質眞若渝。大方無隅，大器晚成，大音希聲，大象無形。道隱無名。夫唯道，善貸且成。

注釋

建言：古人之言。纇：崎嶇不平。

譯文

優秀的人聽說道之後，就勤勉地去實行；一般的人聽說道之後，將信將疑；愚味的人聽說道之後，嘲笑不已。他要是不嘲笑，道還是道嗎？

所以早就有人這樣說：明顯的道好像看不見，前進的道好像是後退，平坦的道好像很坎坷。

高尚的德倒像虛谷，極大的榮耀好像受了辱，廣大的德反而不滿足，剛健的德倒像偷來的，質樸的德好像沒德一樣虛無。

大的空間沒有角落，大的器皿最後製成，大的聲音人聽不到，大的形象人看不見。

道是隱避無名的。可是只有道，才能普及萬物而且成全萬物。

老子趣讀

趣讀

老子眞是個詩人。

如果你細讀老子，就會發現，他的話都是有韻的。

老子哪裡是在論道，而是在做詩。他是哲理詩的始作俑者。

不信你讀：明道若昧，進道若退，夷道若纇。

大方無隅，大器晚成，大音希聲，大象無形。

不信再讀：俗人昭昭，我獨昏昏；俗人察察，我獨悶悶。

塞其兌，閉其門，挫其銳，解其紛、和其光，同其塵。

這是用現代的語音來讀，若是用古音來讀呢，肯定更是琅琅上口。

多麼有文采的老子！老子是情不自禁？還是覺得這樣表達才好？

不可說不可說，老子說不可說的，反而能唱。

這老頭太有意思了。

語言其實只是個外殼而已。老子不願意我們在這方面停留過久。誰在這方面停留過久，誰就是把麥芒當成了麥穗。麥穗是有麥芒的，但麥芒並不能代替麥穗，更不能代替麥粒。

老子像游泳的一頭老水牛一樣，整天在道的水裡泡著。其實在他看來，每個人都在道裡泡著，只是多數的人沒有感覺，就像我們每天在空氣中呼吸一樣，可是，我們並沒有特別感覺到空氣的存在。老子時時感覺到，別管是什麼東西，有生命的無生命的，都離不開道。有道則生，無道則死。

老子還感覺到，在萬物中，應該把人特別剔出來，單獨畫爲一類。因爲人是萬物之靈，人能夠主動地順應道，也能夠主動地背離道。好比游泳，人不僅能夠順應水性，而且還能夠駕馭水。順應水、駕馭水的反面，就是還能夠投水而死。

道，其實是看不見的水。

老子願意把這條浩淼無邊的水指給人看，可是，有誰能夠理解老子呢？非常少，在這非常少的人裡頭，還保不住有人在順情說好話，不好意思掃了老子的興頭，給老頭留了很大的面子。這樣的人一離開老子，就會跟人說，那是個瘋老頭，說的話沒譜，他說有個道，誰見了？他一會兒說道像個大葫蘆，一會兒又說道像水、一會兒又說道看不見摸不著。既是看不見摸不著，怎麼還說像大葫蘆？這不是自相矛盾嗎？

譏諷的話老子肯定聽了不少，所以他搖頭感嘆，所以他離開出走。

人的悟性最重要。人要是沒有悟性就蠢笨如牛，人要是沒有悟性就感覺不到蠢笨如牛，感覺不到蠢笨如牛就越發蠢笨如牛。所以古人有對牛彈琴的感嘆，老子對人談道，也如抱琴彈給牛聽。

蠢人聞道而笑還有什麼可笑的呢？他們要是不笑才怪呢！這些人要是不笑，就證明道是一堆爛蘿蔔。道不是爛蘿蔔所以他們要笑。

他們笑道，老子笑他們。老子不是笑他們，老子是爲他們悲哀。

悟性高的人不用誰來講，他已經感覺到道的存在了，聽人一講立即大悟。

悟性一般的人聽人講道，將信將疑，猶豫再三，左顧右盼，須研究研究再說。

爲什麼會這樣？

因爲人有侷限。不僅人的智力上有侷限，有差異，而且，人的生理感知上也有侷限，有差異。

有一盲人，從小沒見過天上的星星。他只是聽說。可是他不信。因爲他想像不出天上有星星的樣了，因爲在他眼前，世界一片黑乎乎。對於他來講，這黑乎乎才是眞實的。所以他對人講，都說天上有星星，誰見了？他以爲別人騙他，哄瞎子玩呢。

這天，他找到一個見多識廣的人，非常虔誠地問起天上的事。這個人想，跟一個瞎子不可能說明天上的事情，於是就說，天上嘛，啥都沒有，一片黑乎乎。盲人非常滿意。終於有人證明了他是對的。

再有人跟他討論天上的事情，盲人就會一笑置之：拉倒吧，你們都是胡扯！

我們會覺得這位盲人可笑。

你看不見不等於別人看不見，即使是別人看不見，也不等於沒有。

且慢笑話這個瞎子，其實我們每個人都是程度不同的瞎子。我們還是程度不同的聾子。我們只能看見我們所能看見的，而看不見我們看不見的。我們只能聽見我們能聽見的，而聽不見我們聽不見的。

我們看到的色彩，是光和我們的眼睛相結合後產生的結果。物質的感光不同，色彩不同，而色彩不同是我們的眼睛分辨出來的。我們以爲我們看到的這個世界是眞實的，其實眞實的世界誰看見過呢？

肯定，人和老鼠、老鼠和螞蟻、螞蟻和大腸桿菌，彼此看到的世界決不是一回事，其差別之大，有若天淵。那麼，哪個世界是眞實的呢？是都不眞實呢，還是都眞實呢？

從這個意義上講，是一人一個世界，一物一個世界。這個世界都是以自己爲中心，輻射多遠，幅員多大，那要根據自己心智和生理的條件。

老子趣讀

宇宙就這樣分了層次。非常非常細，非常非常繁雜，用一句我們聽慣了的話，叫做一微塵中有三千大千世界。

對於世界的感知相同或相近。就成了朋友。對於世界的感知相悖或差距較大，雙方就會格格不入。古人說物以類聚，人以群分，就是從這個意義上說的吧？

對於道的感知，就這樣分了層次。

老子和與老子同心境的人，感知到了整個宇宙的運行。宇宙的中心與他的內心已經形成了一個同心圓，宇宙是心，心即宇宙。他的那顆心容得下無數個銀河系。那個境界已經不是天上有沒有星星的問題，而是星星生生滅滅根據何在的問題。

宇宙如湍流的河，在老子心中湧動。

別人呢？

胸襟寬的，可以帶礪山河，氣吞萬里如虎；心量窄的，一顆芥菜籽兒可看成泰山大。爲爭奪一棵白菜不惜流血的人，在大事上往往糊塗得有如爛河泥。

說是大象無形，不是無形，是人看不見；說是大音希聲，不是希聲，是人聽不見；說是大器晚成，不是晚成，是人生太短促；說是大方無隅。不是無隅，是人在角落裡，難以領略大的境界。

老子作爲道的中介，不得不說只有人才能理解的話。

老子時時感到對話的困難，能不困難嗎？

對著一個比你糊塗十倍的人，你想把一件很明白的事說清楚，那是很費勁的。我們常人不也有這樣的感覺和遭遇？

第42章 有時陷阱是天堂

原文

道生一，一生二，二生三，三生萬物。萬物負陰而抱陽，沖氣以爲和。人之所惡，唯孤、寡、不轂，而王公以自稱。故物或損之而益，或益之而損。人之所教，我亦教之；強梁者不得其死，吾將以爲教父。

注釋

負：在背後。抱：在胸前。強梁：自恃其強。教父：教育人的頭一條。

譯文

道好比是渾然一體的一。這一產生陰陽，陰陽爲二。陰陽相交產生第三者。然後萬物紛雜。雖然紛雜，但都抱負著陰陽，陰陽相沖而相和。

人們不喜愛的字眼，就是孤、寡、不善，可是，王公卻用這些來自稱。所以世上的事物有時表面看來是受損，其實是獲益；有時表面看來是獲益，其實是受損。

別人教給我的，我也教給你；自恃其強的人不會有好下場。我用這句話當作教導別人的開始。

趣讀

老子在尹喜那裡住了多少日子？史書上沒有記載。就是有記載，如果不是尹喜所記，也不足爲憑。我們姑且認爲老子在那裡住得時間不短，爲什麼？因爲老子出關的目的並不是很明確，他也跟孔子一樣，「道不行，乘桴浮於海」，內地沒有信徒，不妨到關外走一走。在函谷關遇到尹喜，的確讓人驚喜。所以，老子完全有理由在這個地方多待幾天。

綜觀《道德經》，跳躍性很大，也有好多的重複，好像缺少內在的聯繫。這跟中國人的思維方式有關，你看古人的著作，多是語錄體，不強調邏輯推理，往往一言中的，直達本源。「學而時習之，不亦說乎？有朋自遠方來不亦樂乎？人不知而不慍不亦君子乎？」一句話兜底，不推論爲什麼。但是，老子這裡也許另有原因：一、老子根本沒有著書的準備，不像現代人似的不管有沒有學問有沒有眞知灼見先寫兩本書再說，反正老子也用不著評考績，也用不著做出個樣子來給誰看。這樣他的心態很自由，像談天一樣想到哪兒說到哪兒。二、時代特色。與他同時代的希臘的智者蘇格拉底，也是沒有著作，全憑一張嘴到處講，別人記錄下來的只能是語錄體。三、客觀原因。那時書寫工具還很落後，別說電腦了，就是紙也還沒有，筆也沒有，只能在竹簡上刻字，不簡短行嗎？不跳躍行嗎？想產生文字垃圾也沒那個條件。

但以上這些也許並不是最重要的原因，重要的原因是在老子與尹喜相處的那些日子裡，他們的生活方式比較隨意，談話的方式也比較鬆散。老子談完一段之後，還給尹喜留下了思考、咀嚼的時間。尹喜呢，當然不願放過這樣一個千載難逢的機會，總是想著多問一些。有的問題今天問過了，也好像明白了，但是，過了幾天之後，又有了疑慮，所以就再問一次。老子爲了啓發尹喜，從不同的角度，不同的側面，反覆來解釋同一個問題。囉嗦嗎？重複嗎？老子沒想過，尹喜也沒感覺。

尹喜又問到道。問道與世界上萬事萬物的關係。

老子就說了：這個世界原本就是個一。混沌的渾圓的沒有分割開的說不上陰也說不上陽的這麼一個物質。我們所說的道，就是指它。或者也可以說，這個它也是道生成的。這個東西是個自然的東西，別問理由。沒有理由可說，說了你也不懂。道法自然，這是它的法則。這個被稱作一的物質，後來就裂變爲陰陽兩個部分。不是有個盤古開天的傳說？天一開，混沌被打破，「輕清者上升爲天，沉濁者下沉爲地」，陰陽分開來。有了天有了地，陰陽交感，萬物開始出現。萬物又分陰陽，陰陽相交，就有新的生命體產生。男女如此，動物、植物的雄雌也如此。陰陽不交，萬物不生，陰陽相交，萬物滋萌。有什麼東西不分陰陽呢？有什麼東西不是由陰陽組成的呢？以人爲例，男人和女人，男人爲陽，女人爲陰。但男人和女人本身也分陰陽，前爲陽，後爲陰，上爲陽，下爲陰，外爲陽，裡爲陰，陰裡有陽，陽裡有陰。這樣，就構成了這個紛雜的世界。

陰陽相反又相成，爲什麼相反？因爲它是裂變而來，具有背離的天性；爲什麼相成？因爲它們來自一個物質：一。

說世界複雜，其實也簡單；說世界簡單，其實也複雜。

事物既是由陰陽交會而成，那麼，它們之間相互轉換還有什麼可奇怪的呢？如果說陽是好的陰是壞的，那麼好和壞不是相互交替的嗎？我們誰能說白天好還是夜晚好？我們誰能說冬天好還是夏天好？沒有白天怎麼會有夜晚？沒有夏天怎麼會有冬天？反過來說也是一樣。它們是相互比較而存在的。男人和女人不也是這樣嗎？左腳和右腳不也是這樣嗎？

塞翁失馬的故事我們都知道，可是，我們誰又能做到像塞翁那樣看得特別透呢？你總是想追求那些好的，對你有利的，可是你能看清事物發展的趨勢嗎？對你眼前有利的事對以後還會有利嗎？你以爲你看得很遠，想得很多，可是你知道你看的角度對不對？你的思路對不對？你一步邁到了陷阱裡，任何人好像都不會說是好事，可是，這時偏趕上地上刮颶風人都給刮到半空中然後再摔下來摔成肉餅，你在陷阱裡除了黑一些、憋悶一些之外，比起在半空中飄浮的人來說，你正是在天堂上。這是極而言之。但這並不是不會發生的事。不會發生這樣的事，也會發生類似的事。

一九五三年，梁漱溟被批，從此這老頭銷聲匿跡。若是一九五三年不批他，他能逃過一九五七年的反右？就是能逃過反右，他能逃過後來的「文革」？紅衛兵一頓皮帶，老頭就有可能自殺。作家老舍不就是受辱後跳了太平湖？

所以老子說：「故物或損之而益，或益之而損。」

所以人別貪那個小便宜，大便宜也別貪。一個貪字就含著禍呢。

所以人別被一時的困境壓倒，更不要因此而絕望，因爲事物仍在不斷轉化著呢。

所以人別得一時之宜而在那兒翹尾巴，尾巴任何時候不能翹。你有啥可翹的呢？你覺得了不起？你這一覺了不起，你就已經不了不起，已經走向反面了。比你了不起的人不是很多嗎？他們誰敢翹尾巴？誰翹尾巴誰就被掀倒。被掀倒的那些人都是因爲翹了尾巴，你還不汲取教訓？

再說，你那些了不起的資本，從何而來？上邊沒人領你，下面沒人捧你，你能行？你以爲人沒幫你的忙，地沒幫你的忙？你並沒在這個世界之外，你與這個世界是一個整體，誰也離不開誰。就是仇人也對你有好處。因爲有仇人在著，你那顆心就不敢有絲毫的疏忽更不敢有絲毫的造次，他是在從另一個方面幫著你成功。所以，這個世界是值得你感謝的，值得你敬畏的。這樣一想，你還翹尾巴嗎？

自從你降生的那一刻，你與這個世界就構成了一種關係，相互交融又相互排斥的關係。你順應它，依附它，感知它，感激它，你就成功；你自以爲是，自恃其強，妄自尊大，目空一切，把尾巴當旗幟高高翹起，那就只剩下了失敗。

「強梁者不得其死！」

老子的話可謂振聾發聵。

第43章　人體內部有無數個跑馬場

原文

天下之至柔，馳騁天下之至堅，無有入於無間。吾是以知無爲之有益。不言之教，無爲之益，天下希及之。

譯文

天下最柔弱的東西可以奔馳在天下的最堅強的東西之間，就像無形的東西可以進入沒有間隙的東西。

我是從這裡知道無爲的益處的。

不用語言的教化，無有作爲的益處，天下很少有人能夠得到。

趣讀

山上沒有什麼好吃的東西，但是有現成的蘑菇、竹筍、山菜等等的，尹喜就把這些弄來給老子吃。絕對綠色食品，沒有農藥污染。絕不像現在，人們都有點不敢吃韭菜了，爲防地蛆，菜農在韭菜根部注入劇毒農藥，人吃了會中毒。現在的人到菜市場買菜，都揀那有蟲眼兒的買，怕的是噴過農藥。不僅菜是這樣，水果更是如此，從掛果到採摘，不知噴灑過多少農藥。所以買水果來，要用那個洗潔精反覆洗，洗完之後還要削皮。每天就這樣戰戰兢兢地吃東西，怕中毒怕中毒，結果還是免不了中毒，不在這方面中毒就在那方面中毒。吃了防中毒的藥，說不定還要中了防中毒藥的毒。

爲什麼會這樣？生態失衡。

沒有鼠藥之前，貓捉老鼠，有了鼠藥之後，老鼠沒死淨，貓倒死得差不多了。那些沒死的貓，也都改了口味，不再吃老鼠。牠若是還吃老鼠，牠也活不成。

棉鈴蟲猖獗，原來有鳥來吃，或其他天敵來吃。後來用農藥，剛一用時，的確一掃光。但後來情況就不妙了，棉鈴蟲有了抗藥性，農藥噴在牠身上等於給牠噴花露水。農藥殺不死蟲，把蟲捉來餵雞，雞卻蹬腿就死。再想用鳥來殺蟲，鳥都沒了。只好研究新的殺蟲藥。但是蟲子卻像魔鬼一樣層出不窮。爲了治小小的蟲子，有多少科學家、多少工廠圍著小蟲子轉。最後的勝利者是誰呢？是蟲子呢，還是人？當然應該是人，但這人應該是變聰明之後的人。

當年鯀治水的時候，就是不服輸，移山作堤，阻水東下，結果是天下汪洋，人爲魚鱉。鯀的兒子大禹就聰明多了，他用的是軟法，順應水的特性，變阻止爲疏導，結果洪魔東逝，水落石出。

在我們說閒話時，尹喜把菜做好了。一碟子炒筍片，一碟子煮山蘑，還有一碟子炒花生米。這花生米還是尹喜讓人從山下捎來的。吃飯時，老子只吃山蘑和筍片，筍片也只是揀嫩的吃，花生米連碰都不碰。

尹喜問：「您怎麼不吃花生米？」

老子說：「年輕時吃過。」

尹喜說：「吃過就不吃了嗎？」

老子說：「不是不吃，是吃不了。」

老子把嘴張開，讓尹喜看。尹喜才發現老子滿嘴沒有一顆牙。

尹喜說：「這怪我。我沒想到您沒牙。」

老子說：「不僅你沒想到，連我自己都沒想到。」

尹喜疑惑地看著老子。

老子說：「當初我的牙齒可好，啥都敢咬。核桃硬不硬？我一口咬開。那時我怪舌頭太軟，幫不上牙齒多少忙。沒想到強梁者不得其死，牙齒說個掉一下子全掉光，只剩下這柔軟的舌頭了。那牙齒本來出得就晚，哪想掉得倒早。這舌頭雖說柔弱，可是卻能伴我終生。」

尹喜知道老子又在講道，默然而聽。

老子說：「我說過了，柔能克剛。那麼你要說，既然你只剩下柔軟的舌頭了，按照以柔克剛的道理，就應該吃硬的花生米，怎麼不吃了？尹喜，這便是你今天給我吃花生米的眞正用意。」

尹喜忙說不是，老師誤解了。

老子也不置可否，接著往下說：「我給你說以柔克剛。花生米硬，再硬也硬不過石頭。你看，」老子用腳把身邊的一塊已經風化了的石頭踢了過來，對尹喜說，「這石頭是誰讓它碎掉的？是風，是光，是看不見的柔弱之物。你把花生米放在這裡，它肯定比石頭爛得快得多。它用不著我來吃，有東西吃它。這東西比舌頭還細柔，有時你根本看不見。

「靠舌頭不是吃不了花生米，是不吃。不信我吃幾粒你看。」

尹喜忙把花生米奪過，不讓老子吃。

老子說：「石頭說碎就碎，人說死就死，房子說倒就倒，都是因爲有看不見的東西侵入。剛硬的東西不怕剛硬的東西，它怕的是柔弱的東西，它尤其怕柔弱的東西侵入內部。一條大蛇，能夠把黃羊纏死，可是卻無奈一群螞蟻。人能夠戰勝老虎，可是卻對腹內的條蟲束手無策。還有病菌，誰看得見？人就死在這些小東西身上。房樑塌落，不是因爲天下大雨，而是因爲內部已經腐朽。是誰讓大樑腐朽的？

「沒有得道的人看不見，凡是堅硬的東西內部，都有無數的細小的東西像野馬一樣馳騁，肉眼看著沒縫隙，其實縫隙大得很。對於那些細小的生物來說，那裡又是一個大的空間，比跑馬場還寬。

「這些微生物的時間概念和空間概念跟我們人的時間概念和空間概念肯定不一樣，我們的一天也許等於它們的多少年，可是，正是它們毀滅我們。

「當然需要時間，就像我吃花生米，一定的時間之後，勝利的還是舌頭。」

老子說：「爲什麼我總講無爲？」

老子剛說完這句話便自己輕輕給了自己一個嘴巴：「講無爲本身也是一種有爲。眞正的無爲不必說話。行不言之教，得無爲之益，我沒做到這一點。沒做到這一點，算是得道了呢，還是沒得道？」

說完這句話，老子斂起雙目，不再言聲。

尹喜侍坐在一旁，漸漸也綻開雙眉。

第44章　人有病，人知否？

原文

名與身孰親？身與貨孰多？得與亡孰病？是故甚愛必大費，多藏必厚亡。故知足不辱，知止不殆，可以長久。

譯文

名聲與身體，哪樣與你更親密？生命與財富，哪樣對你更重要？得到財富與失去生命，哪樣是病態？

因此，太愛財的人必定有大的損害，囤積財富的人必定有大的損傷。所以說，知道滿足，便不會受辱，知道休止，便沒有禍害，這樣的人才可以長壽。

老子趣讀

趣讀

老子在這裡提出了一個直到現在仍需要每個人認眞回答的問題，這便是：人爲什麼活著？

有人曾經這樣問道：天有病，人知否？把這句話倒過來再問一回：人有病，人知否？

人最不了解的是自己。人最不願意了解的也是自己。人爲什麼不願意了解自己，因爲人有太多的醜惡，太多的毛病，偏偏人又特愛面子，總愛把自己的錯處遮掩起來，臉上有瘢痕，就得多施粉黛，心裡有創傷，就會再三掩蓋。別人欺騙自己，那是不行的，自己欺騙自己，心裡還特別美。

阿Q頭上有禿瘡，忌諱別人說燈、光之類的話；武大郎腿短，見了仙鶴就恨不得把鶴腿裁成三截。

同事老董，見酒就醉，常常扶牆而歸，有時還會摔得鼻青臉腫。可是，要是誰說他一句醉了的話，他就會跟人拼命。

隔壁小顧，心眼特小，非常注意別人對他的看法，連別人跟他握手時用力的大小和時間的長短都非常在意。可是，外表上他卻把自己打扮成一個十分粗鄙的性格，說話罵罵咧咧，走路東搖西晃，好像天塌下來也與他無關。誰要是把他當成粗人可就大錯特錯。

啥叫外強中乾？叫色厲內荏？啥叫打腫臉充胖子？啥叫驢糞蛋子外面光？啥叫金玉其外，敗絮其中？這些話都是有來由的。

人爲什麼要這樣呢？

社會逼的。

因爲人生有一個約定俗成的尺度，剛強好，怯弱不好，瀟灑好，萎縮不好，誠實好，虛假不好；以胖爲美，瘦了不好，以高爲美，矮了不好，以髮爲美，禿了不好。

這些尺度並不是一成不變，隨著時代的變化，或者隨著最高統治者的更替而改變。不是有過以小腳爲美的時代？女人生下來不久就要裹腳，把天足裹成雞爪樣兒，還美其名曰三寸金蓮。因此也有了病態十足的蓮步。

更有甚者，因爲社會上流弊所及，還會把不好的東西當成好的來追求，來崇拜。比如黑社會裡的老大，在某些人的眼裡便是英雄模樣。比如一些貪官，在有些人的眼裡也艷羨得很。再比如揮霍公款，講排場，講氣派，有些人便以爲這才瀟灑。

歌謠說：

駕賓士的，
睡外國蜜。
抽鬼子煙，

喝威士忌。
得愛滋病，
洗三溫暖。
騎著摩托背著秤，
跟著感覺幹革命。

這裡面浸透著什麼東西？頹廢？無聊？無恥？得意？因頹廢而無聊，因無聊而無恥，因無恥而得意，因得意而標榜？

還是一種反話？一種反諷？

是人先有病，社會才有病？還是社會有了病，人才有病？

老子說，人活了這麼久，還是一場糊塗，有好多的事沒有弄清楚。

比如，人看重聲譽，可是，生命與聲譽擺在一起來看，哪個重要呢？老子說是生命重要，有人認爲聲譽重要。尤其儒家，把聲名看得比生命貴重。「君死，冠不免」，這是孔夫子的話。意思是說，君子在打仗的時候，就是死到臨頭，也要把帽子戴好，不能死得不像樣子。老子以爲這是一種病態。老子認爲人是根本，根本沒了之後，別的都是扯淡。

因爲在老子看來，人用不著建立功績。自然本來就是有序的，社會也應該跟自然一樣，順勢而行。不應該有英雄這個概念，因爲英雄的背景都是動亂或戰亂。不應該有孝子，因爲孝子的出現就意味著有忤逆之人，他們是相比較而存在的。不應該有廉潔之士，因爲廉潔的後面必定是貪婪，若沒貪婪何談廉潔？再徹底一點說，人類不應該有是非之念，正是這些是非之別，讓人類自己跟自己過不去，競爭起來不擇手段。沒有是非，哪裡來的聲譽？不追求聲譽，人才會自由。

比如，人愛財富。當財富與生命並列的時候，哪樣更要緊？

山洪暴發，大水經久不落，人像魚那樣幾乎要長出鰭來。有兩個人像大鳥一樣棲息在相距不遠的兩株樹上。一個人手裡拿著一塊菜餅子，另一個人手裡拿著一袋金幣。拿金幣的人要用金幣換菜餅子吃。一開始是一塊金幣，慢慢往上加，最後拿整袋的金幣換一塊菜餅子。那個拿菜餅子的人還不換。最後，拿金幣的人餓死了。

老子說，還是生命重要。財富多了，人心不淨。人心不淨，就容易得病。更別說財富還會招來劫匪和盜賊。正是因爲財富，使人不得安寧。

是英國的大劇作家莎士比亞說的吧，錢可以使黑的變白，白的變黑，是非顛倒，人變成魔鬼。

爲了錢財，人可以臉紅心跳，雙手顫抖；爲了錢財，人可以爲匪爲盜，殺人越貨；爲了錢財，人可以反目成仇，拔刀相向；爲了錢財，人可以殺父弒君；爲了錢財，人可以忘恩忘義；爲了錢財，人甚至連命都不要了。

錢成了某些人的靈魂。如果給那些嗜錢如命的人放血，那血肯定是銅鏽顏色。

本末倒置，等於拿著大頂走路，把頭當腳了。

老子說，這絕對是一種病態。

所以老子說，知足的人，知道把握分寸的人，當行則行，當止則止的人，才能夠避免災禍，才能夠保住人的根本。捨本求末，本失末無。

可是，知道自己有病的人有多少呢？

人有病，人還不以爲有病，這就是人的最大的病。

第45章　大海不滿碟子滿

原文

大成若缺，其用不弊。大盈若沖，其用不窮。大直若屈，大巧若拙，大辯若訥。靜勝躁，寒勝熱。清靜爲天下正。

譯文

最完滿的，倒好像很欠缺，其能量卻用之不竭；最豐盈的，倒好像很虛空，其能量卻用之不窮。

最直的，看著好像彎曲，最大的機巧，看著好像笨拙，最善辯的，看著好像拙嘴笨腮。

安靜勝於浮躁，寒冷勝於暑熱。唯有清靜才是天下正道。

老子趣讀

趣讀

俗話說耳聽爲虛，眼見爲實，可是眼見的眞是實的嗎？不僅眼見的不一定是實的，就是親手摸到的也不一定就那麼眞實。比方說，一根竹竿，用少女的細膩的手摸來和用老漢的粗糙的手摸來感覺肯定不是一回事，那麼，哪個人摸到的竹竿是眞實的呢？再者，農夫眼中的竹竿、商人眼中的竹竿、畫家眼中的竹竿和笛子演奏家眼中的竹竿也決不是一回事。那麼，看到的也好，摸到的也好，哪一種竹竿是眞實的呢？是都眞實呢還是都不眞實？以誰的爲標準呢？竹竿是這樣，別的事情也是這樣。所以蘇軾做詩說：

橫看成嶺側成峰，
遠近高低各不同，
不識廬山真面目，
只緣身在此山中。

我們能跳出「山」來嗎？

每個人都有自己的山。心理的山，生理的山。

城裡的人說鄉下的人見識短，鄉下的人說城裡的人活得飄。高學歷的人總覺得低學歷的人淺，低學歷的人總覺得高學歷的人呆。商人滿眼是錢，覺得不知賺錢的人傻，學者滿腹書卷，覺得滿把銅臭眞是悲哀。老農除了親爹之外，還有一個爹，那便是牛。教授除了親娘之外，還有一個娘，那便是書。劫匪見到人，如同獵人見到狼。外科醫生見到病人，就像武大郎見到豆腐，非得拉幾刀才過癮。

誰的世界是眞實的呢？

都以為自己明白，其實都在糊塗之中。

為什麼總有爭論？為什麼總有戰爭？為什麼到處矛盾重重？

就是因為有差異，有分歧，有看法。

都以為自己對，都想著以自己的是來證明別人的非，都想把自己的是強加給別人。結果怎麼樣呢，說不服時，就壓服，壓不服時，就征服，征不服時，就冷戰。最好的結果是誰也不理誰，但誰也以為自己掌握著眞理。

有一笑話：一官不吃豬肉，吃了就難受得要死。這天逮到一人犯，押到大堂上審。問：「你是認打還是認罰？」

人犯說：「打怎麼樣？罰怎麼樣？」

官說：「認打，四十軍棍。」

「認罰呢？」

「連吃三天燉肉！」

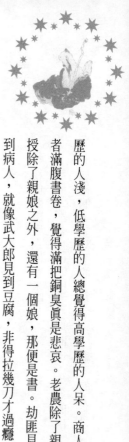

人犯說：「那我還是認罰吧。」

這就是標準不同鬧出的喜劇。

老子說，大成若缺。大的完滿不是不完滿，而是人看不到。越是大的，人越是看不到它的全貌，所以會有缺的感覺。所謂大象無形，不是無形，是人看不到。比如一頭豹子，人的眼力和智力都能夠把握牠，所以知道全豹：何處是頭，何處是尾，豹鬚幾根，豹腿幾條都了了分明。可是，豹子身上的蟣蝨知道豹子是個啥東西嗎？肯定不知道。

宇宙是最完滿的，可是我們看到什麼了呢？在幾百年以前，我們都還以爲地是老龜馱著的四四方方的大土塊呢。西方人比東方人早些知道地是球體，但他們同樣認爲地球是宇宙的中心。到了十五世紀波蘭的天文學家哥白尼才提出日心說，認爲太陽是宇宙的中心。比哥白尼還要晚一百多年的義大利的哲學家布魯諾卻因爲遵從哥白尼的日心說而被教會燒死在羅馬。

但是太陽是不是宇宙的中心呢？誰能說得清？能說得清的人憑得是什麼？他看到全貌了嗎？他有沒有侷限？如果他有侷限，他以爲看到的是全貌實際上不是全貌，那又會怎麼樣？

凡是大的，都是看不全面的。看不全面，不是缺的嗎？

老子說，大盈若沖。盈是盈滿，沖是沖虛。滿的，好像不滿。不滿的，倒以爲自己很滿。不信你到街上看，那搖頭晃尾的，準是個半瓶子醋。中國的語言眞好，半瓶子醋，這話說得多傳神！而有學問有才能的，反而謙遜。因爲謙遜也是學問之一種；因爲謙遜才能再裝下東西。

你看那大海，多少河流注入，要論滿，它足可稱滿。可是人海從沒自滿過，仍舊是不避江河，不辭細流。人爲什麼要散襟觀海，就是因爲人要效仿大海的這種大氣。海是夠大的，可是在法國作家雨果看來，海並不算什麼，他說：比海寬闊的是天空，比天空寬闊的是人的胸懷。

沒有胸襟的人能說出這樣的話來嗎？

人的胸懷既然可以比天空還寬闊，比海還大度，那麼人應該自滿嗎？不自滿的人能夠胸裝天下，胸裝天下的人反而越發不自滿。

人要是自滿，就說明他仍是一只淺碟子。

老子說，大直若屈。爲什麼大直若屈，這也是人的認知侷限所致。在地上畫一道長線，多長？從地球的某點開始，一直畫下去，畫夠四萬公里。我們以爲是直的，結果怎麼樣？肯定是彎的。而且彎成了一個圓。

人也是如此，眞正正直的人，從來不自恃其強，從來不專橫跋扈。有力量的人不發歪，有眞理的人不著急，有錢財的人不露富，有心眼的人不賣弄。

看著好像傻的人，不一定傻；看著好像笨的人不一定笨。能說會道的人往往就嘴頭上那點機靈，打扮得花枝招展的人，往往心靈上一片灰暗。

老子趣讀

所以老子說，靜能勝躁。浮躁浮躁，不浮不躁。人爲啥浮？肚子裡沒貨才浮。把一個氣球扔水裡，不浮才怪；把一個秤砣扔水裡，要浮才怪。天地有大美而不言，這是誰說的？莊子。天地不賣弄，天地不浮躁，天地是人的生存條件，也是人的生存樣板。道看不見，天即是道，道摸不著，地就是道。人與天地相近，人也是道。老子說過，域中有四大，道大天大地大人亦大。還說，人法地，地法天，天法道，道法自然。可是，人總願意像跳蚤那樣跳，總以爲自己比道還大，比天還高，結果，更顯得自己渺小。道是靜的，人應以靜爲本。

蒼蠅飛得再高，也還是蒼蠅。

蒼鷹斂翅而棲，也仍是蒼鷹。

第46章　是誰讓母馬在戰場上流產？

原文

天下有道，卻走馬以糞。天下無道，戎馬生於郊。禍莫大於不知足，咎莫大於欲得。故知足之足，常足矣。

注釋

糞：種地。生：產駒。咎：過失。欲得：貪婪。

譯文

天下太平時，最好的戰馬會用牠來耕地；天下戰亂，連懷駒的母馬也要上戰場。

沒有比不知足更大的禍害了，沒有比貪欲更大的過錯了。所以，以知足爲滿足的人，永遠是滿足的。

老子趣讀

趣讀

老子吃完飯，把一粒花生米含在嘴裡，在竹林邊小憩。靜下心來，可以聽見竹林叢中蘑菇和竹筍一點點拱破地皮的聲音，也能感覺得到蟬蛹蛻皮和竹根變粗的細微動靜。聲音是客觀的嗎？爲什麼靜下來時，聲音就可以擴大好多倍？當你不想聽的時候，你的心沉浸在別的事情上的時候，這時霹靂那樣的巨響有時你卻沒聽到；當你想聽的時候，細小的聲音卻能在你的耳邊纏繞。

這樣想著，老子漸有睡意，便覺得竹林像在水中那樣晃動，竹的幹竹的葉與風聲和蟬聲融合在一起，變成一襲綠色的輕紗，裹住老子的軀體和靈魂。道就是這樣的嗎？人在道中，道在人中，人和道已經分不清誰是誰。飄飄欲仙的感覺就是這樣產生的嗎？所謂的神仙就是這樣升上天空的嗎？

突然，一縷煙塵在遠處出現，緊接著一種聲音由遠及近，先是像急雨摧打竹林，後是像無數鼓槌猛擂戰鼓。老子知道，這是戰馬在奔馳。那煙塵鋪天蓋地而來，那聲音呼嘯而去。好像有戰馬的鐵蹄在老子的身上踏過，一股煙塵鑽入鼻孔，老子要打一個噴嚏，可是沒有打出來。

馬背上是披著鐵甲的士兵。

還有的馬是空馬，馬背上的人呢？那無數具年輕的屍體，有的在馬鐙上倒掛著，頭朝下被狂奔的馬拖出一路血跡；更多的是喋血戰場，心肝、腸子、零屍碎肉被嗜血成性的鷹鷲和烏鴉啄走。

這都是誰家的兒子？不管是誰家的兒子，他們都是血肉男兒。他們暴屍疆場，家裡的父母妻孥由誰來照應？在老父老母和妻子孩兒的夢境裡，可曾掠過血染沙場的場面？他們盼著杳無音信的親人有一天會天上掉下來一樣，與家人團聚。他們就是夢見血的場景和聞到噩耗，也不敢相信這是眞的。這個時候他們寧願相信占卜的老者，老者手上的蓍草就是他們戰戰兢兢的命運。

那是什麼聲音？是馬的淒慘的鳴叫。有一匹母馬，在一個城鎮的郊外要生馬駒。一個年輕的戰士守在牠的身邊，滿腹心事的樣子。他從來沒遇到過這樣的事情，一時顯得手足無措。

這時馬駒的胎胞已破，漿水流溢。戰士環顧四周，由於戰事頻繁，城鎮人已經逃離，不見一人一犬。好在馬駒已經產下來，是匹死馬，還沒待發育成熟就已經死去的馬駒。馬駒不可能不是死的。人不是都死了那麼多了嗎？

馬，牠完全可以不是這個樣子，牠完全可以沒有這個遭遇。馬，應該是在野外，河灘上，山腳下，無拘無束地自由奔馳。是誰把馬馴化成人類使役的工具了？是誰把馬的天性扭曲了？是人。是人的天性先被扭曲，然後才有馬的牛的羊的犬的天性被扭曲。被扭曲的人還是人嗎？被扭曲的馬還是馬嗎？不是人不是馬那是什麼呢？

這樣想著，老子猛地醒來，才知道剛才是做了一個夢。是夢嗎？他問自己。不是夢，是把遠處的場景移到眼前來了？還是把昨天的事情帶到了今天？老子自己好像也弄不清了。

他打了個呵欠，揮動了一下手臂，把眼前的碎影趕走，讓蟬的鳴唱和竹葉的簌簌聲響再次突現出來。這時他發現，嘴裡的花生米已經消失得無影無蹤。

老子咳了一聲，尹喜聞聲而至。

老子說：「天下太平的時候，無論是多好的戰馬，都沒有用，都得到地裡去耕地。天下戰亂的時候，不管是不是戰馬，都得到戰場上浴血奮戰；就連懷了駒的母馬也免不了拼死沙場的厄運。馬的厄運是人給的。因此馬的厄運也是人的厄運。」

尹喜說：「您又說戰爭了。」

老子說：「不是我又說戰爭了。我想說嗎？不想說。可是不說行嗎？戰爭是人性上面結出的一大毒性腫瘤。這個毒瘤使人發瘋。發了瘋的人來統治這個世界，這個世界還能不瘋？所以，這個世界是個瘋了的世界。瘋了的世界反過來又會使更多的人發瘋。人已經瘋到了什麼程度呢？已經不知道自己在發瘋。把瘋態當成了常態，還有比這更令人可怕的嗎？」

尹喜說：「您老人家說得對，得想個辦法來治理這個世界。」

老子說：「你說什麼？治理？怎麼個治理？誰來治理？世界上還有不瘋的人嗎？你想讓統治者來治理嗎？你想用孔子的學說來規範嗎，有這樣想法的人可能不少，可是，他們太天眞了。」

尹喜說：「不，我想您老人家可以不可以試試？」

老子白了一眼尹喜：「有這樣的想法就說明這些天我跟你說的話等於白說了。你怎麼也這麼愚鈍？這麼天眞？天下本來不需要誰來治理，一切事物都有著各自的發展規律，老虎吃雞，雞吃蟲，蟲吃槓子。槓子打老虎。這遊戲是遊戲嗎？它的內涵你想過嗎？人，不過是諸多的鏈條中一個小小的環節而已，人在這個環節中自在自由，順道而行，不是很好嗎？可是人偏偏要從萬物中挺身而出，要作世界的領袖，要按照人的理念來改造世界。人的理念若是好的、符合自然天性、符合人的天性的，那他就不會想到要治理世界。到他想治理世界的時候那就證明他已經發瘋。你想讓我來治理世界，你是想讓我發瘋嗎？」

尹喜不敢再說話。

老子繼續說下去：「是什麼原因使人類發瘋呢？是欲望。是人的貪得的心態。街上見到一把鐵鏟，你想要，他想要，爲了一把鐵鏟，就會打出人命。有一塊地，這個國家想要，那個國家也想要，爲了一塊土地，兩個國家就要起戰爭。兩個人打架，頂多死兩個人；兩個國家打仗，要死多少人？要毀多少資財？

「所以說。沒有比貪婪更大的禍害了，沒有比不知足更大的陷阱了。人一旦陷進不知足的陷阱裡，撈出來的就是他的骨骸。」

老子趣讀

尹喜說：「老人家，您別再說了。您看有一條蛇爬過來了。」

老子連頭也沒扭過去。

第47章　我心即天下

原文

不出户，知天下。不窺牖，見天道。其出彌遠，其知彌少。是以聖人不行而知，不見而明，不爲而成。

注釋

戶：門。牖：窗。行：出行。

譯文

不用出門就能知道天下的事理。不朝窗外看就能知道了解自然的規律。精神外馳越遠，知道得就越少。

所以得道的人不必經歷就能知道，不用見到就能明白，不用做什麼就有成就。

老子趣讀

趣讀

在老子面前，尹喜感到自己就像一個小蟲子似的，老子有時說點什麼，有時並沒有說什麼，可是他總覺得老子給了他好多的東西。老子本身好像是一個大的能量團，無形之中就能把人吸引、容納，使人精神上得到昇華。

尹喜問老子：「老人家，我在您面前，就像冰雪在太陽面前一樣，不知不覺就融化了，這是怎麼一回事呢？」

老子說：「你有這樣的感覺？這說明你離道尚遠。」

尹喜不解：「怎麼呢？在您沒來之前，我從來沒有這樣的感覺，在別人面前，我還常常自視清高，自顧不凡。唯有在您面前，我才感覺到自己的渺小。我自覺好像離道近了，怎麼你反說離道遠了呢？」

老子說：「道，就在你身邊，並不因爲我來了，道就離你近了，我走了道就離你遠了。要那樣的話，道就不是道，而成了我了。可是我是道嗎？我只是個正在體道的人而已。

「你感覺你小了，是因爲你把我看大了。把我看大是你的事，並不是我的事。我就是我，我的青牛就是我的青牛。在我眼裡，青牛跟我沒有多大的區別。青牛怎麼看我，我不知道。人跟動物、植物都是自然的產物，都是道的載體，本沒有區別。可是人怎麼就比動物和植物高級呢？因爲人有思考的能力，能夠主動地接近道，順應道。所以，人比動物和植物多著一層使命，那就是弘道。可是，世界到了需要人弘道的時候，這道就已經不行了。

「所以，在我看來，人與動物和植物相比，人並不特別優秀。動物和植物，雖說不能主動接近道，可是它也不能主動背離道。人就不行，如果他不是在接近道，那麼他就是在背離道。」

尹喜張了張嘴，想說什麼。

老子把手一揮，把他打斷：「道在哪裡？我騎著我的青牛，來到了函谷關。道在函谷關以內呢，還是在函谷關以外？我是到這裡來尋道呢？還是我把道運到關外去？尹喜你心裡明白。如果你說你不明白，那就是假裝糊塗，或者欺負我糊塗。

「你見了我就縮小了自己，是我把你覆蓋了，還是道把你覆蓋了？你還沒有見過眞正得道的人呢。眞正得道的人，沒有一點逼人的樣子，或者從外表上看，你根本看不出他是得道的人。得道的人與常人無異。比常人還要謙和平淡。」

尹喜憋不住問：「得道之人，在哪裡得的道呢？」

老子說：「我知道你要問這個。你是早就想知道這個。因爲早一點知道就可以去找。我要說道在地下，那麼就會有人挖地三尺、或者六尺、或者九尺，直到找到道。我要說道在青牛的角上，那麼，不等第二天，天下所有的青牛角都會被割掉，被拿到市場上賣錢。還會有好多的黃牛的角、黑牛的角、花牛的角……當成青牛的角來賣，甚至連

老子趣讀

象牙、樹幹、蘿蔔之類的東西也會被加工成青牛角的模樣，混在一起矇人。

「不是因爲天下無道我才走的，是因爲道被天下人糟蹋我才離開的。我不忍看。我的青牛若被人宰殺，我也會難過的，何況人們宰殺的不是青牛而是道呢。

「我記得我說過了，一切想尋找道的人已經遠離道了。因爲道不是尋找來的。道不是物件，不是你門環上那枚鑰匙。道不在裡面不在外面也不在中間，你找它時它不在，你不理它它來了。

「得道的人，不用出門，就會知道天下事。不用看窗外，就明白天下的道理。他要是到處去尋找道，不僅不會得道，反而還會把原來東西丟掉。走出去越遠，知道得越少。

「尹喜，你一眨眼我就知道你想問什麼。你覺得這事違背常理是不是？是違背常理。因爲常理不是道理。道理若是跟常理一樣，人道就成了老太太的針線籃籮了。天下萬事萬物是分類的，它的發生、發展、結局是有規律的。眞正得道之人，一心守住自己，使一顆清靜心與道渾化，他從一件事上就可以推知其他所有的事，他可以從自己身上推知所有的人。這樣他還用出門嗎？他出門問別人，別人出門去問另外的別人，這樣問來問去，等於瞎子問瞎子。平靜的心就是明鏡，止水尚能映物，何況精神？一顆心魂不守舍，怎麼會明白事理呢？

「所以眞正智慧的人，不行而知，不見而明，不爲而成。這還有什麼奇怪的嗎？」

聽了老子一席話，尹喜忽覺心頭徹亮。

第48章　知識越多越反骨？

原文

爲學日益，爲道日損。損之又損，以至於無爲。無爲而無不爲。取天下，常以無事，及其有事，不足以取天下。

譯文

要想學習世間常理，一天學一點，會越來越多。要想學道，就得一天扔一點。這樣減損下去，直到一個清靜無爲的境界。

在這個清靜無爲的境界裡，才能夠與道合一，從而大有作爲。

得天下大道，正是靠的清靜無事。如果心不靜，不能夠得天下大道。

老子趣讀

趣讀

上一章說，出門尋道，等於緣木求魚。那麼，不出門就能夠得道嗎？

回答是否定的。

如果不出門就能得道，那癱在炕上的病人應該得道最多。

其實老子所說的出門不出門，不是指形式上的，而是實質上的。啥是實質？精神意識是實質。意識上不要外求，道沒在外面。精神上要內守，道就在心中。

那麼有人要問，你說道在心中，我怎麼沒發現？

你沒發現，不等於沒有。它就在你的內心深處伏者，因爲道是謙遜的，道是柔弱的，道是不事張揚的，所以，它不會像魚那樣輕易漂到浮面上來。而且，你的心裡，凡俗之事太多太雜太亂，今天考慮著晉級，明天思摸著要房子，後天想到要升遷，同時，還有諸多的事混雜在一起，交疊在一起，糾葛在一起，那道之魚就是想浮到心湖的水面上來也非常困難。

在你這裡，老婆的事不辦不行，因爲老婆的臉色最難搪。

孩子的事不辦不行，因爲孩子的事關係到未來。

朋友的事不辦不行，不給辦事還是什麼朋友？再說朋友剛給你辦完事，怎麼能轉眼就給冷臉？

上級交辦的事不辦不行，上級讓你辦事，那是對你最大的信任，說明你在上級的心

目中已經有了好的印象。別說上級交辦的事情，就是上級沒讓辦，你有眼力的，就應該主動地把上級的事辦完美，等上級說出話來其實已經晚了。

把話說得自私一點，給上級辦事也等於給自己辦事，因爲上級說一句話，等於你奮鬥多少年。上級說你個好，說不定你就會由屎殼郎變成飛蛾；上級說你個壞，說不定你就成爲茅坑裡的大尾巴蛆。給老婆辦事也如同給自己辦事，因爲老婆不是別人，她與自己是一而二、二而一的關係。這樣說來，不僅老婆的事要辦，老婆的上級的事，老婆的同事的事，老婆的娘家的事，老婆願意做的任何事，當丈夫的責無旁貸。孩子的事更是自己的事，因爲孩子是自己生命的延續，從某種意義上講孩子就是另一個自己。既然孩子是另一個自己，你說孩子的事能不管嗎？

更別說還有好多的雜事需要應付，好多的關係需要擺布，好多的看似與自己無關其實絕對有關的事也不能忽略，好多的實際上與自己無關但自己也願意摻和一下子以顯示自己的存在的事，也不能馬虎。若是能馬虎，那還算顯示嗎？

就這樣，人就把自己的精神一點一點凌遲了，宰割得碎碎的，已經湊不成意思。在這樣的狀態下，還到哪裡去尋找道？在這樣的心境下，道已經委屈成餓扁了肚子的小刺蝟，你哪裡能發現它的存在？

再者說，你這樣執著地尋找道，暫時把道看得比其他的事情重要，認爲找到道就能成仙，就能啥事不做，天上掉餡餅，地上湧金蓮，每日聽仙樂，看美人歌舞，參加王母娘娘的蟠桃盛會，騎弼馬溫調理過的赤兔馬，跟著托塔李天王隨意下界先對著你的仇人發一頓威。行嗎？其實無意中你已經把道看成了與你的高級職位或頂級幹部是同樣的東西了。你哪裡是在尋找道，而是在尋找你的安樂窩，尋找你的靠山。

道不是你家飼養的家兔。也不是你家供奉的灶王，道是不偏不倚的，不因爲你有意親近而加護於你，也不因爲你遠離它而有意加害。背離道的人遭到不幸，那不是道的過失，而是你自己害了自己。比如一個人溺水而死他能夠怪水嗎？只能怪他不懂得水。

你要想得道，首先得爲天下人承擔苦難。釋迦牟尼佛爲了解救天下人而不離開人間。觀音菩薩發宏願，度不盡天下人誓不成佛。上帝的兒子耶穌，是把自己釘在了十字架上，他以自己的死昭告人類，代表眞善美的上帝是存在的。

自私的人是得不到道的。

但是不自私也不一定就能得著道。不自私只是得道的基礎，並不等於得道本身。

怎麼樣才能得道？老子已經明示：

爲學日益，爲道日損。

他說，世間的事，比如說學習吧，一天學一點，日積月累，會越來越多的。對於學習來講，這沒有錯。可是要想修道，就得反過來，一天要扔一點，直到扔光而已。扔些什麼呢？不一定要扔掉那些雜事，而是要把由雜事引發的心事扔掉。不一定出家，出家也不一定就得道。得道與出家與否無關。不出家就要像平常人一樣活著，幹活吃飯，而且還要把活幹好。這活包括很廣，既有公家的事也有私人的事，不是不讓你做事，而是在你做事時，就一心一意做事，把雜念丟掉。無論做什麼一心無掛，圓融無礙。不以自己的是非爲是非，不以自己的好惡爲好惡，不以自己的偏見爲視點，更不以自己的私利爲出發點。這樣你就會無得無失，既是無得無失，就不會有歡喜心，嗔恨心。這樣心就靜。細雨魚兒出，微風燕子斜，道就會在你不知不覺間浮出水面。不過你別高興，你一高興，它就倏忽而逝。

老子說扔掉心事，還是表面的東西。更重要的是，那就是要扔掉你的理念。這些理念是你費心費力苦思苦想艱苦奮鬥百折不撓好不容易才得來的，這裡有從書本上學的，有老師教的，有自己從生活中領悟的，有從經驗中獲得的，日積月累、盤根錯節，可是，這些東西不扔掉，那道就沒有存在的空間。因爲你的理念，你的觀念、你的經驗，你的心得，都是狹隘的，就是眞理的話，也是人間的眞理。而宇宙無窮，宇宙中的眞理才是絕對的眞理。你想得到宇宙間的理，自己的理不扔掉行嗎？

一天扔一點，或者一下子全扔掉。說者好說，眞要扔掉，別說一下子全扔掉，就是一天扔一點，也不容易。這樣扔下去，有一天你感到心裡清靜了，看見你的仇人不冒火了，說明你找到感覺了。

曾經有一句話被我們說了多少年：知識越多越反骨。在人世間，這句話不對。可是要想修道，老子說，這句話有了那麼點意思。當然這反動，不是反革命的意思，而是說與道相反，背道而馳的意思。

第49章 魚有時候以為自己是鳥

原文

聖人無常心，以百姓心爲心。善者，吾善之，不善者，吾亦善之，德善。信者，吾信之，不信者，吾亦信之，德信。聖人在天下，歙歙焉爲天下渾其心，百姓皆注其耳目，聖人皆孩之。

注釋

善之：善待他們。信之：信任他們。孩之：視之為嬰孩。

譯文

聖人沒有一己的私心，他把百姓的心當成自己的心。

善良的人，以善良待他，不善良的人，也以善良待他，這樣就得到善良了。

信實的人，以信實待他，不信實的人，也以信實待他，這樣就得到信實了。

聖人治理天下，以其這樣的好信息聚攏起百姓，使他們有一顆渾然樸素的心，百姓都聽從聖人的言行，聖人則像對待嬰孩那樣來撫愛百姓。

趣讀

那天，尹喜聽完老子有關母馬在戰場上流產之事，心裡悶悶不樂。他想難道就沒有好的辦法來消滅戰爭嗎？老子說社會不需要治理，正是因爲治理出了毛病。眞的是這樣嗎？人們果眞像老子說的都發瘋了嗎？有什麼良方可以使發瘋的人清醒呢？

晚上蚊子咬，點了好幾綹艾蒿也不管用，蚊子也發瘋了嗎？蚊子這種嗜血成性的小動物，眞的就沒治了嗎？

在蚊子的圍剿下，老子的鼾聲一直未斷，細看他老人家，瘦骨嶙峋地彎在簡易床上，茅棚縫隙中漏下的月光把他的脊背染亮。蚊子竟然不咬他。是蚊子勢利眼，還是老子有避蚊的妙法？

在老子綢帶一樣飄動起伏的鼾聲中，尹喜掐不斷自己的憂思。

他想，老子所謂社會不可治理的說法，雖然極省事，可是做得到嗎？沒有人來治理，眞的不亂套？如果說在社會沒變壞的時候，不需要治理的話，那麼，現在還不需要治理嗎？就像人得病一樣，人沒得病時當然用不著吃藥，可是人已經得了病，不吃藥能行嗎？不吃藥就這麼眼睜睜地看著死嗎？老子是不是在說些不負責任的話？你老子若是負責任，怎麼能就這麼一走了之？這樣的想法一出現，尹喜就被自己嚇住了，他覺得這樣想是對老子的大不敬，哪能這樣來揣摩老子呢？老子不是已經說過，無爲才能有爲嗎？老子的眼界哪能只停留在一個小國的治理上，他是想找到人類的通病，然後開一個大的藥方……

話雖如此說，尹喜心裡還是不踏實。這天，他對老子把話題提了出來。

尹喜：「老人家，您說這個世界就眞的沒治了嗎？」

老子白了尹喜一眼，他知道尹喜還沒從常人的思維中解放出來，於是就嘆了一口氣，說：「這是你問的？怎麼還問這樣幼稚的問題？」

尹喜苦笑了一下：「老人家，我知道我一張口您就生氣。可是，您面對的不是得道者尹喜，而是守關者尹喜。我不問這樣的問題，誰問這樣的問題？讓青牛來問？」

停了一霎兒，尹喜又說：「我憋不住哇老人家，我不敢說我尹喜站在函谷關，心憂全天下，可是，風吹竹葉簌簌響，在我聽來都是民間疾苦聲。我沒有得道，我不知道我這一生還能不能得道，這些在我看來還不是最迫切的，最迫切的仍是社會問題。」

老子長嘆一聲：「尹喜啊尹喜，一開始我就說我不說，你非讓我說不可。可是我說了，你又不信。我這不也是東風射馬耳嗎？

「你看，樹下有隻死蟬。一隻蟬死了，在蟬看來，是大事。可是人從來不把蟬的死當回事。因爲在人看來，蟬的死不算什麼。別說一隻蟬，就是所有的蟬都死去，好像也不算什麼。這人，在道看來，不也是蟬嗎？人跟蟬不一樣的地方是，牠的死是自然之死，是循著道的規律而死。老蟬不死新蟬怎麼生呢？就是整體的蟬，面臨死亡，那肯定也不是蟬的事，而是在大自然滾動發展的漩渦中，無意中讓蟬做了犧牲。這是沒辦法的事。

「可是人就不行了。人能順應道卻不去順應，人是自己在造孽。人類的禍事，戰爭、污染、生病、死亡，大都是人自己招來的。不是有句話嗎，敵存滅過，敵去招禍。爲什麼？因爲人沒了監督，就會自我膨脹，一膨脹，就啥事也敢做。你說這人間的事還好管嗎？」

尹喜不得不佩服老子，他覺得他已經無話可說了。可是尹喜還是說：「老人家，這樣說吧，假如，讓您……」他見老子的眼神不對，忙改口說，「不，有那麼一天，讓我去治理國家，我怎麼辦呢？我也像伯夷叔齊那樣餓死不食周粟嗎？或者我也像介子推那樣，背著老娘逃到山上去嗎？」

老子想了想，說：「如果是這樣的話，我就來告訴你聖人治理社會的方法。聖人的時代還有沒有，我不知道，可是我知道聖人怎麼樣治理國家。」

尹喜說：「我想，現在還應該是聖人時代。」

老子說：「那好，我就來告訴你聖人的作法。聖人治理國家，容易得很。因爲他沒有自己的私心。《尚書》上怎麼說來著？大道之行也，天下爲公。一個人沒有自己的私

老子趣讀

心，就會是一個受到眾人歡迎的人；一個君王若是沒私心，就會受到天下人的歡迎。不是這樣嗎？為什麼有的人人緣好，有的人人緣壞？就是因為有的人少私心，有的人私心重。

「可是，你看到現在的王侯了嗎？他們沒私心嗎？不是有沒有私心的事了，而是私心大與小的事了。有好多的王侯以及王侯下邊的官僚們，一層一層的，有沒有私心的嗎？不敢說沒有，少而已。有人這樣說了，把這些人全殺掉，就會有屈死鬼，隔一個殺一個，就會有漏網之魚。這話雖危言聳聽，可是反映了民眾的憤怨之情。

「民視即天視，民聽即天聽，人民的呼聲任何時候都不能忽視。王侯與民眾，民眾是弱者，木舟與流水，流水是弱者。可是，推倒王侯的是民眾，掀翻木舟的是流水。這樣看來，誰是強者呢，誰是弱者呢？

「你要是當了王侯，就應該一刻也不能脫離民眾，就像魚一刻也不能脫離水一樣。魚離水則死，王離民則亡。你沒有想法，民眾的想法就是你的想法，民眾的淒苦就是你的淒苦，民眾的口舌就是你的嘴巴。

「當然，民眾不是指的某個人或某群體，而是指的最廣大的人群。害群之馬不是沒有，但是用不著你來滅他，民眾就會來滅他。

「如果你不能及時地幫助民眾，那麼你最好不要擾民，這是最起碼的。所以我說王侯不用做事，其目的就是怕擾民。無論你打著什麼樣的旗號，有著什麼樣的理由，你也不該擾民。

「你不要以爲你比民眾高明，你這樣一認爲，準壞事。一個老百姓，認爲自己高明，隨他高明去；一個王侯，認爲自己高明，就要運動民眾，這就是禍事的肇端。

「老百姓雖不懂得道，但他會不知不覺地順應道。該冬天做的事，他不會夏天做，該春天做的事，他不會秋天做。揠苗助長之類的事，都是蠢人做的。別人笑話回，也就完了。一個王侯，要是蠢起來，就會被天下人笑。因爲他拔的不是一根苗，而是萬人矚目的有礙國計民生的大苗。

「是不是這樣呢？

「你能做到這點嗎？你怎麼能夠保證呢？在沒當王侯的時候，想的問題還接近道，眞的當了王侯，就以爲自己是道的化身了。魚爲什麼總是跳出水面？因爲牠把自己當成了鳥，牠還以爲水阻了牠的前程了呢。

「是不是這樣呢？」

老子問了好幾個是不是這樣，尹喜不敢回答。

第50章 越怕死，越死得快

原文

出生入死。生之徒十有三，死之徒十有三，人之生生，動之於死地，亦十有三。夫何故？以其生生之厚。蓋聞善攝生者，路行不遇兕虎，入軍不被甲兵，兕無所投其角，虎無所措其爪，兵無所容其刃。夫何故？以其無死也。

注釋

生生：養生。攝生：養護、調養。兕：犀牛。甲兵：兵器。

譯文

人一生下來就預示著死。在人的一生中，生長的階段大概占了十分之三，衰老

的階段大概也占十分之三，人爲了養生，卻因此死亡的，大概也占十分之三。

這是爲什麼？因爲人太貪圖世間的享受了。

聽說善於養生的人，行路不會遇到猛獸，打仗不會遇到兵器。在他面前，犀牛不知怎麼抵牠的角，老虎不知怎麼張牠的爪，兵將不知怎麼用他的刀。

這是爲什麼？因爲他已把生死置之度外。

趣讀

貪生怕死大概是人的本性，所以有那赴湯蹈火、臨危不懼的人，便成了人們心目中的英雄豪傑。強盜和土匪也有不怕死的一面，他們沒有成爲英雄豪傑，有主觀的原因也有客觀的原因。強盜土匪與英雄豪傑有時只是一線之隔，成爲強盜和成爲英雄有時也是一念之差。

不管人怕不怕死，死是誰也逃脫不了的。皇上握有生殺之權，他可以隨意叫別人去死，可是，他卻不能讓自己長生不老。秦始皇派徐福帶著五百童男五百童女乘船東渡，爲的是尋找長生不老的仙藥。魏晉南北朝時煉丹服藥，爲的是成爲不死的神仙。可是，秦始皇呢？早已成灰，死不了的是爲他陪葬的那些陶的兵馬俑；那些服藥者哪裡去了呢？留下來的只是何晏王弼嵇康阮籍等人的詩文。就連那位寫《神仙傳》發明煉丹術的自稱抱朴子的葛洪，活得夠長的了，不也才八十一歲嗎？

老子趣讀

可見是人就得死。

神仙死不死呢？那只能去問神仙。

雖說神仙也是人做，可是人一旦成了神仙就不再理凡人。吃了人間好多的供果，好像從沒給人們顯示點什麼。

可是，不知是怎麼回事，後來的神仙派，即想成爲神仙的人們，把老子當成了他們的鼻祖，封爲太上老君，至今在神話書上或以神話爲題材的影視片子上還能看見他老人家的形象。的確是仙風道骨，鶴髮童顏。而且太上老君在天上好像不幹別的，專門在八卦爐裡煉丹。爲了維護玉皇大帝的統治，還在丹爐裡煉過孫悟空。這些事老子實不知情，他老人家若是知道此許，也定會大發雷霆之怒，雖然他已經修鍊得不易發脾氣。

後人們把老子的本意全都誤解了。

後來的人，如果不是有意誤解老子，那麼就是藉著老子的名分拉大旗作虎皮來爲自己張目。他們想成神仙，所以先把老子神化。

葛洪這樣描述老子：「老子眞形者……身長九尺，黃色，鳥喙，隆鼻，秀眉長五寸，額有三理上下徹，足有八卦，以神龜爲床，金樓爲堂，白銀爲階，五色雲爲衣，重疊之冠，鋒鋋之劍，從黃童百二十人，左有十二青龍，右有二十六白虎，前有二十四朱雀，後有七十二玄武，前道七十二窮奇，後從三十六辟邪，雷電在上，晃晃昱昱……」你不要以爲石頭上刻的那位大耳朵的老者是老子，那只是老子在人間的形象，葛洪描述的才是老子的眞形。

老子就這樣由智者老子被尊爲了神仙太上老君。

沿著這條思路（這是一條多麼令人神往的思路啊，誰不想成爲神仙呢。成爲神仙之後，脫離了人間勞役之苦，不再爲吃的喝的穿的住的發愁，不再爲生老病死苦惱，不再爲戰爭、瘟疫、生離死別等事揪心，不再爲老人的事、孩子的事、老婆的事、個人前途的事操心，不再失眠，不再擔驚，不再受辱，不再失寵……所以神仙道教一出現，便受到普遍的歡迎，經久不滅，直到現在仍居高不下），葛洪總結前人經驗，潛心研究老子《道德經》、莊子《南華經》、列禦寇《沖虛眞經》、文子《通玄眞經》、庚桑楚《洞靈眞經》、于吉、宮崇《太平經》等道家著作，寫出了《抱朴子》一書，既有理論，又有可操作的煉丹術，精神內守，清靜無爲，配上熊經鳥伸之動作，再加上服丹吃藥，就這樣把玄而又玄的老子變成了爲人類成仙服務的領路人了。

葛洪的出現，爲道教立了大功。再加上後來如來東顧，達摩傳法，佛道融合，與儒教三分天下，成爲中國人活人立世的理論基礎。達者兼治天下，窮者獨善其身，天下有道，出門做官，天下無道，閉門修心，進可攻，退可守，來去自如，左右逢源。有人問，中國人你爲什麼不生氣？還有人問，中國人你爲什麼不自殺？容我反問一句，中國人爲什麼要生氣，中國人爲什麼要自殺？要生氣要自殺，還算什麼中國人？

中國人不僅不生氣，不自殺，而且活得越來越滋潤，越來越得意。中國人想成仙嗎？如果問卷調查，也許沒人會回答你，可是每個人的心裡，都想著成仙呢。不信，你到街上去看，早晨、晚上，都有人在練功。有佛家功，也有道家功，也有道家佛家合一的功，也有打著道家佛家的旗號爲了騙錢自己胡編的功，說是強身健體，其實在每個人的內心深處，都有修鍊成神仙的潛在欲望。這麼說吧，你要是讓他成仙，他準不會拒絕。最堅決的反問是：不可能吧？

啊呀老子，就這樣被尊到半天空中去了；嗚呼老子，就這樣被曲解肢解了。

老子裡面有養生的成分，但養生並不是老子的惟一目的。虛心靜養的確對身體有莫大的好處，可是，老子並不願意看到街上行走著的是些沒有靈魂的肉體。

老子是想讓人們靜下心來，領略比人類自身更廣闊的東西。這便是道。

你看老子怎麼說的。

老子說，這人一生下來就預示著死。不死是不可能的。在人這一生中，生長占一個階段，衰老占一個階段，死亡又占一個階段。而這死亡是怎麼死的呢？老子說：「人之生生，動之死者，亦十之有三。」意思是說，爲了養生而死的，占十分之三。到底怎麼回事？老子接著又說了一句：「夫何故？以其生生之厚。」是因爲太愛惜自己的身體了。

爲了這副臭皮囊，怕受辱，怕受寵，怕吃虧。怕上當，瞻前顧後，左顧右盼，擔驚受怕，患得患失……這樣，他那顆心整天縮成核桃樣，像是被狗反覆啃過，怎麼能不死。越怕死，越死得快。

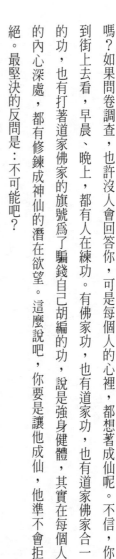

你要是養生，就得不怕死。只有不怕死，才能遠離死。老子舉了好幾個例子，說眞正不怕死的人，走路不會遇上老虎，就是遇上老虎也不吃他。打仗遇不上刀槍，就是遇上，刀槍也不傷他。爲什麼？因爲他不把死當回事，不怕死，死也就沒法了。

養生，在老子看來，並不是修道的目的，但是修道的人已經看透了生死，所以不再怕死，既然已經不再怕死，那麼死也就不再是問題。生死這一關過去，還有什麼過不去的？因此，修道的人能夠長生。沒想到長生，反倒能長生。一心想著長生，反而死得更快。長生不是修道的目的，它只是修道的一種附帶現象。

因此，修道這件事，不是小事，沒有英雄氣的人，沒有大丈夫氣的人，沒有擔當人間苦難的雄心的人，休談修道。

據說已經成仙的道家呂洞賓寫過一首詩，感嘆人間大丈夫不多：

獨立高峰望八都，
黑雲散後月還孤。
茫茫宇宙人無數，
幾個男人是丈夫？

第51章：幾句閒話

原文

道生之，德蓄之，物形之，勢成之。是以萬物莫不尊道而貴德。道之尊，德之貴，夫莫之命而常自然。故道生之，德蓄之，長之育之，亭之毒之，養之覆之。生而不有，爲而不恃，長而不宰，是謂玄德。

注釋

勢：情勢、環境。蓄：養育、繁殖。亭：成。毒：熟。覆：覆蓋，引申為保護。

譯文

萬物都是道所生，德所養，之後物才成形，得勢而成長。

所以萬物沒有不尊敬道的，沒有不珍視德的。
道的被尊敬，德的被珍視，並沒有誰命令，是自然而然的。
所以，道生萬物，德養萬物，使之成長發育，使之完美成熟，對其撫養保護。
然而，養育而不占有，施與而不居功，撫養而不主宰，這才是深厚的恩德。

趣讀

上一章說到人的生和死。萬物都有個生和死的問題，不僅人。

這一章不妨把話題引申開來，說說萬物的生和死。

在老子看來，世界萬有，人間一切，只要是能分出陰和陽的，都依道而生，都是德來恩養。老子已經解釋過，道生一，一生二，二生三，三生萬物。這就是宇宙間物質的來歷。道就是萬物的「玄牝」，牝是啥？母性生殖器。玄牝，就是非常深奧的非常玄妙的偉大的母性生殖器，就是其繁衍了宇宙間的一切。

這樣的解釋比神話中的女媧摶泥造人科學得多。按照當代物理學家大爆炸的理論，宇宙就是從一個小顆粒爆炸而來。那個小顆粒就好比道。

道生出了萬物，德來蓄養。德是什麼東西？德就是道的能量，是道的一種實現形式。比方說太陽是道，那麼太陽的光就是德。沒有太陽，陽光無從談起，沒有陽光，太陽也無從表現。還有一比，如果把道比成母親，那麼德就是母親的雙乳和雙手，深厚的母愛靠的是乳汁的哺育和雙手的撫愛。

萬物在道德的生養和撫育下成形、成長、成熟。成熟之後就開始走向事物的反面，死亡。死亡同時也預示著新生。有生就有死，有死就有生。有來就有去，有去就有來。這叫「反者道之動，弱者道之用」。

閒話一：一老者耳聾，啥都聽不見，天不打雷光打閃，驢乾張嘴不叫喚，他生活在一個無聲的世界裡。他被兒子接到城裡來住，兒子怕他讓汽車撞著，就不讓他出門。這天，趁人不備，他蹓躂出來，知道自己耳聾，就沿著路邊走。走著走著，來到郊外鐵路旁。沒見過鐵路，覺得新鮮，就走了過去。研究了半天，也沒弄明白是怎麼回事。後來決定在上面走一走。他就沿著軌道走。這時，在他的後面，火車來了。火車司機猛然看到鐵路上有人，就使勁鳴笛。老者無動於衷。眼見火車呼嘯著就到了眼前，說時遲那時快，只見一個人猛地竄上鐵路，抱起老者，一起滾下鐵路。火車呼嘯而去。救人的年輕人起身後，正想拉起老者。老者已經起來，他怒不可遏，揮手給了年輕人一耳光。他只感到了手指的麻木，沒有聽見響聲。他想，這年輕人的臉也眞老夠硬的。

閒話二：一屠戶，殺豬爲業。仍舊沿用傳統殺豬法，把豬按在案子上，一刀下去，接血盆裡馬上血流如注。這天，屠夫又要殺豬。女人幫忙，在一旁把褪豬毛的熱水燒好。屠夫把豬掀到案子上，一刀結果了豬的性命。幾個壯漢過來，準備把死豬抬到鍋裡去。八歲兒子來湊趣，站在死豬的後面來拽豬尾巴。死豬生氣未盡，又呼出最後一口氣，雙腿一蹬。不料，把個八歲孩子一下子踹到熱水鍋裡。

閒話三：一壯漢，性情頑蠻，神鬼不怕。這天在他的院子裡看到一條蛇。他用鐵鍬把蛇斷爲三截。半小時之後，院子裡聚攏起七八條蛇。壯漢心想，嗬，跟我來這個，你以爲我是誰？他再次用鐵鍬把這幾條蛇全部剁死。之後就進了屋。一袋煙工夫，他再次來到院子裡，就見整個院子裡都是蛇了。他雙腿顫抖著從後窗逃走。

閒話四：星期天，一教師在野外拾到一隻吃了死老鼠的貓頭鷹。他把貓頭鷹捧到家，用解毒藥水給牠洗胃。貓頭鷹活了過來。他又細心護理。半個月後，貓頭鷹康復。這天，他找來幾位老朋友，爲放飛貓頭鷹舉行了一個簡單的儀式。貓頭鷹飛走之後，他跟這幾位老朋友，一邊喝酒，一邊唱歌，直到天黑。

閒話五：這是一則遊戲。請你隨便寫一個四位數，數字不要完全相同，然後按照從大到小的順序重新排列，並把它顛倒一下，求出這兩個數的差。大數減小數，只看絕對值，不問正負。這樣反覆做下去，最後得數一定是6174。不妨做一下，先隨便寫一個數：1654。

6541-1456=5085

8550-558=7992

9972-2799=7173

7731-1377=6354

6543-3456=3087

8730-378=8352

8532-2358=6174

7641-1467=6174

這個數字掉進6174的漩渦裡出不來了。

據說，三位數中的495也是個漩渦。

不信，你可以一試。

第52章：到老家去認白髮親娘

原文

天下有始，以爲天下母。既得其母，以知其子。既知其子，復守其母，沒身不殆。塞其兌，閉其門，終身不勤。開其兌，濟其事，終身不救。見小曰明，守柔曰強。用其光，復歸其明，無遺身殃，是爲襲常。

注釋

兌：指眼耳鼻口等孔竅。門：眼耳鼻口等感知認識的門戶。勤：憂慮、勞頓。救：救藥。遺：招致。襲常：承襲大道。

譯文

宇宙有一個開始，這個開始就是宇宙的母親。

既然知道有一位母親，那麼，就應該知道包括我們人在內的都是兒子。既然我們是兒子，那麼，我們就應該懂得回歸守候母親。這樣，終身不會有危險和災禍。

堵塞本能的感官，關閉利欲的門戶，你就終身不會有憂慮。放縱自己欲望，極盡自己能事，這樣你就已經不可救藥。

能見微知著才叫聰明，能以柔克剛才叫強大。

用大道之光，使自己復歸到光明之中，不給自己留下禍患，這樣做的目的是爲了承襲大道，回歸自然。

老子趣讀

趣讀

一部《老子》，讀來讀去，深奧無比。我把自己置身在一個大的漩渦之中，一個巨大的黑洞裡。我不知道我的確切位置，是像黃花魚似的緊貼著老子的邊緣，還是已經被裹進漩渦的中心，甚或是還在老子的外面，所看到的，所聽到的無非是渦流前或渦流後的餘波餘沫和由這些餘波餘沫產生的音響。無論我在哪裡，有一句話可以說，就是讀到最後，我抓到手的，很有可能只是些語言的碎片和外在的皮毛。這一點也不奇怪，就因爲我不是一個得道之人。沒有得道，來談論道，只能讓得道著笑，或者連笑也不值得笑。

可是，我有一種感覺，我覺得這種感覺就是老子聽了也不會太怪罪我。現在，我把它說出來。我想，老子說了這麼多。目的就是想使人由自在王國進入到自由王國。用句淺白的話說就是，把人的精神上的繩索身體上的繩索全部解開，讓人像蝴蝶那樣翩然飛翔起來。

莊周是老子的繼承人，應該說他深得老子之奧。莊周夢見自己變成了蝴蝶，這裡是不是深藏著道的某種信號呢？按下這組密電碼，是不是就找到了通向玄妙之門的鑰匙了呢？

莊周在夢中變成了蝴蝶，變成蝴蝶之後他還想，是莊周變成了蝴蝶了，還是蝴蝶變成了莊周？莊周和蝴蝶就這樣渾化爲一，蝴蝶是自由了的莊周，莊周是被束縛住的蝴蝶。

如果說莊周原本就是蝴蝶，那麼是誰把他束縛住的呢？

如果說莊周後來才是蝴蝶，那麼是誰把他解脫開來的呢？

老子讓人解脫使之自由的信息，古代人也領悟到了。不是有一句話嗎，叫做「羽化登仙」。羽化就是人變成鳥。鳥和蝴蝶性質一樣，都是自由飛翔。說這話的不用問，肯定是道家學派的人。肯定讀《老子》讀得入了迷。爲了羽化，還有一些人開始實踐，導引、靜坐、煉丹、服藥，盼望有一天眞的能像鳥那樣飛起來。別說古人了，就是當代人，也不是沒有想飛起來的欲望。有的氣功修鍊者說在靜坐時已經飄起來了，能達半公尺高。這不是變鳥的開始嗎？說不定哪天他就眞的飛起來了，在天上像烏鴉那樣叫。

可是，誰見過人在天上飛？

老子為後人的自作聰明而嘆息。

老子的本意是要人的精神像蝴蝶那樣飛動起來，從而進入自由王國。是什麼東西束縛了人本該飛翔的翅膀？是人的欲望。是什麼東西阻礙人進入自由王國？是人的貪婪。

人在自己精心做的繭中苦心掙扎，在掙扎中繼續做繭。一層層貪欲的厚繭，把人的本性窒息了，把人的靈氣纏死了。人還是人嗎？還是可以與天與地與道比大的人嗎？不是了。或者說有很大一批人不是了，而成了凡夫俗子，利欲小人。

人本來是蝴蝶，本來是鳥。不是蝴蝶也應該是蛾，不是鯤鵬也該是麻雀。可是好多好多人連飛蛾和麻雀也不是了，而成了淺淖中的泥鰍，甚至茅坑裡的蛆蟲！

怎麼辦呢？

老子說，首先你要尋根溯源，認祖歸宗。你是從哪裡來的？哪裡是你的老家？誰是你的白髮親娘？你生下來之後，是個多麼純淨的嬰兒，你那第一聲啼哭，沒有半點矯情，不想鉸斷臍帶之後，在是是非非的社會大染缸裡，你已經骯髒不堪，面目全非，病入膏肓。你誤吃了誰的奶？你認誰作了父？你是自己把自己弄失迷的？還是被人販子拐騙走的？

要復歸，回到老家才是正理。在哪裡迷失的在哪裡去找對感覺，在哪裡跌倒的，在哪裡爬起來。先要洗個溫水澡，多用幾塊肥皂，把自己徹裡徹外洗一洗，然後把污垢拿到化驗室去化驗，看都是些什麼東西，看它們的分子式是怎麼排列的？還要驗血，還要驗尿，還要驗精液，還要化驗肝功能，做超音波檢查等等，看病根到底在哪裡。

診斷結果：病因——貪欲無度。

治療方案：塞其兌，閉其門。

不這樣你變不成蝴蝶。變不成蝴蝶你就回不了老家。

第53章 鮮花與陷阱

原文

使我介然有知，行於大道，唯施是畏。大道甚夷，而人好徑。朝甚除，田甚蕪，倉甚虛；服文綵，帶利劍，厭飲食，財貨有餘；是謂盜夸。非道也哉！

注釋

介然：堅定的樣子。施：偏斜不正。除：污穢當除。盜夸：強盜頭子。

譯文

使我堅定地相信，行於大道之中，惟恐有所偏失。

大道非常平坦，而人卻偏行邪路。

宮廷非常污穢，田園十分荒蕪，倉廩特別空虛。卻穿著華美的衣服，佩帶著鋒

利的寶劍，吃膩了珍饈美味，錢多得用不完，這就是大盜啊。這個背離大道的時代啊！

趣讀

我們都以爲，道家恬淡無爲，性情平和，與世無爭。你看那陶淵明，還不能算是眞正的道家，只是沾了點道家的邊兒，就已經平和得很了。不信請讀：「結廬在人境，而無車馬喧。問君何能爾，心遠地自偏。采菊東籬下，悠然見南山。山氣日夕佳，飛鳥相與還。此中有眞意，欲辯已忘言。」再讀：「孟夏草木長，繞屋樹扶疏。眾鳥欣有托，吾亦愛吾廬。既耕亦已種，時還讀我書。窮巷隔深轍，頗回故人車。歡言酌春酒，摘我園中蔬。微雨從東來，好風與之俱。泛覽周王傳，流觀山海圖。俯仰終宇宙，不樂復何如？」那眞正的道家呢，大概是連這樣恬淡的詩也不寫的了。

可是，道家的鼻祖老子，好像並不那麼心平氣和。他面對著他所處的那個社會，好像有好多的話要說。他不只一次地譴責了戰爭給人帶來的災難。他認爲血和淚都不應該屬於人生。而人類的災難是誰帶來的呢？他以爲是當時的統治者。是因爲統治者太貪婪，太霸道。爲了個人的目的，爲了小集團的利益，就可以置人民的生死於不顧。在老子看來，征伐太多了，橫征暴斂太厲害了，百姓的苦難太深重了，而人間的道義太少了。

老子趣讀

老子不是轉世靈童，不是從小修道的。他所以被人稱爲老子，也許就是因爲他得到道的時候就已經有了一把年紀。因此，對於這個世界他是看得太多了。若是看得不多，沒有對這個社會刻骨銘心的透徹了解，就不會產生疑問，沒有疑問，他就會在他的比較優越的國家圖書館館員的位置上自得其樂。高層領導有了什麼好處，說不定還會分給他一杯羹。可是他偏偏把事情看得很透，別人沒有看到的他看到了，別人沒有想到的他想到了。別人看到的是現象，他看到的是本質。別人看到是陷阱上面的鮮花，他偏偏看到了鮮花下面的陷阱。他總要把鮮花掀開來，把陷阱亮開讓世人看。你說這個社會能容他嗎？社會就是能容他，他也難以容得下這個社會了。

看問題的深淺，與人的社會地位有關，老子若不是在國家圖書館裡當研究員，而是在偏僻的山溝裡務農，那麼他最大的可能是成爲壘堰高手，或者成爲一個很會調理家務糾紛的族長之類。不可能再高。看問題的深淺，還跟人的知識結構有關係，老子要不是讀了那麼多的書，單憑天賦的高智商，要達到那麼高的智慧怕也不容易。雖然老子說，「爲學日益，爲道日損」，那是他到了一個高的層次。他必須先把自己的牆壘到相當高之後，然後才會發現壘這牆的目的是爲了拆掉。

這一點有點像蠶作繭。那個蠶若是不作繭，牠變成了蛹之後就沒有保護層。可是牠要是想變成蛾子，還必須把曾經精心編織好的繭袋咬破。

蛾子對蛹說，你要想展開翅膀，到三維空間飛翔，你必須扔掉原來的老繭。但是不敢保證所有的蠶都能聽得懂蛾子的話。別說蠶，就是蛹，也有相當一批不大明白。

老子的苦惱是肯定的。

掀開黑洞上面的鮮花，老子看到的是些什麼呢？

老百姓茅草棚東倒西歪，有好多的人還像動物似的穴居在潮濕的洞裡，而宮廷裡的豪華房屋無不是雕樑畫棟。勾心鬥角；而且還在不斷地大修樓堂館所。吃的更別說，老百姓吃的是半糠半菜，一副腸子閒半掛；王公大臣吃的是山珍海味，吃膩了，再用茶水涮。穿就更別提，老百姓衣不遮體，只在腰間圍塊粗葛老布；侯王們呢，侯王的妻妾們呢，穿的是綾羅綢緞，連襪子都是一天一換。別管哪一級的當頭的，出門坐著官車，一匹馬拉著，兩匹馬拉著，三匹馬拉著，四匹馬拉著，馬越多，說明職位越高。這有點像現代的人坐小轎車，車型越小，缸越多，排氣門越大，一般說來，官的級別就越高。古代的官還要佩劍，比現代的人配備手槍還要講究。殺人或自殺都是用這把劍。老百姓出門只能靠腳，有時連雙草鞋也沒有。身上佩帶什麼呢？往往佩帶著摘也摘不下來的疤痕。那是被柴草劃的，被野獸啃的，被石頭磨的，被刀槍砍的，甚至有的是被當官的打的。

同樣是人，同樣是道之所生，爲什麼會這樣？

一個人以剝奪他人爲樂，這個人還是人嗎？一個國家以侵略別的國家爲光榮，這個國家還是國家嗎？

老子趣讀

有一條大道，可以通向自由之境。那裡種滿了好看的曼陀羅，曼陀羅花上面蜂飛蝶戲。那裡的人和平相處，一個個都率眞得像嬰兒一樣，眼睛和心情都像秋天的湖水那樣清澈。沒有這麼多的是是非非，沒有這麼多的小肚雞腸，更沒有這麼多的蠅營狗苟、陰謀陽謀、你爭我鬥、你匪我寇。

老子知道有這麼一條自由之路，他就是在這樣的道路上走著。他擔心自己一腳不正帶錯了路。所以他小心翼翼，他之所以與一頭青牛作伴，除了青牛爲他代步之外，還有一層不便明說的意思，那就是，他可以隨時跟青牛對話。牛雖不解人語，但牠可以代替另一個老子。兩個老子對話，一問一答，心口相叩，形影相慰，就會更加堅定已經堅定了的信心。

老子孤獨，老子著急。老子在這樣一條大通上走著，平坦、寬闊、筆直，可是，後面跟上來的人不多，不僅不多，而且還有好多的人以爲老子這老頭兒神經不正常。你看他那個地位多好，別人求還求不到呢，他可倒好，寧把鐵飯碗扔了，隱居荒野。不是瘋就是傻，要不就是練功走火入魔了。

老子不由得感嘆，也別光怪王公大臣們、各級官僚政客們水平低，素質差，有什麼樣的土壤就生長什麼樣的草木，國民整體水平的低落才是問題的根本所在。

老子一心想固守恬淡，可是有時候還是忘情地帶些情緒。

第54章 一條毒魚毀條河

原文

善建者不拔，善抱者不脫。子孫以祭祀不輟。修之於身，其德乃眞。修之於家，其德乃餘。修之於鄉，其德乃長。修之於邦，其德乃豐。修之於天下，其德乃普。故以身觀身，以家觀家，以鄉觀鄉，以邦觀邦，以天下觀天下。吾何以知天下然哉？以此。

譯文

誰也拔不掉的才叫栽得深，誰也奪不走那才叫抱得緊。應當祭祀這樣意志堅定的人，世世代代不停息。

一個人若這樣，他的德行就眞實無僞；一個家庭若是這樣，這一家的德行必定充實有餘；一個鄉村若是這樣，這鄉村的德行肯定傳之久遠；一個國家若是這樣，

老子趣讀

這一國的德行當然豐隆闊大；若以此來教化天下，則天下的德行勢必像陽光那樣普照無邊。

所以，以自己一身的情形來觀照別人，就可以知道別人的情形；以一個家庭的情形來推斷別的家庭，也就知道了別人家的情形；以一個鄉的情形來判斷別的鄉，別的鄉的情形也不難得知；以一個國的情形來比較別的國，別的國的情形也自然知曉；以天下當前的情形，來推論天下，天下以後的情形也會如在目前。

我是怎麼知道天下之情理的呢？就是這麼知道的。

趣讀

先來講一個故事：古時有一個和尚，因爲耐不住山上的寂寞，就下山還俗了。可是還沒過半年，他又受不了塵世的嘈雜，就又上山當了和尚。又不到半年，他還是耐不住山上的寂寞，還是要下山。

一位老和尚見他這樣，就對他說，你也不必信佛了，你也不必去做俗人。你不妨在廟宇和塵世之間的半山腰上，開個茶館。

這個和尚就脫去袈裟，還俗後在半山腰上開了個茶館。他感覺挺好。

老和尚眞有見地，像這種半路子的人，只能做半路子的事。

再講一個故事：當初達摩祖師在少林寺，面壁九年，爲的是等待佛的傳人。

這時有個叫神光的人，在河南的香山跟隨著寶靜禪師苦修了七八年也沒悟道。有一次在定中，聽到有聲音對他說，你如果想得道的話，得往南走。師父說，少林寺那位達摩一定是高人，你去投奔他吧。

在達摩面壁的這幾年裡，不知有多少人來求法，達摩一概不理。他知道來的人都不是。

神光來了，合掌站在達摩身後。達摩連頭也沒回一下。你不理就不理，神光就一直那麼恭恭敬敬地站著。正趕上天下大雪，風雪中的神光兀自不動。這樣站了三天三夜，大雪沒過了膝蓋。

達摩到底回過頭來了問：「你這是幹什麼啊？」

神光說：「求無上菩提，願大師給我開甘露門。」

達摩狠狠地把他罵了一頓：「就憑你？天上大法，曠劫精勤，是多生多劫修行來的，你合個掌鞠個躬就想拿走？」

神光聽到這兒，連想也沒想，從腰間抽出戒刀，「咔嗒」一下子就把自己的手臂砍了下來。心想這下行了吧？

達摩的臉色才好看些了，也把身子轉了過來，問：「你要幹什麼呀？」

神光說：「師父，我心不安。爲求個安心法門。」
達摩說：「那好，你把心拿來，我爲你安！」
神光見問，一下子愣了：「覓心了不可得。」他說他找不到。
達摩說：「好了，我已經爲你安好了。」
神光言下大悟。
後來達摩祖師爲他改名叫慧可。慧可就是禪宗的二祖。
這兩個故事，都與修行有關。第一個和尚沒有堅定的信念，沒有堅定的信念，心若漂萍，別說修行，做啥都不會做好。第二個和尚，之所以當了二祖，有他的必然。這個人就是不當和尚，無論他做什麼，都會成功。因爲他有一顆堅忍不拔的恆心。
尹喜在老子面前表達了求道的意思。老子不像達摩，還要考驗人。老子什麼都講個順其自然。他想，你就是成不了道，聽聽也沒壞處。老子已經碰了不少壁。要不然他不會說出「下士聞道大笑之」的話。你笑你的，我講我的，任憑你說我瘋說我傻，自有那不說我瘋不說我傻的人。聞道大笑的人裡頭，也說不定有一天會悟出點什麼來。得允許人家有個醞釀的過程。
老子對尹喜說：「你想修道這容易。我不是已經跟你說了這麼多了嗎？這裡面都有著大道之理，你別總是把我的話刻在竹簡上，而應該把我的話記在心裡。」
尹喜笑了：「我是想有沒有一個方便的法門……」

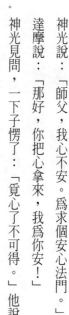

老子說：「方便的法門有，多得是。你看見那泥鰍了嗎，哪裡有泥鰍牠往哪裡鑽，牠最懂得方便法門。還有那麻雀，有個地方就能做窩，樹洞、牆縫、屋簷下、草叢中，哪裡方便哪裡安家……」

尹喜的臉刷地紅了。

老子說：「我記得我說過了，修道這是天底下頭等的大事，凡夫俗子不可爲。必須有大丈夫氣的人才有可能。不說修道，就是做平常的事，也是如此，沒有一個堅定的信念行嗎？沒有吃苦的準備行嗎？沒有跌跤的過程行嗎？沒有拼死的精神行嗎？知難而退行嗎？自己原諒自己行嗎？

「善建者不拔，啥叫善建者不拔？你的那個信念一旦建立起來，就不可再更改，九頭牛也拉不動，九十頭牛也拉不動。

「善抱者不脫，啥叫善抱者不脫？你把你的念頭抱到手裡，就是你的了，任是誰也奪不走，任是誰也騙不走，任是誰也哄不走，任是誰也盜不走。

「你有這樣的精神嗎？有，才可與你談道。沒有，我不過是跟你聊天而已。」

尹喜說：「老人家，我明白了。」

老子說：「你明白不明白，難道我還不明白？」

尹喜好長時間沒說話。

爲了調節氣氛，老子把聲音放緩：「修道是很難的，可是我爲什麼還要修道呢？修道有什麼好處呢？是對自己有好處呢，還是對別人有好處呢？是對家庭有好處呢，還是對國家有好處呢？

「我來告訴你，都有好處。爲什麼這麼說？社會好比是一條河，而每個人都是這條河裡的魚。水要是清澈，沒有污染，魚不幸福嗎？水要是混濁，毒氣很重，魚能幸福嗎？

「反過來講，每條魚也都對這河負有責任。如果你自私，只想自己好，什麼餌也敢吃，什麼屎也敢拉，那河還能清澈嗎？一條毒魚，說不定就能毀了一條河。你要想知道別人怎麼樣，你問你自己就行了。你要想知道別人家怎麼樣，你了解你的家庭就行了。你要想知道別的國家怎麼樣，你考察你的國家就行了。你要想知道天下的發展趨勢怎麼樣，你看它的現在就行了。

「所以，我說，個人的修行，決不是個人的行爲。他牽扯著整個的社會。這樣看來，一個人修行好了，就有一個人的德行和影響，一個家庭修行好了，就有一個家庭的德行和影響，一個地區，一個國家，就更是如此。這樣的話，這個天下不就是個好天下了嗎？天下的人不是都是好人了嗎？人好、家庭好、國家好、天下好，有什麼不好呢？壞人沒法活了嗎？監獄沒人住了嗎？警察失業了嗎？法庭關門了嗎？

「這就對了。本來嘛，天子也是十個腳趾頭，平民也是十個腳趾頭，爲什麼天子就坐轎，平民就赤足？」

尹喜說：「我這回眞的懂了。」

第55章 別把做人的基礎弄丟

原文

含德之厚，比於赤子。毒蟲不螫，猛獸不據，攫鳥不搏。骨弱筋柔而握固。未知牝牡之合而朘作，精之至也。終日號而不啞，和之至也。知和曰常，知常曰明。益生曰祥，心使氣曰強。物壯則老，謂之不道。不道早已。

注釋

據：野獸用爪抓取。搏：用翅搧擊。牝牡：母性為牝，雄性為牡。朘作：生殖器勃起。

譯文

道德豐厚的人就像赤裸的嬰兒一樣。毒蟲不來螫，鳥獸不來傷。筋骨柔弱，小手卻握得很緊。還不懂得男女之事，可是小生殖器倒常常勃起，這是精氣充沛的緣故。整天哭嚎嗓子卻不沙啞，這是因爲元氣純和的緣故。

懂得元氣純和的道理，就懂得了生命的永恆規律；懂得了生命的永恆規律，這才叫眞的有智慧。

使生命豐沛才叫福祥，心靈能夠掌握氣血才叫強。

如果不掌握生命的永恆之道，雖說是嬰兒，但很快就會長大，很快就會老，這就走向了他的反面。這就叫沒有得道。違背了永恆之道的，早已注定要死亡。

趣讀

人活著是個非常有趣的事情。可是人不能永遠活著。人要是永遠活著，也不是好事情，就會有好多的人自殺。人生人死，也是循著大道的規律走的，你不想死，也得死，你不想活，如果不自殺，也得湊合著活著。

人爲什麼目的活著的也有。

有的人想成就一番大事業，像秦的嬴政、漢的劉邦、唐的太宗、宋的太祖；或者研究科學就像愛因斯坦、霍金；經營企業就要成爲希臘船王起碼也是日本的松下幸之助，投身體育成不了麥可．喬丹也要成爲拳王阿里；從事軟體開發，那就傍緊美國的比爾．

蓋茲好了；投入藝術呢，畫畫就如同畢卡索，提琴就像馬友友，唱歌就帕華洛帝，演戲就卓別林吧，寫小說就海明威吧。反正是越大越好。

有的人想發財，於是豬往前拱，雞往後刨，有因為事業大錢也多的，有因為名氣高而掙錢容易的，有因為官位高而掙錢有方的，有因為貪財而收受賄賂的，有因為官位高而掙錢有方的，有因為貪財而收受賄賂的，有因見錢眼開而身陷牢獄的，有因為想掙錢而賣身賣色的，有因為想得到錢而搶銀行的，有因為捨不得花錢而枕著存摺死去的……

有的人想消費自己，那最好辦了。喝酒就朝死裡喝，玩女人就朝死裡玩，打牌就朝死裡打……醉生夢死，這樣果然死得快。活著也同死了一樣，毫無價值。

……

這些人裡頭，哪種人最有價值？

這看以什麼標準來說了。按我們常人的標準，應該建立大的事業。這樣對人類進步有大的貢獻。

你能發財也行，但要來路正確，不要巧取豪奪。這叫君子愛財，取之有道。

醉生夢死最不好，你幹嘛要這樣把自己不當人呢？你怎麼這樣不知道自尊自愛呢？你做不了大事，做點小事不好嗎？你做不了小事不做事不好嗎？何必自己糟蹋自己？

其實，在醉生夢死的人裡面，有好多的人是能夠建立大的事業的。這些人智商一般都高，要不然他不可能玩出花樣兒、喝出水平、醉出境界。他們的內心深處，往往都積滿牢騷和委屈，他們的靈魂一般都受過傷，傷口經久不癒。他們要是走出這片泥淖，就非常有可能閃出異樣的光彩。社會上把這樣的人叫做浪子回頭金不換。

把人分類，其實是不科學的。人是最複雜的，是由無數的因素無數的成分雜糅在一起的，而且並不定型，總在不斷地變化，想法也在不斷添加，今天還是道貌岸然的君子模樣呢，說不定一夜之間就成了魔鬼。就是變成魔鬼吧，魔鬼裡面也分好的魔鬼、壞的魔鬼、不好不壞亦好亦壞的魔鬼。

然而老子不是這樣來看待人類的。他不是這樣把人分類的。他只是把人分成了上士、中士和下士。而且這上中下，不是依據他有沒有事業或者財產，而是依據他對道的領悟程度來畫分的。

因爲在老子看來，事業是什麼？還有比人人安居樂業更大的事業嗎？你建立了大的事業，別的人吃不上飯，你這是成功了還是失敗了？當然，你有了財富你可以像太陽那樣來普照人類，可是，老子要問，爲什麼你就是太陽，而別人就是太陽的承受者？你行善不是爲了讓人感激你嗎？你幫助人不是爲了你的名聲嗎？你的名聲越大你的買賣不是越好做嗎？你這樣做的目的是爲了別人還是爲了自己？還有比你更陰險的嗎？還有比你更貪婪的嗎？

天沒經營事業，還有比天更大的事業嗎？地沒經營事業，還有比地更大的事業嗎？人本來是天和地的附屬，應該和天地一樣，守著那一片寧靜。吃什麼，穿什麼，住什麼，出門坐什麼，都不算什麼，最要緊的是心情。人要是心情好，幸福就悄悄降臨。人要是心情不好，幸福就悄悄溜走。難道不是這樣的嗎？

你腰纏萬貫，強盜在你身後盯梢，幸福嗎？你有席夢思床鍍金欄桿，可是你失眠，哪如不失眠睡在草窩裡好呢？你官升到廳局級或者更高，爲了保住你這官位，眞話不敢說，眞情不敢露，每天做戲，做樣子，把人的最起碼的感覺都麻木了，好受嗎？

老子認爲率眞最可貴，寧靜最値錢，知足最富有，幸福最可愛。

老子有好幾次提到嬰兒。他覺得嬰兒是人的最本質的時段，人應該保持嬰兒的本色直到老死。不是像嬰兒那樣躺著不動，而是不論你做什麼都要保持嬰兒那樣純淨的心境。

老子舉例說，你看嬰兒，躺在那兒一動不動，既柔且弱，可是外物都不傷害他。你說他沒力氣，小拳頭握得挺緊，你說他沒性欲，小雞巴撅得挺高。這是怎麼回事？元氣充沛。成人的元氣應該更充沛，可是實際情形如何呢？性欲越高的人，越容易成爲陽痿患者。力氣越大的人，越容易被人打傷。事業大嗎？心裡也許最空虛；錢財多嗎？內心深處最感貧窮。想活得久嗎？偏偏很快死掉。

這是爲什麼？老子說，這是元氣受傷了。元氣是怎麼受的傷呢？是在欲望的驅使下東拼西殺左右奔突中不知不覺受的內傷。內傷是不流血的，不流血比流血還可怕。

你感到疲倦嗎？疲倦，就是有內傷的表徵。

老子趣讀

老子認爲，嬰兒的寧靜和幸福感不要丟掉。這才是人的生命的本質所在。如果你丟掉了這一點，那你就丟掉了做人的基礎。沒了這做人的基礎，你還想長久做人？只能適得其反。

第56章 請閉上你的嘴巴

原文

知者不言，言者不知。塞其兑，閉其門，挫其銳，解其紛，和其光，同其塵，是謂玄同。故不可得而親，不可得而疏，不可得而利，不可得而害，不可得而貴，不可得而賤。故爲天下貴。

注釋

玄同：玄妙齊同。

譯文

有智慧的人不夸夸其談，夸夸其談的人沒有智慧。

塞起尋求刺激的感官門竅，關閉追求欲望的門戶，磨去對外出擊的鋒芒，去除

老子趣讀

外物的紛擾，和於你生命的光中，認同你凡塵中的本相。這就是深奧玄妙的同一境界了。

因此，對於這樣的得道之人，不可跟他親近，也不可與他疏遠，既不可使他得利，也不可使他受害，既不可使他尊貴，也不可使他卑賤。他不是某一個人的，因此天下都以他爲珍貴。

趣讀

說呀說呀說呀，話呀話呀話呀，我總感覺著人們說的話太多了，紛紛擾擾，好像舌頭和嘴唇就是說話用的。如果人們說的話像秋葉一般，被風吹落到地上，那每天地上就得積話三尺，樹葉還能漚肥，可是廢話有什麼用呢？

話，應該說也有該說的和不該說的兩種。如果說一句話也不該說，那麼人就用不著有語言功能。若是沒有語言功能，的確有好多的該說的話也沒法說了。啥是該說的話，比方說，我們讀《聖經》，上面有這麼一句話：上帝說有光，於是就有了光。上帝要不說有光，也許我們到現在還處在黑暗之中。所以上帝的「有光」這句話是說得太好了，太及時，太必要了。

還有什麼話該說？其實該說的話很多。有這樣一個故事：一個僕人總是愛說話，總被主人訓斥。主人也是怪，鸚鵡說話不管說什麼主人都高興，可是僕人說話主人就嫌棄。這天主人的後衣襟被燒，火苗都冒出來了。僕人看見了卻不敢說，但是他又耐不住愛說話的毛病，於是就請示道：「老爺，有句話我不知當不當說。」老爺斜了他一眼，心想，眞是狗改不了吃屎，就沒理他。這時衣襟上那火苗越燒越大，就又說：「老爺，有句話我不知當講不當講？」老爺想，這人眞是沒治了，你不理他他還在這兒嘮叨，只好說：「有啥話說吧。」「那您別訓斥我。」「哎呀，你快說吧！」「老爺，你的後衣襟被火燒著了！」這句話還沒落音，老爺的屁股已經有了感覺，他忙喊了人來救火，才沒燒成重傷。事後，這僕人被打了二十板子，因爲他該早說的話說得晚了。

不管這僕人以前說了多少廢話，救火這句話還是該說的。

還有是最近在報上看到的：半夜裡，一個小偷從外面爬到五層樓，想從一家的陽台上遁入屋內盜竊，他已經打聽好，這家的人沒在家。結果他的手剛攀上陽台，就聽有人問：「誰呀？」小偷大驚，一下子失身落地，摔成肉餅。說話的是誰？原來是一隻鸚鵡。

關鍵時刻，鸚鵡無意中的一句話起了作用。

這樣看來，可不可以這樣概括，凡是對宇宙、社會、人有益的話就是該說的話，否則，就是不該說的話。不該說的話並不等於廢話，廢話無用但不見得有害，不該說的話應該是指有害的話。

那麼順便問一句，廢話可不可說呢？

我的意思，廢話可說。要是不說廢話，有好多的人就沒事做，要是不說廢話，有好多的崗位就得閒置，要是不說廢話，人的這張嘴還不知會多咬死多少珍禽異獸。讓一些無所事事的人說些廢話，對於穩定社會、安定人心、促進消化、推動經濟還是很必要的。況且，現在還有「話療」這一說，它對於食積氣淤、著急上火、孤獨恐懼、悲觀厭世等等據說還是很有療效的。

廢話一除，不該說的話就少多了。啥話不該說？這一時也難確定。因爲有好些話，當時說來人們並沒感覺到錯，可是過了一個階段，發現那話造成的危害多少年也難以消除。

可見，話語也要經受歷史的考驗，並不是誰權力大誰的話就正確。

因此，說話有分量、居高位的人一定要愼重。一語不愼，就會鑄成大錯。

有一句話，叫做「一言興邦，一言喪邦」，興喪均係一言，能不審愼！

但是有一句話永遠不會錯，這就是老子說的：「知者不言，言者不知。」

有用的話一句足矣，沒用的話說它何益？況且有用的那句話，有時還是不說的好。爲什麼？因爲事物有它的本來規律，大河東流，千山難阻，用不著你說什麼。《易傳》怎麼說來著？「天下何思何慮？天下同歸而殊途，一致而百慮，天下何思何慮？日往則月來，月往則日來，日月相推而明生焉。寒往則暑來，暑往則寒來，寒暑相推而歲成焉。往者屈也，來者伸也，屈伸相感而利生焉。」

宇宙的大的走向並不因爲你的話而有所變化，就像地球一樣，你說話它轉動，你不說話它也轉動。你以爲是你的話起了作用，那是一種錯覺。

別說話了，還是聽老子說。

老子說，別說話，像天地那樣保持沉默，保住你的元氣別受損傷，老是跑風漏氣怎麼能守得住元氣？

不只是要保住元氣，還要會滋養元氣，才會使自己永保生命本質。

怎麼樣才能保住且滋養元氣？

老子只有一個老方：「塞其兌，閉其門，挫其銳，解其紛。」只有這樣，才能「和其光，同其塵。」

當你閉塞你的嘴巴和耳目，當你關押住你的欲望，當你像老狼那樣垂著尾巴瞇著眼睛，表面看來失去了外在的銳氣和棱角，不管是大事小事，沒有什麼再能干擾你的寧靜，這時，你就有了元氣充盈的感覺。你就漸漸地與天地合爲一體，與道渾化爲一，天是大宇宙，你是小宇宙，天是宇宙的外殼，你是宇宙的內核，你還用的著說話嗎？這時你就感到一切語言眞是多餘。

從語言中解放出來吧，因爲語言也是你綑住自己的繩索。

第57章 擾民的事行不得

原文

以正治國，以奇用兵，以無事取天下。吾何以知其然哉？以此。天下多忌諱，而民彌貧；民多利器，國家滋昏；人多伎巧，奇物滋起；法令滋彰，盜賊多有。故聖人云：我無爲，而民自化；我好靜，而民自正；我無事，而民自富；我無欲，而民自樸。

譯文

用正大光明的法度來治理國家，用出奇制勝的策略來用兵作戰，用自然無爲的辦法來得到天下。我是怎麼知道應該這樣呢？根據在這裡：

天下禁令越多，人民就越貧困；民間私存的武器越多，國家越是混亂；人們的技巧越多，千奇百怪的事就出來了；法令越是詳明，盜賊反而見多。

所以有智慧的人說：我無爲，民心自然歸化；我清靜，民心自然匡正；我不作擾民事，民衆自然富有；我不貪得無厭，民衆自然淳厚樸實。

趣讀

上一章老子讓我們別多嘴，這一章老子讓我們別多事。

爲什麼要多事？因爲多嘴所以多事。

上一章說過，老百姓是要說「廢話」的，這不僅是因爲他們地位低下，視野狹隘，更是因爲他們人微言輕，他們說的話哪怕再正確再深刻再有用，也不會有人聽，更不會有人把話落實到行動上。這樣他說的話就只能是廢話。

而上司的話哪怕眞是廢話、昏話，也沒人敢拿它當廢話昏話對待。古時的皇上不是金口玉言嗎？朕說話就是聖旨，說了就算，哪怕開個玩笑，也得弄成眞的。何況皇上底下的那些人都在揣摩著皇上的心思，順著杆子向上爬呢。有眞傳聖旨的，有假傳聖旨的。皇上的話是聖旨，宰相的話呢？公卿大臣的話呢？這樣一層層一直到村官里正，哪個人都想比附著皇上的樣子，來使自己的話發揮效用。要不怎麼叫官大一級壓死人呢。要不怎麼叫上諂下壓呢。上邊不諂，就有可能遭貶，下邊不壓，就可能有人造反。這樣，人的靈魂能不扭曲嗎？扭曲了靈魂的人說出的話能不是變態的話嗎？變態的話還得要人聽，還得要人一字不落地聽，還得要人把這些昏話不折不扣地落實到行動上，你說這個世界能不扭曲嗎？

把那些本來就扭曲的昏話、假話、套話、官話、瘋話、黑話……一句句落實。變成事情來做，這不是多事嗎？這不是擾民嗎？這不是白花錢嗎？勞民傷財呀，只有民眾看得清楚，這個工程是沒有用的，那個工程是糊弄人的，這個事情是擺樣子給上司看的，那個事情是為了自己在裡面撈私利的……民眾看得清楚，也能說得清楚，可是，舉報材料有人看嗎？看舉報材料的人與舉報材料上被舉報的人很有可能是一個人，即使不是一個人，那麼他們之間也難免有瓜葛。他們是利益共同體，是連體嬰兒，一個死了，另一個也活不成，所以，保住別人也是保住自己呀。

老子不想治理國家，不是他不想治理，是他覺得天下無道久矣，不從根本上解決問題不行了。啥是根本，就是要把「道」的理講給大家，不再是人治，而是道治。

老子考察了多年，思考了多年，總結出了一整套有關天下大道之理，這些大道之理，是一思想體系，不是針對某一國某一家的，而是放之四海而皆準的宏觀理論。

為什麼天下失道？因為人背離了道，特別是統治者背離了道。因為背離了道，所以不動則已，動則離道愈遠，這叫南其轅而北其轍。讓他們動，他們也不知道怎麼動，所以先不要動。人不動，道動，這叫人死道活；人動，道不動，就像人溺於水，越掙扎越要命。與其掙扎著加快死亡，哪如靜心不動，順水漂流呢？

所以老子總強調不要有所作為。

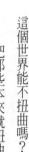

無爲正是有爲，不做比做了還好。不說比說了還好。

讓所有的官僚下台？老子沒說。一是老子不考慮這麼細的問題。二是老子自知他的這套理論眞要落實下來還有相當的難度，要不然他就不會出關了。三是老子甚至這樣想，讓民眾養著這麼一群白吃飯的，也不是不行，因爲他們已經養尊處優慣了，再讓他們下地幹活也不現實。只要他們不再發號施令，不再把昏話變成勞民傷財的工程，就放他們一馬。

老子怕人們不信他的話，還把他考察到的一些社會現象羅列出來：

天下多忌諱，而民彌貧；民多利器，國家滋昏；人多伎巧，奇物滋起；法令滋彰，盜賊多有。

關於老子的這些考察，我想了半天也沒想出好的解讀辦法。老子時代離現在畢竟太遠，而我又不是個做學問的。沒法再詳加考證。但是，我忽然發現，當代的一些社會現象，也能附會上老子的話。我一陣驚喜，覺得可以趣讀一回；隨即又感到可怕，因爲能夠附會上，就可以說明，歷史上一些不好的東西的陰魂竟然經久不散，的確太讓人唏噓慨嘆！

天下多忌諱，而民彌貧。拔瓜事件還有人記得吧？老百姓種了瓜，上級領導說不行，必須拔掉，改種玉米。就要結瓜的瓜秧拔了，改種的玉米也沒成熟。當時在報紙上炒得沸沸揚揚，引起了一場大討論。能引起討論說明大的背景已經變得不錯了。在極

「左」路線橫行的時候，不准幹的事多了，養雞是走資本主義道路，做買賣是投機倒把，寧要社會主義的草，不要資本主義的苗。禁令多，民眾貧。有的地方，並不是個別地方，勞動一天下來，只能掙幾分錢。有的人家沒有褲子穿，連油燈也點不起。

我還想解讀下去，可是卡了殼。我發現老子說的另外幾種現象現代人不好理解，身邊不好找到這樣的例子。

但是有一樣我可肯定，就是老子說的現象，是指在天下無道的時候才有的。因爲天下無道，所發生的一切也就不在正常的軌道上。

你讓老百姓吃不上飯，老百姓手上有了武器，還不造反？（民多利器，國家滋昏）你不讓老百姓過好日子，老百姓要想活下去，就得想方設法。能偷的偷，能搶的搶，能騙的騙。爲了餬口，也得有個手藝。就是吃飯，因爲糧食少，也得發明怎麼吃才能吃飽的高招兒。（人多伎巧，奇物滋起）

因爲昏君無道，只制定法令管啥用？爲什麼連好人都成了盜賊，是他們願意嗎？是沒有辦法。法令只管老百姓，不管有特權的王公大臣，那老百姓僅僅是做盜賊嗎？有一天還要造反呢。（法令滋彰，盜賊多有）

第58章　光環落地成陷阱

原文

其政悶悶，其民淳淳。其政察察，其民缺缺。禍兮福之所倚，福兮禍之所伏，孰知其極？其無正也。正復爲奇，善復爲妖。人之迷，其日固久。是以聖人方而不割，廉而不劌，直而不肆，光而不燿。

注釋

悶悶：懵懂，此指寬厚。察察：精審，嚴苛。缺缺：指狡詐。廉：鋒利。

譯文

整治寬厚，民風就淳樸；整治嚴苛，民風就狡詐。

災禍啊，往往依藏著福祉，福祉啊，有時隱伏著災禍，誰知道它的終極的原因

老子趣讀

呢？好像沒有一定的標準。

正常的可以變爲荒誕怪異，良善的竟可變爲邪惡。人們爲此而迷惑，已經很久了。

所以有智慧的人，方正而不苛人，敏銳而不傷人，直率而不放肆，光明而不刺眼。

趣讀

「禍兮福之所倚，福兮禍之所伏」，這是老子的名言，每個人都耳熟能詳。可是，有誰把它時刻記在心上呢？一忙起來，我們就忘了這句話。不僅是忘了這句話，而是忘了福和禍的辯證關係。

我們追求啊，搏擊啊，爲之流血流汗，目的是想捉到一隻幸福的小小鳥，沒想到抓到手的卻是一隻螫人的大馬蜂。「播下去的是龍種，收穫的卻是跳蚤」，這是一外國哲人說的，可見，在這件事上中外並無兩樣。

宋代，浙江餘姚有一個姓厲的女人，嫁給了一個姓曹的秀才。可是這兩個人合不來，沒辦法只得離婚。離婚之後，厲小姐又嫁給了曹咏。沒幾年的工夫，這曹咏靠了秦檜的力量，官升到鄞州知府。這一天大宴賓客，曹秀才領著家眷也來了，看見自己原來的夫人厲氏女，服用精美，左右供侍，富貴無比，尊嚴無雙。回到家對老娘說：也難怪我們要分手，人家是大福大貴之人，哪是在我們家能待得住的。

這個曹咏，官運亨通，很快升到戶部侍郎。

哪想，秦檜沒幾年就死了。曹咏被貶到新州，很快也死了。厲夫人領著兩個兒子扶喪歸葬，哪想兩個兒子都不成器，很快敗家，連早飯都吃不上。這位厲夫人，有一天見到原來的丈夫曹秀才的家，門庭潔淨，花繁菊茂，不由落淚：當初，我要是不離婚，也不至於落到這個地步！

某朝有個叫蘇大璋的，一年鄉試，他夢見他考取了第十一名，就把這事給人說了。有一個同考的人就把這事給舉報了，說蘇大璋肯定與某試官有關係，提前偷出題來了。這是大事，考試院很重視。到了快揭榜的時候，就把第十一名的卷子給撤掉了，而換上了另一份試卷（那時的考卷也是糊名的）。哪想，這換上去的正是蘇大璋的考卷，而撤下來的恰是舉報者的。

以上是古代的，而現代這種事也不少。

某廠長張三，想方設法想靠近劉專員，但苦無門徑通路。終於，劉專員來視察，張通過劉的秘書的親戚，終於把劉專員請到工廠。張視之若父，百般侍奉，後竟成爲劉家常客。張用公款賄賂劉不下十萬，劉亦有回報，提拔張爲某縣副縣長。張驕縱跋扈，不可一世。不久，劉被舉報，一查，果然。劉被緝拿歸案，張三削職爲民。

王某，騎著摩托車趕集，見一人舉著一張大額的票子，便一手奪過，飛車而走。由

老子趣讀

於慌張，跌進道溝，摔成重傷。後被人救起，再細看那錢，原來是一張假幣。

天津高某，一天在街上散步，見一人被撞，撞人的車逃逸。人躺在血泊之中，竟無人管。老高欲上前，有人勸說：當心被訛。不見前些日子，有一救人者，竟被誣爲害人者，還被告到法院。好事也做不得。老高不聽，說，人都要死了，難道能見死不救！說完，將傷者背到醫院。被撞者已經昏迷，老高一直伺候著，醫藥費、各種簽字，老高一一照辦。

傷者是山西來的打工仔，傷好後對老高感激不盡，多次登門致謝。交往中，兩個人感到特別親近。老高不由想起二十年前自己丟失的兒子。有一天，他大膽地問這個山西來的小夥子，屁股上是不是有塊紅胎記。這小夥子愣了，說，你怎麼知道我屁股上有塊紅胎記？後來查明，這小夥子果然是老高二十年前被人拐走的兒子！

這樣的故事是講不完的。看來時間可以變換，遊戲規則卻沒改變。

因爲物極必反，因爲人眼短淺。

事情每時每刻都在變化之中，變好變壞看促其變化的因素是什麼。有時候，你的壞心眼一動，說不定好事就會猝然拐彎。

有一個總的規律在起作用，雖然人一下子說不清楚。縱觀無數的事實之後，就會得出一個總的印象：種瓜者得瓜，種豆者得豆。如果你還沒得著，那是因爲成熟期還沒到。不是有一句俗話嗎：惡有惡報，善有善報，不是不報，時辰不到。

所以老子要人們，把眼光看得遠些再遠些，把心眼放得寬些再寬些。你方正，卻不要以此來賣弄，更不要看不起別人。你聰明，也不可鋒芒畢露，以免無意中傷害到別人。你直率，但不可放肆，直率一放肆，就會自我膨脹。你心地光明，但不可以此來耀人的眼目。你來耀人的眼，別人就會疏遠你，那樣，你就是有光明又有什麼用呢？

世界是多元的，在宇宙這個大籠子裡，萬物都應該是自由的。因爲有大的規律管著，用不著你來管。你來管你自己就違了規。你雖然聰明，雖然正直，但是畢竟是人，不可能超出人的認知範圍之外。你把你的意志強加於人，不就等於把你的生存標準當成了世界的標準了嗎？

人自己是個小宇宙，他按照自己的生存邏輯自轉，同時，他也被納入大的規律之內，隨著公轉。小邏輯不合大規律時，大規律就把災禍顯示給他看，以此來警示；小邏輯符合大規律時，大規律就把成功顯示給他看，以此來勉勵。災禍來後，不驚不怖，跌個跟頭抓把泥，生機會重現；成功現時，如果忘乎所以，摔到溝裡也是必然。生死存亡，榮辱禍福，不是天賜，而是自找。各自按照各自的路線，自己在那裡畫圓，畫得好的，就成幸福的光環；畫得不好的，就成爲陷阱。

第59章　做人的根柢在哪裡？

原文

治人事天，莫若嗇。夫唯嗇，是以早服；早服是謂重積德；重積德則無不克；無不克則莫知其極；莫知其極，可以有國；有國之母，可以長久。是謂深根固柢，長生久視之道。

注釋

嗇：收藏。引申為愛惜。早服：盡早服從自然之道。

譯文

治理人民侍奉自然，最重要的是惜愛。唯有知道惜愛，才能順從自然之道。只有順從自然之道，方能不斷積累道德。厚積道德，才能無往而不勝。無往而不勝，就具有了無限的力量。具備了無限的力量，就可以統治國家；掌握了治國的根本原則，就可以長治久安。這就是那根深蒂固的永遠不死的大道。

趣讀

這種非常趕勁的、層層遞進的修辭方式叫做「頂眞」，老子用得純熟極了。老子是個詩人，老子非常有文采。這種文采也是智慧的外在表現。

老子無意成詩人，無意中卻成爲大詩人。老子沒想作詩，開口卻吐珠玉。這便是老子的無爲之舉，老子並不刻意，一刻意便失自然。自然是詩乃至一切事物的天性，失了自然，便如同喪生失命。

老子說，不僅作詩如此，治國也如此，治理自然環境也如此。作詩有作詩的規矩，但刻意不是規矩；治國有治國原則，但意志不是原則。治理自然有治理自然的道理，但人爲的道理不是道理。

老子說，「治人事天莫若嗇」，嗇是什麼？嗇是收藏，是涵養，是一點點培育人的浩然之氣。世界上難道還有比涵養更重要的嗎？山藏珠玉而草木豐茂，水臥蛟龍而波瀾不驚。因爲有底氣。

一粒種子若是不飽滿，生出來的芽芽也不會強壯，一個人若是內心空虛，說出話來也顯得枯燥。一個家庭，一個國家，若是內在氣質不充沛，那就會失去生機。

所以涵養道德對於每一個人來說，都顯得十分重要。走在街上看，看不到誰沒有道德，可是一遇到事情，道德的深淺一下子顯露了。

海南那個叫戚火貴的貪官，貪污了幾千萬，連他的老娘都不相信。知子莫若母，她覺得她最了解兒子，他的兒子不可能是貪官，很懂事的一個娃兒。可是，兒子眞的是貪污了那麼多。判刑那天，戚的老家的人來了好多，他們要看一看，人是怎麼變壞的。

可以斷定，戚火貴並不是生來的壞坯子，而是他在成長過程中放縱了自己。他在置換。可惜的是他把壞的東西放進了自己的頭腦裡，而把好的東西換了出來。漸漸的，他頭腦就成了餿了的西瓜，外表很像樣，裡面卻早已是壞湯。

一個人的頭腦不可能是空的。從一生下來了裡面就是雪花膏似的純潔、稚嫩，雖然純潔到底稚嫩，雖然稚嫩到底純潔。稚嫩有賴成熟，可純潔不可丟棄啊。

可是好多的人很輕易地就把那純潔純淨純眞純樸純厚丟掉了，而換上了好些老辣的成熟的深奧的迷人的然而不好的東西。

我們每個人，每天都在置換著頭腦，重塑著靈魂。只不過有的人在把好的換上，把壞的丟棄，有的人卻是把好的丟棄，把壞的換上。有的人把自己的靈魂打扮得越來越漂亮，有的人卻把自己的靈魂污染得不成樣子。

有的人吃了東西化成力氣，有的人吃了東西長成毒瘤。

涵養啊涵養，要分辨要消化要靜觀默視要時間檢驗要實踐查證，一點點地吸收，一點點地分解，把外在的東西化成自己的營養，使自己的靈魂純正而健康。

一個人的道德不好，也許不算什麼，可是人群是由人的個體組成的；一個群體的道德涵養不夠，也沒有什麼大不了的，可是，無數的人的群體就組成了國民的整體啊。一個國家的國民素質要是不高，那眞是要命的事。

古人的例子不用舉，當代的事例就足以說明問題。

人的大腦是軟體，機器設備是硬體。沒有硬體好多的事情辦不來，我們每每爲發達國家的現代化而——先是艷羨後是扼腕，覺得我們生錯了地方，錯投了娘胎。於是我們也不惜花費大量的外匯引進了多少多少條國外的先進的生產線，引進了多少多少台國外的現代化的設備，我們也在修高速公路，我們也在進行電纜改造，我們也加入了網際網路，資訊高速公路也已開通。可是，管理這些先進設備的人先進不先進呢？

據說，我們的生產線引進得太多了，有的專門供蜘蛛在上面織網。這是什麼問題？是哪兒出了毛病？是某個人頭腦缺道德涵養還是某集團道德涵養不夠？

先進的設備都是人造出來的，是人先進呢還是設備先進？

現代化的問題，歸根到底是人的問題，人若是不現代化，設備即使現代化了也無濟於事。什麼樣的人才是現代化的？有現代的知識結構？當然，這是最基本的。可是，有了現代的知識結構並不等於就是高素質的人了，不是有人在利用電腦犯罪嗎？利用電腦犯罪的人比起用錐子和鉗子犯罪的人智商肯定要高，可是高又有什麼用？犯罪上的智商還真的不如低些好。要不然，警察也拿犯罪嫌疑人沒辦法。所以，還有個涵養道德問題。山裡面全是金礦，那山越高越好，山下全是岩漿，那山高與低就無所謂了。人也是一樣，道德高尚，知識越多越高雅；道德低下，智商越高越糟糕。

嚴重的問題是提高國民素質。

人的高尚的道德純樸的本質是最基本的東西，是做人的根柢；國民的渾厚的純正的有著泱泱大國風範的素質，是立國的基礎。

有了這個東西，才可談戰無不勝，外可預言國基永固。在這方面，老子是這樣說的：「是謂深根固柢，長生久視之道。」

第60章　治國好像燉小魚

原文

治大國若烹小鮮。以道蒞天下，其鬼不神。非其鬼不神，其神不傷人。非其神不傷人，聖人亦不傷人。夫兩不相傷，故德交歸焉。

注釋

鮮：魚。神：靈驗。交：都，俱。

譯文

治理大的國家好像熬小魚。

以道來統領天下，鬼魅都不靈驗。不但鬼魅不靈驗，神靈也不會傷害人。不但神靈不傷害人，聖人也不傷害人。這樣兩廂和好，互不傷害，德就會與道交會，歸

老子趣讀

入其源頭了。

趣讀

白洋淀產魚。每年夏天，我的老家一帶就有白洋淀的人騎著摩托車來兜售酥魚。所謂酥魚，就是把小魚燉熟，不僅是燉熟，而且連刺都煮綿了，到嘴裡就化，老人孩子都能吃。就是這麼爛的魚，從外觀上看，卻非常完整，一點都不破損，像剛從水裡撈出來的一樣，只是顏色變了，變成褐色的非常能勾引人的食欲的那種。

問是怎麼做的，白洋淀人一笑，不多說什麼。他這裡有保密的東西，若是透露給人，那誰還買他的魚？

讀了老子這一章，忽然明白了白洋淀人小魚的作法，那就是：像治理大國那樣來燉小魚。莫非白洋淀人都讀過老子的《道德經》？

今天我把白洋淀人的燉魚秘訣透露給大家，這就是：別輕易翻動。越是翻動，越是爛糊。別翻動，一直到燉熟、燉爛，都別翻動。爛熟之後，還是別急著出鍋，等它涼了，有了僵硬的感覺，再出鍋，這樣魚就不會爛了。

老子說，治理大國很容易，就像燉小魚那樣，別輕易翻動就是了。

看老子說得多輕巧。

不是輕巧，是老子有獨特的感受。

老子是什麼出身，我們已經不好探究清楚。《史記》上只說他是楚苦縣厲鄉曲仁里人，沒有更詳細的資料。這曲仁里或許是個小村子，如果是鎮那也是後來的事情。就是說，老子出生在微賤之家。這樣說來就是他後來成爲國家的公務員，也肯定的還有一些老鄉找他，向他傾訴苦難，求他給幫忙。老子是不是給人幫過忙，無法查證，但是民間的疾苦以及疾苦的來源，民眾的生存狀態生存情緒，老子肯定有所了解，並由此引發進一步的思考。

我也是出身農家，每每老家來人，他們就會把他們的喜怒哀樂大事小情從頭說到梢。特別是有了難事，有了官司，他們就會帶著一些土產，求上門來，一把鼻涕一把淚，不由你不生惻隱之心。

再者，我所供職的地方，是一家報社，老百姓有了冤屈，就會把電話、把信、把人，打到、寫到、走到報社來。把報社看成能爲他們撐腰壯膽、仗義執言的地方。把不願或不敢跟別人說的話全然傾吐給報社。報社也果然能幫他們一些忙，他們的事在報紙上一曝光，當地小霸主馬上老實。

吾何以知老聃了然天下哉？以此。

老子知道，民不聊生的根源所在，是官吏們都在擾民！

首先君王，爲了穩定社稷，不得不藉助大神和祖宗的冥冥之力。爲了藉助神鬼的力量，每年都要舉行兩次大的祭祀。別說用多少犧牲，別說用多少鼎鼐，別說還要跳八佾舞，還要有女巫主持的大型歌舞晚會，單是紮製芻狗的稻草，就得有專車到民間收斂，收斂稻草並不給錢，可是每年單這一項開支就是一個很大的數目。眞不知這錢是怎麼花的。

在神祉的名義下，有好多的事情要做。比如：戰爭，爲一個漂亮的妃子與鄰國產生多年隙痕，且這隙痕越來越大。這場戰爭不打，就會丟祖宗的臉。如果人家打過來，就會危及社稷的安全。所以，這場戰爭不能不打。

再比如：每天夏季，洪水泛濫，水害稽天。雖是採用大禹之法，疏導洩洪，可是，每年還是要淹死好多的人，還要沖毀好多的房屋，還要毀壞好多的田園。徵用民夫，集聚民財，造壩築堤，已是當務之急。

祭祀的事，不能不做。那時還沒有唯物主義這一說，無論大事小事都得靠神鬼來護佑。天不護祐，神不加庇，人君百姓將成孤鬼！

治洪的事，不用國家發號召，老百姓早就躍躍欲試了。

戰爭之事，考察人員在徵求意見的時候，老百姓都說百分之白擁護，可是在私下裡他們卻說，還是別打的好。隔壁老李家，兩個兒子都戰死了，如今遺骨還沒找到。

這些都不說它，關鍵是那些層層的官吏們，藉著建設國家保衛國家的名義，另外攬了好多的工程，私擬了好多集資的條文，一遍又一遍地到民間搜刮民財。如果不交，就被綑綁、吊打，或者抄家，或者把這家的青壯年充軍。

老百姓人人自危。

孔子對此看不過，就寫了一篇文章，闡述「苛政猛於虎」的道理。

老子對此也看不慣，他不想寫文章抨擊時政，他覺得那沒大意思，只能發洩個人的情緒，不能解決問題。

要從根本上解決問題，那就是讓當權者明白，無論做什麼都不能違背規律。

老子說，燉小魚還不能亂翻動呢，何況治國？

老子說，別怕神鬼不祐護，你越怕神鬼越不祐護。

老子說，只要你合乎泱泱大道，「其鬼不神」，在道面前，神鬼都不算什麼。他們不會來傷害人，不會來騷擾人。

老子說，現在，傷害人的不是神鬼，而是人。

老子說，如果實行大道，不做擾民的事了，這人也就不害人了。

都不害人了，人也不會害鬼神，只要當官的不害老百姓，老百姓也不會去害當官的，這樣不就歸依到大道上來了嗎？

第61章　山羊與水牛

原文

大國者若下流，天下之交，天下之牝。牝常以靜勝牡，以靜爲下。故大國以下小國，則取小國。小國以下大國，則取大國。故或下以取，或下而取。大國不過欲兼蓄人，小國不過欲入事人。夫兩者各得其所，大者宜爲下。

注釋

下流：下游。兼蓄：兼容，兼併。入事人：依附別人。

譯文

大國應該謙卑處下，像江河的下游，那麼衆水就會來交會。應該像被天下所愛慕的雌性。雌性之所以勝過雄性，就在於她安靜，處身卑下。

所以大國如果對小國謙卑處下，小國便來依附。小國若能謙卑處下，便能得到大國的信賴。或者因謙卑處下而得者，或者因謙卑處下而被得者。大國不過想兼容小國，小國不過想依附大國。如果要想各得其所，大國應該首先謙卑處下。

趣讀

一場大雨過後，樹梢上、竹梢上都在淅淅瀝瀝地向下淌著水，這種現象被後人稱爲：山間新雨後，樹杪百重泉。尹喜站在茅棚外，看了好長一陣，然後對老子說：「老人家，一場大雨把天下都給洗了一遍，暑氣消了不少。我們到外面走走可好？」

老子沒有反對。老子說：「那好，客隨主便。」

兩個人在山裡走著，四處溪流。

老子提出一個問題：「尹喜，你說爲什麼這些水都朝下走？」

尹喜想了想，回答道：「朝上走那就不是水了。」

老子說：「那是山羊。可是，我再問你，山羊爲什麼老朝上走？」

尹喜故意爲難老子：「山羊有時候也朝下走。」

老子說：「不錯。可是，山羊若是不先朝上走，怎麼知道牠是朝下走？」

尹喜回答不上來了。

老子開始啓發尹喜：「有句俗話說，山羊上山，山碰山羊角，水牛下水，水沒水牛腰。其實不是山碰山羊角，是山羊角碰了石頭。不是水沒水牛腰，是水牛潛入了水中。你可能要問，這不一樣嗎？不一樣。若沒有山，就沒山羊。若沒有水，便沒有水牛。羊角觸山，是主動碰的，是羊對山的一種情感流露。山並沒有主動伸出一塊石頭來擊打山羊；水牛入水，是牛對水的一種依附，不是大水來淹了水牛，而是水牛願意在水裡泡著。這一樣嗎？」

尹喜說：「眞沒想到，這也有說法。」

老子說：「怎麼會沒說法？世上的一切事物都有來歷，都有根據，都有說法。俗話還說，人朝上走，水朝下流。人爲什麼要朝上走？上是指什麼？水爲什麼朝下流，下面是什麼？」尹喜歪著腦袋看著老子，傾聽老子說話。

老子說：「你別看我，你看著點路，不然的話，你掉進山澗裡，那就不是朝上走了。」說得尹喜笑起來。

老子說：「人朝上走，上不是指山，也不是指天。有人說成仙後可升天。我來問你，尹喜，你知道天在哪裡嗎？」

尹喜想了想，用手向上一指：「那不是天嗎？」

老子說：「那是天嗎？是天。可是，」老子用手朝下一指，「這是什麼？」

尹喜說：「這是地。」

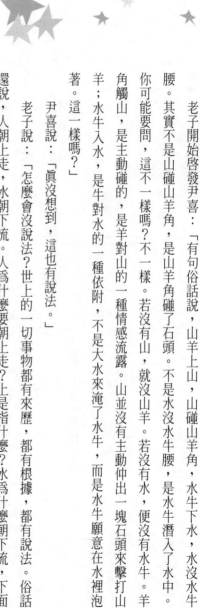

老子說：「不錯，這是地。可是你知道地在哪裡嗎？地的下面是什麼嗎？」

尹喜搖頭。老子說：「我來告訴你。地就像一條大魚，浮在虛空之中。地的上面是天，地的下面還是天。天整個包圍著地。這麼說來，地不是也是天嗎？我們不是也在天上嗎？成了神仙要上天，連天在哪裡都不知道，還怎麼上天呢？就是說，我們本來就在天上，成仙不成仙，不在上天不上天，而在向上不向上。」

老子說：「我來告訴你哪裡是上。其實我已經告訴過你了，只是你不記得。還記得那句『道大天大地大人亦大』的話嗎？人爲什麼與天地和道並在一起？爲什麼不把山羊或者水牛也搭上？因爲人有向上的意識，而牛羊沒有。上是什麼？不是高山，不是天空，是道。人心向道，別逆天而行，別違反規律，別貪圖私利，別自以爲是。而且，還要主動地靠近道，這便是向上了。」

尹喜問：「怎麼樣才能靠近道呢？」

老子有點不快：「我以前跟你說的話都就粥喝了？」尹喜不敢再吱聲。

老子說：「山羊爲什麼上山？因爲山接納牠。別看山高，山並沒有自高，它任山羊踩在牠的腳下。水牛爲什老麼下水？因爲水允許牠。別看水深，它任水牛鑽入它的腹子內。」

這時他們走到了一懸崖處，就聽雷聲滾滾，天地都有回聲。各處的大小溪流匯聚到這裡，並一齊衝下懸崖。

老子趣讀

老子說：「何處是下？這便是下。水都爭先恐後朝這兒匯集。還有比它還下的，那便是海。所有的河流都歸向大海。」

轟鳴的水聲把老子的話淹沒。但尹喜知道老子在說什麼。

他們看了一會兒懸崖瀑布，然後離開。這時雨後彩虹出現在天空。

老子說：「你看見那虹了嗎？那是雨洗出來的。那才是天空的本色。天空爲什麼不輕易亮出本色？因爲天空還要容納飛鳥。若是總是絢麗的七彩，還不晃得鳥雀頭暈？」

老子說：「人向上，因爲道是寬厚的；水就下，因爲海是寬容的。國與國之間紛爭不斷，就是因爲他們誰也不相讓，不相容。可是，這樣一來，誰得了便宜呢？誰也沒得著便宜，是兩敗俱傷。因爲失了道啊。所以，國家要想強大，就必須要寬容。寬容本身也是強大的一種表現。小國要想活得舒服，也得學會忍讓，你本來就小，還有什麼翹尾巴的？你以爲你是蠍子啊？蠍子也不總螫人啊，牠總是處在人跡不到的地方。蠍毒不是爲螫人準備的。可是，有的小國，思想螫人，這是自取滅亡。小國以小爲上，大國也會保護你、容納你。如果大國小國都寬厚爲懷，那還會有戰爭嗎？」

老子說：「如果不知道啥叫寬厚，回家問問你的老祖母。」

說最後這句話時，尹喜發現了一隻剛從土裡鑽出來的泥蟬，他孩子似的把牠指給老子：「您看！」

老子說：「是啊，你看地裡能容納多少東西！」

第62章　送你一只寶葫蘆

原文

道者，萬物之奧。善人之寶，不善人之所保。美言可以市尊，美行可以加入，人之不善，何棄之有？故立天子，置三公，雖有拱璧，以先駟馬，不如坐進此道。古之所以貴此道者何？不曰有求以得，有罪以免耶？故爲天下貴。

注釋

奧：奧妙，此為主宰。保：保有。市：買。加：重。三公：周朝設置的三個輔佐國君的大臣：太師、太傅、太保。

老子趣讀

譯文

道是萬物的主宰，是好人的珍寶，也是壞人所要保有的。

美好的言辭可以博取榮譽，美好的行爲可以使人得到敬重，那些不善的人怎麼能夠棄絕道呢？

所以，就是立爲天子，貴爲三公，前有璧玉，後有駟馬，也不如坐進這大道裡。古時候的人爲什麼那麼重視道呢？還不就是因爲你求就能得到，你有過錯就能豁免？所以道是天下最可珍貴的。

趣讀

這一章專講道的好處。

爲什麼要講道的好處？老子也是因材施教。因材施教好像是孔子的專利，「自行束脩以上，有教無類」，啥樣的學生也敢收。但是孔子不是像現在似的不管啥樣的學生一律用一樣的課本，而是看人下菜碟兒，因你的智力、性情來啓發你。你怯懦，就多鼓勵，你莽撞，就多戒律；是蠶絲，細細纏，是木頭，就狠狠劈。這是孔子的因材施教。老子的因材施教，與孔子的不一樣，怎麼個不一樣？孔子是把人分成類，而老子反其道而用之，他把不同類別的人概括起來，找到他們共同的本質，然後給人一把總鑰匙。

人的本質是什麼？就是貪欲心重，見了好處向前擠，見了不好的東西避之惟恐不及。這裡想到《紅樓夢》裡的那首著名的《好了歌》，唱這歌的正是一個道人：

世人都曉神仙好，唯有功名忘不了！
古今將相在何方？荒冢一堆草沒了。
世人都曉神仙好，只有金銀忘不了！
終朝只恨聚不多，及到多時眼閉了。
世人都曉神仙好，只有嬌妻忘不了！
君生日日說恩情，君死又隨人去了。
世人都曉神仙好，只有兒孫忘不了！
癡心父母古來多，孝順兒孫誰見了？

曹雪芹藉這首歌大概是想說明，人是所有的好處都想得到的。大的好處，比如神仙，能得到時當然要得。但小的好處也不願意捨棄。這是由人的短淺的目光狹隘的心眼所決定的。在看得見的但是很小的好處與看不見可是很大的好處之間，人寧可選擇眼前的、一把能夠抓到的，哪怕小些，只要牢靠。可是，只顧揀芝麻時肯定要丟了西瓜，你不捨棄小的利益怎麼能得到大的利益呢？不但得不到大的利益，有時還要把小命兒搭上。不是有一個故事裡講到過嗎，有一個貪婪的人進了寶山，這也想要，那也想要，結果累死在寶山。貪小利而失大道，這才是人的眞正的悲劇。道理也許容易明白，可是人們見了小利還是割捨不下。在傳統的故事中，不止一個的故事中都講到一個寶葫蘆，只

老子趣讀

要得著那個寶葫蘆，想要什麼就有什麼。人就是這麼貪婪。

有誰知道，這都是小的貪婪？真正有大貪欲的，是那種想得到眞正的寶貝的人。

如果你想得到眞正的寶貝，就得首先具有遠大的視野，坦蕩的胸襟，高瞻的目光，宏大的氣魄，不爲眼前的小利所誘惑，不被眼下的困難所動搖，目光一直瞄準前方，腳下就是眞有金條也把它當成磚頭一腳踢遠。

有誰能夠做到這點呢？你做不到這一點，就不可能得到眞正的寶貝。

既然你想的就是得到寶貝，那麼就有這麼個大寶貝讓你來得。還有一個問題是見了大寶貝你識不識貨？進入寶山空手而歸的人不是很多嗎？

道就是一個大的寶貝，就是故事裡講的那個寶葫蘆。寶葫蘆裡眞是啥都有，大到日月星辰，小到粟谷菜籽，世上萬事萬物，都是它所生化。你把寶葫蘆倒過來，使勁搖搖試試？老子對尹喜講：「尹喜，你說我爲什麼要講道的好處？」

尹喜說：「我再傻，也能猜出來。因爲人都想當大官，得大富貴。在人世間，沒有比天子更大的官了，沒有比三公更大的僚了，沒有比拱璧更好的玉了，沒有比坐四匹馬拉的車更高的待遇了。您今天第一次把道跟俗世這些東西作比較，其實我覺得這沒有必要，道理上也許好明白，可是人一見了眼前的利益還是禁不住心癢、手癢、渾身痙攣。」

老子說：「可是你必須要告訴他們遠處的情景。」

尹喜說：「不如不告訴的好。不告訴他們，他們一心迷戀在眼前的小境界裡，自得其樂，不也挺好嗎？如果您告訴給了遠景，他們想追求，想得到，可是又割捨不掉眼前的利益，像蝸牛那樣背著沉重的殼，不是白給他們增加負擔嗎？」

老子說：「本來我不想告訴，可是你非要我告訴不可。如今我告訴了，可你又怪我告訴了，我這不是自找沒趣？」

尹喜意識到自己把話說錯，馬上一臉通紅。但他內心深處還是想：世上的確有好多的人是不可救藥的。

老子說：「其實，我就是遇不上你，我也要把書寫出來的。道可道，非常道。你不道，誰知道？不知道，怎得道？不得道，怎知道？等到知道道是道，再看世人才可笑。」

尹喜說：「可是，世上的人有幾個會得道呢？」

老子說：「凡是活著的人，都在道裡泡著。他要得還不容易嗎？說不好得，我是怎麼得的？說好得，怎麼除了我不見別的人得？是別人得了不說，還是得了說了，沒人聽明白？我用最容易懂的話來講道，怎麼方便怎麼講。可是你懂了嗎？你以爲你懂了，其實你沒懂。你以爲你沒懂，其實你懂了。道是渾圓的，變化的，不可說的。你說它時它已經不是了。可是我怎麼辦呢？我三緘其口，不再開口，這樣總可以了吧？」

尹喜說：「不不，您講得挺好的。」

老子一笑：「我講了嗎？我沒講。我講的那些都不是。」

尹喜哪裡還敢吱聲。

第63章　順口說出的話千萬別當真

原文

爲無爲，事無事，味無味。大小多少，報怨以德。圖難於其易，爲大於其細。天下難事，必作於易，天下大事，必作於細。是以聖人終不爲大，故能成其大。夫輕諾必寡信，多易必多難。是以聖人猶難之，故終無難矣。

譯文

清靜無爲本身就是爲，平安無事本身就是事，恬淡無味本身就是味。以小爲大，以少爲多，以德報怨。

解決難事，要從容易的地方入手，處理大事，要從細微的地方著眼。天下的難事，肯定要從容易的地方做起，天下的大事，必定要從細微之處做起。

所以有智慧的人從來不自以爲大，反而更顯偉大。

輕易許諾別人的人，往往不能兌現；總把事情看得很容易的人，勢必常常遇到困難。

因此，有智慧的人尚且有艱難之心，所以他終歸沒有困難。

趣讀

這天，聞章來到老子與尹喜中間，他以現代人的心態來跟老子對話。聞章來之前，曾經向他周圍的朋友許諾：這一次見老子，一定要把道的眞諦帶回來。

朋友們答應說，如果眞能把道的眞諦帶來的話，他們就一定要在「老黑貓」飯店請聞章吃扒豬臉兒。

老子與尹喜還在雨後的山野上閒步，聞章上前唱個大諾，說：「老人家，別來無恙？」這是聞章學著電視上的古人說話。

老子笑道：「你是誰？」

聞章一愣，馬上想到這句話該用禪語來答：「我也不知道我是誰！」

老子說：「那麼你知道我是誰嗎？」

聞章說：「你不是老子嗎？」

老子哈哈大笑：「不知道自己是誰，倒知道我是誰！忘了我說的『自知者明』那句話了嗎？」

聞章又把自己弄到陷坑裡去了。

老子寬寬一笑，對尹喜說：「你回去燒茶吧。」

尹喜答應著走了。

老子問聞章：「此次前來了有何見教？」

聞章說：「小子不敢，只是問道。」

老子說：「讀我的書去！」

聞章說：「讀不懂。」

老子說：「哪句不懂？」

聞章說：「表面一看，哪句都懂；仔細一想，似懂非懂；想過之後，一點沒懂！」

老子笑了：「把書當書看，怎麼會懂呢？不進入境界，怎麼能領略呢？」

聞章說：「老人家，您看，爲了讀懂您的書，我一心求靜。我一不當官，二不圖財，別人送我的東西我都不要，到了嘴頭的肉我都不吃。好多人譏笑說我是傻瓜。我還沒進入境界嗎？」

老子說：「一心求靜，怎麼會靜。故意做出來的那些，目的是什麼？這樣汲汲於名利，怎麼能夠讀懂我的書呢？」

聞章說：「對於名利，我自信非常淡泊。」

老子說：「自信非常淡泊時，說明還沒淡泊。到了眞正淡泊時，是連這淡泊二字也感覺不到的。你的淡泊，是相對了別人說的，可是二十世紀的人，已經瘋狂到啥程度你以爲我不知道嗎？你雖然已經非常淡泊，可是在我眼裡，還是一市儈嘴臉！」

聞章無話可說。

老子說：「不以清靜爲清靜，不以無爲爲無爲，不以無事爲無事，不以無味爲無味。別人以爲小的，你以爲大，別人以爲少的，你以爲多，別人欺負你，你送給他一笑臉。你做到了嗎？你覺得你比別人好了，別人是些什麼東西？

「我原以爲，人類會越來越靠近道，可是，實際上並非如此。這是我的感覺。你能不能給我說說你們那裡的情況？」

聞章說：「從哪裡說起呢？」

老子說：「就從小事說起。」

聞章想了想：「我給您說一個小品吧。」

老子說：「我不知道啥是小品，可是你說吧。」

聞章說：「是郭冬臨演的，郭冬臨這演員還是不錯的。是說車票非常難買，有一個小夥子，爲了顯示自己能辦事，就說自己有關係，能買到車票。求他來買車票的人很多，他爲了買這些車票，不得不整夜整夜地到車站排隊，把自己弄得筋疲力盡。他每次都自我譴責，可是，一到有人求他時，他就由不得自己，輕易就答應下來了。」

老子趣讀

老子聽完：「這是人的虛榮心在作怪。人就是這麼自己給自己挖陷阱的。我要說人自己給自己挖陷阱，人們都不愛聽，可是他願意挖。挖了一個又一個，最後自己把自己埋葬。可是，這並不是問題的全部。」

聞章說：「那我再講講我的一個朋友。我這個朋友性格豪爽，非常熱情。就是有時候熱情得過了，他不管見到誰，都要人到他家去吃飯。人家越不去，他越要邀請。可是人家一旦要去了，他馬上改口：『要不咱下次？你們眞是，總是不給我面子！』這樣的事情多了。人們便都來故意耍弄他，見了面總要說：『哎，今天到你家去吃飯？』後來他再也不敢說請人吃飯的話了。」

老子沉吟了一下：「輕易許諾的人，從來不大可信。因爲不可信，他的許諾也就變得一文不值。不僅許諾不值錢，連他這個人也不值錢。幹嘛輕易許諾呢？僅僅是虛榮？是不是還有把人看輕的意思？

「說大話的人，往往做不成大事。許大諾的人，往往最不講信用。如果僅是不講信用還好，就怕那人還是個大騙子。騙子騙人，總是要許諾的。並且他的許諾總是投其所好的。

「反過來講，爲什麼世上總有騙子？就是因爲人容易輕信。人爲什麼輕信？說到底還是因爲貪婪。不貪名利，名利可奈何？不貪美色，美色可奈何？不貪酒肉，宴席可奈何？神不走，刀槍不入；神一失，蟲蟻來顧。

「別怪你的朋友許人吃飯，要怪人們愛下飯店；不怪騙子總來行騙，要怪人們想把便宜來占。種什麼籽長什麼苗兒，結什麼葫蘆解什麼瓢。」

聞章說：「現代的人總喜歡說大話，說大話的人卻做不成大事。」

老子說：「說大話的人在哪個朝代也說大話，我還以爲說大話的人絕跡了呢。看來他們還很繁榮？」

聞章：「繁榮得很！有時還要把大話寫在講稿上，印在報刊上呢！」

老子說：「說大話的人做不成大事的原因有二：一是他說的大話連他自己也不相信，根本就沒想到要付諸實施。這樣大話就僅是大話而已，嘎魚吹出的一個氣泡。二是他的大話不可能實現，因爲沒有實現大話的客觀條件。

「可怕的是，有的人明知是大話還要把這大話落實，這樣，就極有可能把大話辦成大事，但是壞事。壞事越大越壞。當年的商紂王就是發大話要把所有的山趕到海裡去，他派人拿著鞭子抽打群山，山不動就把人殺掉。殺了多少？」

聞章搖頭。

聞章問：「老人家，您講的這是道嗎？」

老子說：「我說我講道了嗎？」

這時尹喜端著茶朝這裡走來。

第64章　到哪裡尋找幸福？

原文

其安易持，其未兆易謀。其脆易泮，其微易散。爲之於未有，治之於未亂。合抱之木，生於毫末；九層之臺，起於壘土；千里之行，始於足下。爲者敗之，執者失之，是以聖人無爲故無敗，無執故無失。民之從事，常於幾成而敗之。愼終如始，則無敗事。是以聖人欲不欲，不貴難得之貨；學不學，復眾人之所過。以輔萬物之自然，而不敢爲。

注釋

泮：分解。壘土：一筐一筐的土。復：彌補。

譯文

事物在安穩的時候，容易持守；在事情的兆頭沒萌芽之前，容易圖謀；在它脆弱的時候，容易分割分解；在它很微小的時候，容易消散。因此，要趁事情還未發生時努力，要在還沒動亂時治理。

合抱的大樹，是從小芽芽成長起來的；九層的高臺，是一筐土一筐土築起來的；千里的行程，是一步一步開始的。違背這一原則，你越努力就越失敗，你越持守，就越失去。所以大智者不是靠自己的努力，他就不會失敗，不是自己努力持守，就不會喪失。

世人做事，常常在就快要成功的時候把事情弄壞。如果到最後一刻還像一開始那樣謹慎，就不會失敗。

所以，大智者要世人所不想要的，不看重世人所看重的東西；學世人不想學的，以彌補世人的過失。這樣做是爲了順應萬物的自然規律，並不是自己妄爲。

趣讀

聞章想著扒豬臉的事，尹喜把茶送到。

老子說：「我們坐下吧。」

聞章想剛剛下過雨，地下這麼濕，怎麼坐呢？還沒想完，就見老子用他的寬袖子輕

老子趣讀

輕一拂，地下馬上現出一塊乾地。聞章知道老子有道，有道的人做這麼點小事，簡直不算什麼。後來的道人們，不是能呼風喚雨嗎？三人遂坐下，喝茶。

尹喜問聞章：「先生從哪裡來？」

聞章剛要回答，老子說：「他準是回答，從來處來，到去處去。」

三個人都笑了。

老子問：「這麼老遠的路，你是怎麼來的呢？」

聞章不敢再弄玄，說：「下了飛機之後，先坐汽車，後坐火車，最後步行。」

老子說：「愛因斯坦的光速太空船還沒造出來嗎？」

聞章說：「還沒有，不知能不能造出來呢。」

老子說：「若是造出來，世界就是另一個樣子了。」

聞章忙問：「啥樣子？」

老子說：「更熱鬧了，誰都想感覺一下。坐一次太空船。得好多美元一張票，那也得擠破門板。」

老子說：「太空船再快，也是船，它代替不了人的心態。人的心態無論在什麼時候都是最重要的。這個問題不解決，人類的好多事情解決不了。比如說幸福，這個問題是從有了人類以來就開始了，可是誰解決得了？好多人以爲，物質豐富之後，人類就幸福了。可是實際情形如何呢？據我所知，你們現在都實行現代化了，可是有多少人感覺到幸福了呢？的確，你們吃麵包，喝汽水，坐飛機，玩電腦，生產方式和生活方式都變了。可是，人的心態還是分幸福和不幸福兩種。依我看，現在的人們更浮躁、更煩躁、更枯燥，因而苦惱感更多，幸福感更少。也許你不同意我的觀點，那不要緊，讓我們慢慢討論。」

聞章說：「恕後輩直言，物質豐富之後，人們能夠獲得一種自由，自由應該說是一種幸福。比如說有飯吃和沒飯吃，哪種情況更好些呢？有飯吃有被撐著的隱憂，可沒飯吃的確是有餓死的危機呀。」

尹喜說：「我們的討論應該有一個前提，那就是人的生存條件具備。」

聞章說：「也行，物質的極大豐富，的確可以給人某種滿足感。這種滿足感是不是幸福呢？問題是，現代的人好像並沒有時間來找到這種感覺。人們忙極了。我不明白的是，爲什麼交通工具和通訊工具越發達，人們反而越來越忙了呢？忙得好像找不到自己了呢？」

老子把手用力一劈，把聞章的話截住：「好了，你說得對。幸福是一種感覺，如果你連自己都找不到了，哪裡還有感覺？沒有感覺何談幸福？再說，哪裡有單純的幸福？幸福和痛苦是一對雙胞胎，它們永遠相伴左右。忙是一種痛苦，從容是一種幸福。是我騎著青牛從容呢？還是你坐著飛機從容？這不在於飛機還是青牛，而在於心境。你說物質豐富是一種自由，我想，從另一方面講，那還是一種束縛、一種被動。人的心靈是不是有被物質擠壓的感覺？」

聞章說：「這種感覺人們已經有了，現代社會中人性、人情的確日見淡薄。人在大雜院裡住和在摩天大樓裡住就不是一樣的感覺。人漸漸被物化，人已經不是人了，而成了東西的附屬了。人整天就是爲自己有多少錢，有沒有汽車，有沒有大哥大，有沒有高級職位而奔命。西方有一齣戲，叫做《萬能機器人》，反映在萬能機器人充斥的世界裡，人類喪失戀情、停止生育的可怕情景。還有一齣戲《椅子》，演來演去，最後舞台上全是椅子了，人被擠壓得沒了生存空間。」

尹喜好像對這種情形有著極大的興趣，他說：「你說下去說下去。」

老子猛咳了一聲：「人被物化，這眞是第一次聽說。多可怕！這是誰造成的呢？是人自己。人忘了他是天地間的主宰，自己造出魔鬼來又讓魔鬼把自己呑掉。這是人的過錯。」

聞章問：「問題是怎麼才能找回從容的心態和幸福的感覺？」

老子說：「你不是讀了我的書了嗎？現在還來問這樣的問題？讓尹喜給你說吧。」

聞章把目光轉向尹喜。

尹喜說：「說不好，我試著講講。飛機不過是腳步的延伸，電腦不過是大腦的物化，世上的情理不會變的，永遠不會變。比方說，樹再大，也是從幼芽開始長的；路再長，也是一步步走的；樓雖高，也是一層層砌的。大的東西從小的開始，壞的東西是好的東西變的。從小到大，從好到壞，不是突然間的事情，有的事情看似突然，其實早有隱情存在。這麼說吧，人死是一突發事件，可是從生下來開始，他就向死處走呢。你說人是雷劈死的，那麼人跟雷之間的某種契約也許已經提前簽好。世上沒有突發事件。

「人不能不死，但人可以緩死。這就要求人要善待自己，從一開始就要維護好自己的身體，特別是心靈。事物也是一樣，壞的東西要在萌芽的時候或者還沒萌芽的時候消滅，好的東西要自始至終加以保護。世人往往功敗垂成，就是因爲最後的大意。人的缺陷很多，人不可能沒有缺陷，人被欲望支配，被情感支配，自己把自己弄得很疲勞，沒想到，人類還會被物質支配……」

老子打斷尹喜的話，說：「你也是個沒得道的。」他把目光轉向聞章，「你是來問道的，道是什麼呢？道就是正常的東西，不正常的東西是背離道的。正常的東西指什麼？在世間來說，人是第一的，一切違反人是第一的現象都是錯的。騎毛驢也好，坐汽車也罷，人是統領。任何時候都是老子騎著青牛，不是青牛騎著老子。這是不能顛倒的。可是世間的事又往往顛倒，那怎麼辦？你自己去想。」

聞章問：「是不是要把人從一切的窘態中解放出來？」

老子說：「可是怎麼解放呢？」

聞章說：「是不是您說的『欲不欲，學不學』那段話？」

老子說：「我說了，你自己去想。」

第65章　老子開了個中藥店

原文

古之善爲道者，非以明民，將以愚之。民之難治，以其智多。故以智治國，國之賊；不以智治國，國之福。知此兩者亦稽式。常知稽式，是謂玄德。玄德深矣，遠矣，與物反矣，然後乃至大順。

注釋

明民：使民明。賊：禍患。稽式：法則，法式。

譯文

古時候善於行道的人，不是用道來使民眾狡猾智巧，而是使民眾樸實厚道。人民之所以難以治理，是因爲他們智巧太多。所以若以人的智巧來治理國家，是國家的禍患；不用智巧治理國家，則是國家的福祉。這是兩條法則。統治者能夠懂得這個法則，可以說他就具有了大德之能。

這種德能深奧玄遠，與常理相反，可是只有掌握了這個法則，才能歸順於大道。

趣讀

諸位朋友，不要以爲聞章眞的有了穿越時空的功夫，可以與老子尹喜等等的對面喝茶飲酒，坐而論道。聞章騎的馬不過是意念之馬，不過這種意念之馬，比被伯樂選定的千里駒還快，甚至比還沒造出來的光速太空船還快。眞正超光速。聞章騎上超光速的意念之馬，與老子神會，並沒得到老子的同意，這只是他的一廂情願而已。朋友們當然不會被聞章的雕蟲小技迷惑。有一點說明，聞章這樣做，不是故弄玄虛，只是爲了敘述的方便或者這樣還新鮮一些。

老子時不時講到治國，誰說老子對塵世已經忘情？看老子念念不忘的仍是人間凡事！

老子沒有當領導者的野心，這一點可以認定。如果他當了領導者，情形會怎麼樣呢？他的這一套治國的理論行得通行不通？因爲沒有實踐，這一懸問，永遠像飛鳥那樣懸在半空。

可是後來的最高統治者確有從老子這裡得到啓悟，採用黃老之術治國，從而使國家和民眾得到好處的。最著名的是漢代的漢文帝、漢景帝，他們深得老子的理論眞髓，「一曰儉、二曰慈、三曰不敢爲天下先」，「我無爲，而民自化；我好靜，而民自正，我無事，而民自富；我無欲，而民自樸」，輕徭薄賦，與民休息，國家度過了相對和諧的一段歷史，被人稱爲「文景之治」。

關於老子，台灣的國學大師南懷瑾先生有個非常新鮮的說法。他說在中國「儒、道、佛」三位一體的文化中，儒家文化是糧食店，一日也離不開。佛家文化是百貨店，人們時時光顧。而道家文化呢則是藥店，平常用不上，到了有病的時候卻有大用。

南懷瑾先生的論述特有道理。因爲老子學說，產生於病態社會，他深諳社會病理，開的藥方完全對症。只是當時沒人用，但藥方不會過時，啥時用啥時見效。社會沒有病時，《道德經》是本閒書，社會有了病時，《道德經》就是藥典。

老子幹嘛要給社會開藥方？他不是要修道嗎？隱居山林，與世隔絕，修身養性，不是後來的修道者在實踐中所遵循的路線嗎？治國、修身，到底哪是老子的原意？

可以說兩者都是。修身是治個人的病，治國是治社會的病。個人無病，身心健康，自由屬於身心健康者。社會無病，國泰民安，得到自由的是民眾整體。「天下有道，危言危行，天下無道，危行言孫」，這是孔聖人說的。孔仲尼雖說是儒家創始人，但他畢竟到老子那裡學習過，深知老子眞意。他只是換了一個角度，開了另外一個藥方，頭疼治頭，腳疼治腳，「知其不可而爲之」，頗具悲壯意味。所以孔子是大英雄，敢於爲治理社會獻身。但是他畢竟深曉老子之道，所以在天下無道的時候，他也不主張冒險，而是少說話，多做事，委屈自己。

不用考證，我說出來也不會有大錯，那就是：隱士多的時候，準是國家混亂的時候，隱士出山的時候，準是國家清明的時候。「達則兼濟天下，窮則獨善其身」，這種處世態度在全世界範圍內，大概只有中國人是這樣的。中國人，特別是中國的知識分子，一般情況下不會自殺。爲什麼，因爲進有孔丘，退有老聃，兩大思想體系作人生根據，否極泰來，禍福相倚，還有什麼理由想不開呢？

事物都有它的本來的規律，人在裡面只有順應，而不可改變。不是因爲你的職位高或者膽量大就能改變事物的規律，規律面前人人平等，在它面前，無親無疏，無遠無近，順道者昌，逆道者亡。所以，你人還有什麼伎倆可耍？既是無伎倆可耍，那還要心計做啥？因此，按老子的意思，沒有心計乃是最大的心計。要實行你這大的心計，就把你的小心計棄之如敝屣。特別是統治者，因爲你的心計不只是個人的心計，而且還要變成行動，這樣就會有整體被道甩出的危險，其後果就如火車脫軌。

明白了這個道理的決策者，就會有一個明確的想法：民眾越樸實越好，越沒心眼越好。就像地球每天在轉動，我們在上面躺著就行，不必爲了使它轉動得快些而拴上繩子使勁拉，也不必爲了使它轉動得慢些而坐在地上不起來。這樣上下官民就會生活在一個和諧的、同舟共濟的氛圍中，而國富而民強。

如果不是這樣，而是上面變著法的要搜刮老百姓，老百姓就會生出好多的心眼兒來與之抗衡。上面爲了治服老百姓的心眼兒，就要玩弄權術。老百姓面對權術則會生出更多的心眼兒。這樣，官民對立，水火相煎，「民可載舟，亦可覆舟」，矛盾發展到極點時，該發生什麼就發生什麼。歷史上的例子不可勝數。

所以老子才說，自己沒心眼兒，也別讓老百姓有心眼兒。你要是不耍心眼兒，老百姓也用不著心眼兒。因爲人類的所有的心眼兒加在一起，也不如道一眨眼。沒有心眼兒是大心眼兒，大心眼兒就是沒心眼兒。小聰明的人沒大心眼兒，大心眼兒的人不要小聰明。你說你聰明，其實你不聰明，你說你不聰明，其實這正是你的聰明。

老子雖沒親自治國，但他卻治了好多的國。老子在時沒有治國，老子之後，別人卻藉他治國。誰說老子不是統治者？他沒當統治者，才成了大的跟隨著人類歷史的統治者。

第66章　你的力量在哪裡？

原文

江海所以能爲百谷王者，以其善下之，故能爲百谷王。是以欲上民，必以言下之；欲先民，必以身後之。是以聖人處上而民不重，處前而民不害。是以天下樂推而不厭。以其不爭，故天下莫能與之爭。

注釋

重：沉重。推：推戴。

譯文

江海之所以能成爲眾多的河流匯集的地方，就是因爲它處位低下。因此，你要想處在民眾之上，就必須言辭表示謙下；你想要領導民眾，先得自卑爲後。

大智者正是這樣，他居於民衆之上，民衆不感到沉重；他站在民衆前邊，民衆也不感到受到傷害。所以普天下的人都樂意推戴他而不會厭棄他。

他不爭不競，所以天下反而沒有對手。

老子趣讀

趣讀

人都想向上走，可是哪裡是上你明白嗎？

聞章讀了老子。就想把這樣的問題向朋友提出來，這天他遇到了董東。董東是他的同學，他們之間說話隨便，雖然有時爲某個問題爭得滿臉濺沫，但過後照樣同學。

董東現在是某處的一個副處長，他目前的目標是當上正處長，爲此他已經想了好多的辦法，但是總不奏效。心裡很苦惱，但是他從不把這苦惱說給人聽，永遠在肚子裡裝著。

聞章說我請你喝茶。於是兩個人坐在了春來茶社。

董東的眼睛不離端茶小姐，並且低聲問聞章：「怎麼樣？」

聞章一笑，心想，孔老夫子說得對極了：「食色性也。」人，那小心眼兒裡裝著的無非是孔子說的這兩件事。別的事不過是這兩件事的延伸，或者轉移。佛洛伊德更直接，他把人的所有的想法和作法都歸結到性上，性是人的生存的內在驅力。他好像是把人的心靈切片化驗了無數次之後才做出的這樣的結論。因此佛洛伊德理論與現代派文學存著直接的血緣關係。

這樣看來，董東的想當處長也是性的內驅力的轉移，他的眼光從處長的靠背椅上移開之後，馬上就回歸到了漂亮小妞的手臂上。權力是什麼？是人的占有欲在起作用，人總想把別人劃歸到自己的勢力圈內，從思想上、行動上，來支配，來驅使，來奴役。按照佛洛伊德的說法，這是不是性的霸占甚至強姦在政治領域的表現？

一下子陷進佛洛伊德的圈套裡是聞章始料不及的，他決定立即拔腿。他問董東：「問一個問題你答，哪裡是上？」

董東先用異樣的眼光看了聞章一刻，確定不是語言陷阱後才回答：「上是上，高是上，下的上面是上。我的上面是處長；處長的上面是廳長。對於廳長來說，處長是下，對於處長來說，副處長是下，這樣一級錯著一級，級別越高，人越少，級別越低，人越多，呈寶塔形狀。」

聞章說：「可是按照老子的觀點，下者爲上，低者爲高，弱者爲強。他說，江海如果不是在下游、不處卑下之地，眾水不會來歸。這叫下者爲上。君王身居高位，可是他不以君王爲君王，而是禮賢下士，體恤萬民。天下有一人餓著，他就不吃飽，從而贏得萬眾的擁戴。這叫低者爲高。剛者易折，白者易污，水弱，可穿石，舌柔，可抵齒，這叫弱者爲強。以小爲大。以少爲多，要人家所不要的，學人家所不學的，想人家所不想的，這樣才能立於不敗之地。」

董東馬上不喝茶了，他不是被老子的說法所震懾，而是要反擊。

果然，董東說：「老子是何年代的人？在現代，他的學說還用得上嗎？啥以下爲上啊，有一個人這麼做嗎？都是高高在上，有幾個人關心民眾疾苦？跟你這麼說吧，有老百姓到我們那裡陳情，沒人理！你理也理不過來！都在忙！都在懷揣著自己的小心眼在忙！向上級的彙報材料上，給下級作的報告上，都是冠冕堂皇的閃光語言，可是每個人的心靈深處呢？骯髒得很！」

聞章：「不能一概而論吧？」

董東：「當然程度不同，但不髒者不多。」

聞章：「你呢？」

董東：「我，照樣，髒！我自己都感到髒了，我還是我們同學時的董東嗎？不是了。在我眼裡，一個個的都是行屍走肉！」

聞章：「包括我？」

董東：「你另當別論，你不髒，可是你呆氣十足。」

聞章：「既然知道髒了，爲啥還要髒下去？」

董東：「不髒行嗎？都在一口大缸裡，怎麼能容得下異類？所以我想當處長，我要是不當，就得讓比我還壞的人當了去。所以我下流，我無恥，我給處長送禮，我給別人下絆，啥叫上諂我懂了，啥叫下壓我也懂了。我這叫以下爲上了吧？還有比我還下的嗎？」

聞章搖頭。

董東還要說什麼這時他的腰間的呼叫機響了起來，他看了一眼，說：「不行，我得走！」

聞章說：「給你本老子看看。」

董東說：「老子我有，不就是《道德經》嗎？我看過。」

聞章說：「你再看一遍！」

半月之後，聞章接到董東的電話。董東說，他重新讀了老子，頗有收穫，他已經改變了策略，準備下鄉。並說下鄉之前要請聞章吃飯。

這天董東請聞章吃飯，落座之後董東的第一句話就是：「我對世界改變了看法。」

董東說：「知我者同學也。良方一劑，頑疾頓除。我知道爲什麼處長是處長了，我知道爲什麼我送了禮而處長並不特別看顧我，而同僚的一位呆氣得很，反而總被喊到處長室裡談話的原因了。處長，從心裡講，我不贊成他，就是因爲他心貪。可是他的確能幹，頭腦特別清楚。他也是多年得不到提拔了，他得不到提拔的原因可能就是因爲心貪，因爲每次上級考察時有好幾個人不在他的名字後面打對勾，包括我。就是處長這樣一位貪心的人，他看我的同僚比看我還是重些。爲什麼？因我的同僚的確有才。貪心的處長在貪財的同時他也貪才，因爲能爲他保位的還是屬下的才幹。他只有保住了位置，才有可能有人給他送禮。他的賬比我算得清。我是給他送了禮，在我看不起他的時候，他也看不起我。

「以前讀老子，只覺得有意思。重讀老子，才發現這是一座寶庫。

「我知道啥叫以下爲上了。我也讀懂了老子所說『以其不爭，故天下莫能與之爭』的道理了。爲什麼不爭，反而沒人爭得過？因爲他後面有力量，不爭也是力量的一種表現形式。要是沒有力量，不爭還好，一爭準被打敗。我就是那個沒力量而且還要與人競爭的人。所以我主動提出，我要下鄉，著手進行社會調查，拿到第一手資料，我要從頭開始。」

聞章舉杯爲他祝賀。

第67章　愛是一切事業的基礎

原文

天下皆謂我道大，似不肖。夫唯大，故似不肖。若肖，久矣其細也夫。我有三寶，持而保之。一曰慈，二曰儉，三曰不敢爲天下先。慈故能勇，儉故能廣，不敢爲天下先，故能成器長。今舍慈且勇，舍儉且廣，舍後且先，死矣。夫慈，以戰則勝，以守則固。天將救之，以慈衛之。

注釋

肖：像，似。細：渺小。器長：萬物的首領。

譯文

老子趣讀

天下的人都說我說的道太大，難以想像它是個啥樣子。正是因爲它太大，所以才想像不出它是個啥樣子，若是能想像得出來，那它就渺小得很了。

我有三件法寶，持守不渝。一是慈愛，二是儉樸，三是不敢爭強好勝，處在別人的前邊。

慈愛才能勇敢，儉樸才能寬裕，不與人爭勝，才能統領萬物。

如果捨棄慈愛只求勇敢，捨棄儉樸，只求寬裕，捨棄謙卑只求站在人的前邊，必死無疑。

慈愛，憑著它作戰就能取勝，憑著它防守就能穩固。天要是想拯救誰，必然要用慈愛來護衛他。

趣讀

聞章反而有點捨不得董東下鄉了，他想與董東討論三天三夜，好好透徹透徹老子。可是，董東好像要找回多年的損失似的，恨不能立刻到基層。

董東舉杯說：「眞想喊你一聲老師。」

聞章：「我可不敢爲天下先，你喊我老師，那我喊你處長。」

董東：「不要再說處長。是你讓我重新認識老子，老子可爲天下人師。」

聞章：「但我不知道到底你從老子那裡學到了什麼，幾天時間就這麼崇拜老子。」

董東：「大象無形，你要我說出老子的內涵來我能說得出嗎？不但我說不出，就是你，你能說出嗎？就算你能說出，你說出來的是嗎？老子都說，『道可道，非常道』，誰還有話說？我們只能從我們的知識水平上來認識老子。對於老子，隨著時間的推移，和認識問題能力的提高，我們會對老子做出新的判斷。可以這麼說，老子不是一部一下子看懂的書，它裡面分好多的層次、站在哪個層面上你就看到了哪個層面上的老子。你所理解的只能是你的老子，而我理解的只能是我的老子。一個人一個老子。

「對於道，老子也說過類似的話，他說，道要是一下子看清，那就不是道了。能夠把握的東西，都是小的東西，大的東西把握不住。但這裡也有訣竅，就像你要抓一個大西瓜，不好抓，但你抓到瓜把就好抓了，所謂提綱挈領。

「老子的內涵大極了，但我目前急用先學的是老人家所說的那三樣：一曰慈，二曰儉，三曰不敢爲天下先。」

聞章：「到底是副處長，一下子就捉住根本。那你說說慈和勇的關係。」

董東：「考我？也好，看我答給你看。」

董東語音低沉，表情嚴肅，聞章想他跟他的處長彙報時大概就是這樣。董東講了慈愛和勇敢的關係。他說，沒有愛，就沒有恨，沒有恨，就沒有勇。比如，跟你有關係的一個女人被另一個男人奪走，你怎麼辦？如果你愛她，並且愛得很深，那麼，你就會找到這個男人拼命。如果你不愛這個女人。那麼，你就不會去找這個男人決鬥，頂多有一些遺憾而已。如果你不愛、甚至還有點恨這個女人，那麼，你還會以爲別人替你背了一個包袱。這就是愛與勇的最通俗的表達。

董東說，愛得越深，恨得越烈，動起來也就越勇。母親最愛自己的孩子，當母親遇到殺死自己孩子的兇手時，母親的兩眼是冒著火光的，是會把兇手撕碎的。這是我們經常在電影上電視上看到的情景。這個時候的母親是奮不顧身的，是剛烈的，因此可以說勇敢是愛的另一種表現形式。

如果你不愛你的祖國，你能爲它獻身嗎？如果你不愛你的妻子，你能讓你的目光像護欄那樣纏繞在她的四周嗎？如果你不愛你的事業，你說要爲你的事業奮鬥終生那只能是假話；如果你不愛你的民眾，你說你是完全徹底地爲他們服務的你自己信嗎？

這就是我要下鄉的思想基礎。我要到最基層去，了解大眾的生存狀況，傾聽大眾的呼聲。以前，我不止一次下過鄉，可那是蜻蜓點水，是在有關部門的精心安排下與群眾見面的，我看到的，我聽到的，是眞實的嗎？眞實的成分有多少？我那時並沒有思考，因爲我只是爲了應付工作，自己都想著敷衍了事。可這次，我想徹底變一變，不是別人變，是我先變。我不是以一個副處長的身分到鄉間調查研究，而是以一個兒子的身分去看望父母。所有的人、所有的老百姓都是我的父母。我回到他們身邊，願意聽到他們對我講的各種各樣的眞心話，哪怕他們罵我。

眞情啊，官員與民眾之間的眞情，就如同兒子與父母之間的眞情一樣。與老百姓，水乳父融，生死與共，你爲我而生，我爲你而死，愛和勇體現得最充分。可是現在，有的人把這些東西忘掉了，把自己的身分改變了，把兒子改成了老爺。這樣的話，彼此之間還會有愛嗎？別說沒有愛，就是愛的基礎薄弱了，都是非常危險的。

老子說，如果沒了愛，只剩下勇敢，那是很可怕的。開始，我不理解這句話，可是後來我理解了。你想，陳情的群眾來到機關，我們訓斥他們，轟趕他們，欺騙他們，這不就是沒有愛的勇敢嗎？這種勇敢太可怕了。不是有的鄉鎮幹部，動不動就抓人，就抄家，就動用警車嗎？對付敵人是以愛人民爲基礎的，對付人民是以愛什麼爲基礎的呢？

董東說，我這次下鄉，首先是一次思想革命，我帶著老子的書，我要寫一篇論文，題目已經擬好，就叫《論愛是一切事業的基礎》。

沉默了一下董東又說，他還準備寫小說。究竟寫什麼，要看這次下鄉後的感悟。

聽完董東的一席話，聞章非常感動，他覺得董東的悟性很高。說話間，他幾次爲他舉杯。他甚至也想到鄉下去，感受一下現實中最深厚的東西。

第68章　孫子與老子

原文

善爲士者不武，善戰者不怒。善勝敵者不與，善用人者爲之下。是謂不爭之德，是謂用人之力，是謂配天。古之極也。

注釋

與：爭鬥。天：自然法則。

譯文

眞正的勇士，不會殺氣騰騰；善於作戰的人，不氣勢洶洶；神機妙算者，不必與敵人交鋒；眞會用人者，不占在別人的上風。

這就是不爭不競的美德，這就叫會藉用別人的力量，這樣就符合自然規律。自古以來這是最高的準則。

趣讀

讀了老子這一章，突然想到孫子。大軍事家孫武不用說是精讀過《老子》的了。不信，你讀一段《孫子兵法》：

所謂百戰百勝，算不上眞正的高明；不戰而使敵人屈服的，才算是眞正的會用兵。所以軍事手段是以智謀爲上，其次是外交，其次是野戰，攻城爲最下策。攻城是不得已才採取的措施。

不信你看：修造戰車和攻城用的特用車，準備各種器具，起碼要三個月才能完成。將領火氣難忍，就會命令士兵像螞蟻一樣去翻城牆，殺掉士兵的三分之一，而城也不見得能攻下來。這就是攻城的災難。所以善於用兵的人，戰勝敵人不靠野戰，攫取敵人的城池不靠強攻，毀滅敵人的國家不靠持久戰。靠什麼呢，靠保全自己爲前提，不用消耗兵力而戰勝敵人，這就是用智謀。

有沒有智謀，是看一個將領夠格不夠格的標準。如果僅是敢於拼殺，那不過是一介武夫而已，不能成爲將領。可是，將領的智謀是從哪裡來的呢？決不是來自天生的暴脾氣，而是來自冷靜的對敵我雙方的可靠分析，所謂的「知己知彼，百戰不殆」。

《孫子兵法》中這樣說，每逢戰事之前，對下列情形一定要考察清楚。一是道義，二是天時，三是地利，四是將領，五是法規。道義，是看人民與國君是不是一條心，可以不可以同生死；天時，是看陰陽向背，四時變換，氣候等等；地利，是看地形的遠近、險夷、寬窄、死生；將領，是看各級將官的智慧、誠實、仁愛、勇敢、嚴明等；法規，看軍隊的編制、官吏的委派、財務的管理等。要反覆考察，做出比較。要釐清，國君哪一方有道義？將領哪一方有才能？天時、地利哪一方能把握？法規號令哪一方能執行？軍隊哪一方更強大？士兵哪一方更精銳，賞罰哪一方更嚴明？

之後才會有智謀的產生和運用。

孫子強調說：打仗是詭詐之道，能，反而表現得好像不能；用，反而表現得好像不用；近，反而做出很遠的樣子；遠，反而要把近顯示給敵人看。敵人貪利就誘惑它，敵人混亂就襲擊它，敵人充實就防備它，敵人強大就躲避它，敵人惱怒就騷擾它，敵人卑怯就驕縱它，敵人安逸就困勞它，敵人親密就離間它。進攻其毫無防備之處，出擊其意想不到之處，這就是兵家得勝的訣竅。

孫子還說，這訣竅是不可能事先傳授的。

孫子的最後一句一定要注意。軍事上的智謀不是事先可以傳授的，是要靠軍事家根據戰場上的實際情況隨時做出判斷，隨機應變，沒有一定之規。歷史上紙上談兵的趙括，不是失敗得很慘嗎？

老子說，表面的勇敢不是眞的勇敢。

老百姓說，咬人的狗不叫。

大砲轟鳴若雷，陷阱一聲不吭。

老子說，懂得了這個就取得了戰爭的自由。

老子不僅深諳人生社會，而且對軍事也異常精通。不是老子精通，是老子握有大道。一切事物都是按照自己的規律走的，老子掌握了事物的一般規律，就好像數學中掌握了定律一樣，什麼樣的難題也能解開。

孫子是在戰爭中講戰爭。

老子是在藉戰爭講道。

第69章 別人是另一個自己

原文

用兵有言：吾不敢爲主而爲客，不敢進寸而退尺。是謂行無行，攘無臂，執無兵，扔無敵。禍莫大於輕敵，輕敵幾喪吾寶。故抗兵相若，哀者勝矣。

注釋

行：擺陣勢。攘：揮動。執：拿。扔：進攻。

譯文

古時用兵的人說過：我不敢輕易進攻，而寧願守兵自衛。不敢前進一寸，而寧可退後一尺。這就是說，擺陣勢就像沒擺陣勢一樣，揮動手臂就像沒有手臂一樣，拿著兵器就像沒拿著兵器一樣，進攻敵人就像沒有進攻一樣。

沒有比輕敵更大的禍了，輕敵幾乎喪盡我的根本。
所以兩軍對壘，旗鼓相當，那悲憤的一方肯定獲勝。

趣讀

老子是哲學家，是思想家，是政治家，還是軍事家。

後來的軍事家無論大小，都得在懷裡揣部《老子》。如不揣，那就很懸。這麼說吧，有《老子》，有腦袋，沒《老子》，沒腦袋。戰爭，生死之道，或生或死，能不愼乎？

或許，你說，有部《孫子兵法》足矣。是，可是，在上一章，就已經點明，老子與孫子，有血緣無疑。沒有老子，何來孫子？既有孫子，必有老子。

上一章大段大段地引用《孫子兵法》，爲何？因爲孫子深得老子之大契，不然何以百戰百勝？用孫子來說明老子，比用別人來說明老子，更能得老子眞詮。

這一章還是把孫子請來，讓他說法。

孫子說：「敵人與我接近而毫無動靜，是因爲有險可恃；與我遠離卻向我挑戰，是爲了激我前往；其所據地勢低平，是爲了引誘；樹叢枝葉搖動是有敵人前來；草叢中多設障礙，是製造假象；鳥驚飛，必有埋伏；獸駭走，有人偷襲；路土高而尖，是戰車；路土矮而寬，是步兵；路土散亂成條狀，必是樵夫經過；少量敵軍往來呵斥，是要安營。口氣謙卑卻加緊準備，是要進攻；口氣強硬而佯裝進攻，是要撤退；輕車先出位於側翼，是要布陣；提出媾和而又不簽約，是另有陰謀。奔走布陣，是要集合；半進半退，是引誘。拄杖站立，是餓了；打水的先喝，是渴了；見到好處而不肯前進，是累了；鳥雀落滿，是空營；半夜吼，是害怕；軍中騷亂，將領無威；旌旗動搖，是混亂；軍吏發怒，是疲倦；殺馬吃，是缺糧；懸掛瓶罐不肯回營舍，是窮寇；說話慢聲細語，是失去了部下擁護；頻繁地賞賜，是因爲窘迫；開始態度粗野後來卻畏懼部下，是極不精明；前來送禮謝罪，是要休戰；敵軍來勢洶洶，卻又不肯交鋒，又不撤離，一定要詳查。」

現象反映本質，局部反映整體，草木一搖，鳥雀一聲，在軍事家眼裡都大有深意。你那裡有鳥雀，我這裡也有鳥雀，你那裡有塵土，我這裡也有塵土，我有間諜，你也有間諜，我會觀察，你也會觀察，誰勝誰敗？

所以孫子最推崇的還是無形，讓對方察覺不到才能掌握主動權。

孫子說：「千里行軍而不疲勞，是因爲行走在沒有敵人的地方；一攻打就取勝，是因爲攻打的是敵人沒有設防的地方；防守就一定牢固，是因爲設防的恰是地方。所以，善於進攻的人，敵人不知怎麼防守；善於防守的人，敵人不知怎麼進攻。微妙啊微妙，竟然無形可見；神秘啊神秘，竟然無聲可聞；所以能主宰敵人的命運。」

孫子還說：部署兵力的最高水平，是達到無形可見。無形可見則潛伏再深的間諜也無法刺探，足智多謀的人也無法揣測。怎麼樣？孫子之所以是孫子，是因爲他前有老子！

老子說，哀兵必勝。爲什麼？因爲受過挫的兵將，已經去掉了驕縱之氣，已經淡化了虛榮之心。漏洞已經牢牢地補過，血和淚經過發酵正在化成內在的力量。這樣的軍隊，還會急躁嗎？還會輕浮嗎？還會衝動嗎？還會憑著長官意氣決策嗎？

老虎不主動進攻，不等於沒有力量，而是恰恰相反。有力量的人從來不主動出擊；有主意的人，從來不忙著表態。先紅的棗，定有蟲眼兒；先落的果，定是爛蒂。

不只是打仗啊，老子說打仗目的並不是爲了打仗，雖然它也可以包括打仗。老子是在說爲人處世的道理啊。

無論做什麼，都不能輕敵。誰是敵？所有與人對立的都是敵，所有人要征服的都是敵。人的最大的敵人是自己，我們能夠覺察敵人的風吹草動，鳥飛塵揚，可是，我們能夠察覺自己的毛病嗎？我們是多麼洋洋自得，有粉總喜歡搽在自己的臉上，如果自己沒臉，那就搽在自己的屁股上。你別笑，拿著屁股當臉的人決不在少數。

人，爲什麼總是失敗？因爲敗在了自己的手下。

人，爲什麼從來不承認失敗？因爲人從來不敢直面自己。

人要想戰勝別人，首先要戰勝自己。人想要了解別人，首先要了解自己。自己是另一個別人，別人是另一個自己。

所以不忙著進攻別人，是因爲先要休整自己；所以不忙著進攻別人，是因爲自己已經休整好。知道怎麼對付自己了，自然就知道怎麼對付別人了。

第70章　心靈的半徑有多大

原文

吾言甚易知，甚易行。天下莫之能知，莫之能行。言有宗，事有君。夫唯無知，是以不我知。知我者希，則我者貴。是以聖人被褐懷玉。

注釋

被：披。褐：粗布衣服。

譯文

我的話很容易理解，很容易實行；但是天下的人卻不能理解，不能實行。我說的話有宗旨，我做的事有依據。因爲你們的知見障礙，造成了不理解我講的道理。

了解我的人稀少，效法我的人珍貴。這就好比有大智慧的人外表穿的是粗衣麻布，懷裡卻揣著寶貝。

趣讀

古代的小說裡多有這樣的描寫，越是不凡的人越是外表普通，不是長得異常，就是穿得破舊，總之不被人看重。到人們發現他的本來面目之後，頓時衣服也不再感覺到破，面容也不再覺得醜。爲什麼，因爲人們還是注重本質。

小說中的描寫不無道理。人，在社會上立足，得有資本，沒有這方面的資本就得有那方面的資本。別管是男孩還是女孩，都希望自己長得漂亮，特別是女孩，臉蛋兒好像比什麼都重要。因爲好看也是一種資本，如今，好像還是一種資源。有好多種職業，就對人的身高、相貌有著硬性的要求，不符合要求者免談。最典型者，是有一位男孩，因爲長得醜，考上了大學竟沒有學校錄取。後來終於有一所大學「見義勇爲」，錄取了這名學生，當時報紙上好一陣熱鬧。

吃青春飯的人越來越多。所謂青春，說得透明些，就是指身材或者臉蛋兒。身材和臉蛋兒像水果一樣成爲可吃的東西，正應了古時的一句成語：秀色可餐。哪怕餐過之後只剩下果皮，也在所不辭。夜半的時候，那些眼影描得重重的，嘴唇塗得紅紅的，挎著小小的包兒搖著小手，多是吃青春飯的女孩子。

正因爲好看的身材和好看的臉蛋兒越來越成爲時尚，街上才史無前例地有了那麼多美容院或健身房；藥店裡才有了那麼多去斑靈和減肥茶；百貨店裡才有那麼多美人霜和芙蓉露；法庭上也才有了那麼多因爲美容導致毀容而引起的官司；晚報上才有了那麼多好看的文稿。

外表變得相當要緊。

穿戴變得十分重要。

不信你穿得破舊些到大賓館、大單位、大機關走一遭試試，十有八成遭到呵斥。因此有騙子把自己裝扮得特別豪華，進入特別難進入的地方竟然如入無人之境。外表成爲一種特有的通行證。

可是，仔細想一想，外貌畢竟是外貌，衣服畢竟是衣服。外貌好看，衣服華美，內心純正，智慧超常，這誰願意拒絕呢？可是，上帝是往往喜歡弄點搭配，有了好看的外貌就不願意再給品質好的頭腦，就像我們製造過年用的小竹馬一樣，在外面披上些紅綢子之後，就在裡面猛塞稻草。如果內在優良的，則外表上往往馬虎些。所以看人的時候，一定要全面看，不要只看外面那一層皮。

說是怪上帝，其實原因還在自己。不管男孩還是女孩，如果過於把自己的漂亮當回事，把這當成惟一的資本，別的方面不再用功，就往往成爲春天的柑子；沒有好看的外貌可依恃的人，爲了在社會上立足，就拼命地在頭腦裡裝知識，不斷地努力，所以有可能就成了老子所說的被褐懷玉的人。

追求內在美的人，往往忽略外貌；在外表上特別下功夫的人，其內在魅力有時要打些折扣。

老子就是一位穿得很破舊，長得很普通的老頭子。

老子感嘆：人，竟多不識貨。

老子把眞的金條送給人看，竟沒幾個人眼裡發光。人們大都目光呆滯，不知金條爲何物，卻對磚頭感興趣，認爲磚頭可以砌牆。老子越是說他的金條好，人們越是懷疑，覺得這老頭沒準是騙子。老子能不傷心？

老子想，我懷裡揣著這金條，不是一般的金條，是你們誰也離不開的，就像空氣和水那樣重要。連空氣和水都是「道」這根金條產生的。可是，沒人聽得懂老子的話。老子說，我的話多好懂啊，怎麼你們就不懂呢？我的金條多有用啊，怎麼你們就沒人用呢？不是沒人用是整天在用著卻感覺不到，不知道它的「金」貴。就像魚，那魚是離不開水的，可是並不是每條魚都知道這個道理。有好多的魚看到那麼多鳥在天上飛，也想跳出水面。有的還眞跳了出來，可是怎麼樣呢？河岸上的死魚能回答嗎？

魚死了不知道是怎麼死的，到死也大睜著眼睛，死魚眼中仍映著天空中飛鳥的影子。人也是如此，整天依著自己的意志或者脾氣行事，偶爾意志和脾氣與道相隨，有了一些成績，就以爲是自己功蓋天地；在意志和脾氣與道相悖時，肯定一敗塗地。這時，他不是總結經驗教訓，改變自己而歸向大道，反而怨天尤人。這不是和死魚一樣嗎？

北冥的魚爲什麼會變成鯤鵬在天上逍遙？因爲牠憑藉著道，是道使牠長了大能耐。在水裡牠懂得水道，在天上牠懂得天道，所以在水裡牠能游，在天上牠能飛。而且，游別的魚所不能游，飛別的鳥所不能飛。這就是道的作用。人要是懂得了道，也會和鯤鵬一樣，發生質的變化。不是有好多的高人嗎？不論哪方面的高人，都是因爲他把那一方面的規律研究透了。

掌握而後駕馭，而不是硬憑著想當然行事。

爲什麼人們不識貨？老子認爲這是人的認知侷限造成的。眼睛總盯著自己的小腳趾的人，怎麼能夠看得見天上的彩霞？以自己的額頭爲天空的人，哪裡知道額頭之外的眞正的天空？把衣服上的一只紐扣看得很要緊的人，怎麼會把注意力集中到宇宙的境界中去。從小圈子裡跳出來，才能到大圈子裡去。從大圈子裡跳出來，才能到更大的圈子裡去。宇宙是個大圈子，看到宇宙全貌，心靈的半徑該有多大？可是你的心靈的周長比拴驢的那條韁繩也長不了多少，這不是很悲哀嗎？

眞理是相對的。眼光短淺的人總把自己的那根小辮兒當眞理，比小辮兒粗的麻繩就是大的眞理了。你說看不見的道是眞理，而且是絕對眞理，他就笑起來。他以爲世界上再沒比說這瘋話的人更可笑的了。

老子就是被世人所笑的人，老子被人笑的時候，老子想哭。

第71章 天空與籠中鳥

原文

知不知，上，不知知，病。夫唯病病，是以不病。聖人不病，以其病病，是以不病。

譯文

知道自己不知道，最好。本來不知道卻以爲自己知道，這就是缺憾。
只有把缺憾當成缺憾，這樣反而沒有缺憾。
大智者沒有缺憾。因爲他知道這是缺憾，所以沒有缺憾。

趣讀

老子感嘆人的沒有自知之明，已經不止一次。
老子勸人們丟掉自己的自以爲是，也已經不止一次。

老子趣讀

老子越來越感到自己沒有自知之明了，明知人們已經難以救藥，還要這麼苦口婆心，老子是不是也有毛病？

老子在研究了道的整體走向，研究了道的來源，何處天地之根？何爲萬物之母？老子明白了人在宇宙中的位置和作用。人，眞是了不起的一種動物！道是人的母親，道是人的保護神，道靜止不動但是道規定著宇宙間萬事萬物的生死存亡。只有人，上可比天，下可比地，心靈可以與道交會。可以藉大道之力，而爲人生謀自由。

啥叫自由？鳥在空中飛，魚在水裡游，猿在山上跳，蛇在洞裡爬，這就是自由。人的自由是什麼呢？就是與道合一，順道而行，神情飄逸，生活在天地之間，卻又超逸於天地之外，操勞在事情之中，卻又駕馭著事情的走向，這就是自由。

自由是一種幸福。

但幸福是一種感覺。

老子以爲沒有比自由更大的幸福了。

但是世人越是在自由中越感覺不到自由的存在。這是人的最大的不幸。

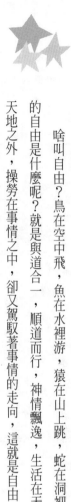

人是在痛苦之後，才感到快活，在大病之後，才感到健康，在束縛之時，才想到解放，死到臨頭，才想到生命的珍貴。眞是不痛不快，不止不行，不塞不流，不死不活。世界眞是怪！

千自由萬自由，感覺不到的自由是自由嗎？千幸福萬幸福，感覺不到的幸福是幸福

嗎？

問題的關鍵還不在這裡，老子想你感覺不到自由也就算了，你沒有幸福的意會也算了，可是世人並沒有到此爲止，他們反而把自己的頭像蘿蔔那樣栽到地上，從而顚倒著看世界。這樣，他們看到的越眞實，其實就越假。

他們把自己用欲望的繩子綑綁起來，左綁一條金錢索，右綁一條美女帶，手戴虛榮拷，項扛官字枷，本來是被束縛和擠壓著，卻還感到很美，難怪造字的倉頡讓束縛和舒服同音！束縛也是一種舒服，如果失去了束縛，他反而感到不舒服。

這樣的例子不少，聽說新任主管要把他調整下來，血壓一夜之間升高六十度，第二天就住進了醫院。在病床上一邊吊點滴，一邊還在打聽有關的消息，同時心裡一點一點揣摩，是誰在背後搗鬼。

據說經常用來拉磨的毛驢，一旦把牠身上的套枷解開，放到寬寬的大路上去，竟然不會直著走路，還是在原地兜圈子！

在籠子裡養了多日的鳥，放飛到大自然，結局是很快死去！

我們可能覺得毛驢可笑，替籠中鳥悲哀，可是自己呢？

把痛苦當成幸福，把束縛當成舒服，把牢獄當成天堂，這就是人的可悲之處！

老子因此而慨嘆再三！

你沒病，可是你感覺到了健康了嗎？你沒死，可是你感覺到了生的活潑了嗎？

老子趣讀

你有病，可是你知道自己病到啥程度了嗎？你要死，可是你聽到綠毛小鬼的叩門聲了嗎？

老子說得對，知道自己不知道，這本身就等於知道了。知道啥？知道自己無知。知道自己無知，這就是最大的有知。知道自己無知，就會把積攢了多年的污垢清除乾淨，騰空心靈的倉庫，來裝潔淨的、有用的、滋補自身也滋補社會的東西。

問題是，世人總以爲自己聰明得很，如果可能的話，還總想把宇宙裝進自己的口袋裡，像要健身球似的摸索著玩兒。

老子之所以慨嘆完後還把眞話說出來，是想著後來的人裡面，會有一些覺悟的人來認祖歸宗。

世界發展到今天，離老子已經兩千多年，社會進步了還是退步了？我們是靠近道了還是遠離道了？我們知道嗎？我們不知道嗎？我們知道我們不知道嗎？我們不知道還自以爲知道嗎？我們把不知道當成了知道，還是把不知道當成了一種榮耀？

總得有人在那裡絮絮叨叨對著世人的耳朵說道啊道的，這樣《老子》就成了一部讀不完的書，老子因此也成了不死的人。這是老子的幸呢還是不幸？這是世人的幸呢還是不幸？老子的不幸和我們的不幸是啥關係？

第72章　別逼急了老百姓

原文

民不畏威，則大威至。無狎其所居，無厭其所生。夫唯不厭，是以不厭。是以聖人自知不自見，自愛不自貴。故去彼取此。

注釋

狎：狹迫，逼迫。

譯文

當人民不再懼怕（統治）權威，那麼，人民的威力就會令（統治者）懼怕。

不要妨害人民的安居，不要擾亂人民的平靜的生活。你不讓人民生厭，人民就不會厭惡你。

所以大智者深知自己，而不自我炫耀；自己尊重自己，卻不自視高貴。

趣讀

尹喜與老子還在那裡喝茶嗎？是的，這雖然是我們的假設，可是這假設沒有什麼不合理之處。讓他們喝點茶，總比讓他們在那兒乾茬兒論道有些情趣。再者說後來有茶道，亦有茶禪，可見茶這東西大有深意。

夜晚，清幽幽的山上，草棚前面的平地上架起篝火，篝火上面的三棍木棍支起的三角架上吊著一個青銅的茶壺，篝火把三角架和青銅壺的影子映照到天的穹廬上，而老子與尹喜的影子則在遠處的竹林上晃動。

老子已經給尹喜講了那麼多，但好像還是言猶未盡。爲什麼？一是因爲道太大，可以從不同的角度來講，多講幾個角度，領略的時候不至於太狹窄，以爲大象就是一條象尾巴；二是老子一開始說了，道不可說，既然說了，還得把這說與不說、可說與不可說之間的辯證關係說清楚。其實就是這樣的話，也不敢保證後來的人不走偏。

實際情況如何呢？後來的人還真的走了偏，而且有的偏得相當嚴重。不是有人說老子是代表著沒落的地主階級在宣揚階級鬥爭熄滅論嗎？還有人說老子是在講氣功原理。

老子的本意誰知道？苦口婆心誰領教？非常令老子傷心的是，他說的那句話應驗了：「吾言甚易知，甚易行。天下莫能知，莫能行。」

老子多麼悲哀！無人應答的寂寞，難逢對手的空曠，沒有知音的愁楚！

老子哪裡是在跟尹喜說道，他是把尹喜當成了自己的影子，自己在跟自己對話。他把在心頭上反覆咀嚼的話又在舌尖上重複，企圖從尹喜那裡聽到哪怕是些許的回音。可是，尹喜能說什麼呢？尹喜把《關尹子》寫出來的時候，老子已經到了白雲深處。

老子在社會上反覆看了這麼多年，眼底，心底，哪怕是腋窩底下，也都蓄滿了社會的塵埃，隨便抖出幾粒，便能化驗出社會的整體訊息。

沒有從古時候待過，但今天就是昨天的結果；沒有到未來去過，但今天就是明天的前因。通過當今社會的一個切片，就可以上知五百年，下知五百年。

桀是怎麼登基的？紂是怎麼下台的？爲什麼會有湯武革命？爲什麼說湯武革命順乎天應乎人？什麼時候老百姓像綿羊？什麼時候老百姓成爲炸彈？在綿羊和炸彈之間有著怎樣的內在聯繫？

老子不止一遍地想過。

在寶塔型的社會上，老百姓位居最底層。老百姓明白自己所處的位置，所以他們只求溫飽，只求安寧，沒有其他奢望。「日出而作，日入而息，帝力於我何有哉？」在歌謠中，他們也沒忘了勞作。「納了稅，完了糧，老子就是太上皇！」在完成國家徵收的各種稅費之後，能夠在精神上得一時之快。除此之外，別無所求。

他們最能吃苦，他們知道，這苦除了他們吃，別人誰來吃？他們最能幹，幹活，幹活，不幹怎麼活？有不幹就能活的，而且活得更有滋味，但那不是老百姓。他們最堅韌，無論多麼沉重的負擔，無論多麼巨大的痛苦，他們咬咬牙，照樣挺過來。在艱難的歲月裡，在大難臨頭的時刻，有一萬種理由可以垮下來，然而他們苦笑一下依然精神不倒。世上的奇蹟都是他們創造的，但是功德碑上記載的不一定是他們的名字，或者一定不是他們的名字。爲了某種道義，爲了某種理想，爲了報答某人的恩德，爲了實踐某一句話，他們可以把生命拋棄。有時他們死得毫無價値，「一將功成萬骨枯」，他們的屍骨給某些人鋪了向上爬的台階，他們的鮮血傾進了權貴們慶功宴上的酒杯。可是，他們死的時候根本沒有多想什麼，有人要他們死，他們就死了。這沒什麼，老百姓嘛。老百姓要殺羊的時候，跟羊商量過生命的問題嗎？因此他們認了，忍了。

可是，不要以爲老百姓好欺負就一味地欺負他們，不要以爲他們老實就任意把腳踏在他們的背上。不要逼得他們吃不上飯，不要把他們逼急，不要讓啞巴說出話來。到了老百姓不再懼怕權威的時候，那最可怕了。但那時膽戰心驚的不再是老百姓，而是統治者了。

你是塔頂，塔基要塌，塔基一塌，世無全瓦，摔得最碎的說不定就是最高處的那幾塊閃光的琉璃瓦。

西周的暴君厲王，貪婪殘忍、無限度地剝削人民，荼毒百姓，還不許人們說話。召穆公直言相諫，說：「民之有口也，猶土之有山川也，財用於是乎出，猶其有原隰衍沃也，衣食於是乎生。口之宣言也，善敗於是乎興。行善而備敗，所以阜財用衣食者也。夫民慮之於心而宣之於口，成而行之，胡可壅也！若壅其口，其與能幾何？」

可是厲王聽不進去，「國人莫敢出言」。結果怎麼樣呢？僅三年的時間，就把這個暴君流放到山西去了。

官逼民反，不逼不反，不逼到絕處不反。

土匪遍地的時候，就是反的徵兆。土匪不叫土匪而被人稱作好漢的時候，說明民怨正在沸騰。看《水滸傳》，殺貪官，燒官寨，掠官財，「該出手時就出手，你有我有全都有」，社會已經失序。為什麼在清代《水滸傳》被禁？因為統治者懼怕，因為遍布地上的乾柴見不得一點火星。

老子給統治者出主意說，還是別逼急了老百姓。別總想顯示你的威力，別老在百姓面前打主意。他們需要一片寧靜的天空，他們自己有自己過日子的打算。他們一是要幹，二是要活。只要活得舒服，幹得再多也不累。到了老百姓不想幹的時候，那就是他不想活了。不想活的人就什麼都不顧及都不懼怕了。

老子還勸統治者說，要自尊自愛，別自作自受。自尊而尊民，自愛而愛民，你要是老想著自我顯示，自我炫耀，自己以為自己了不起，那就離自作自受的時候不遠了。

第73章 失去自由，必死無疑

原文 勇於敢則殺，勇於不敢則活。此兩者，或利或害。天之所惡，孰知其故？天之道，不爭而善勝，不言而善應，不召而自來，坦然而善謀。天網恢恢，疏而不失。

注釋 敢：逞強。恢恢：寬廣。

譯文 有勇氣而逞強好勝，必死；有勇氣而自認怯弱，就能保全自己。這兩種勇氣，一個有利，一個有害。

上天所厭惡的，誰知道是因為啥呢？

自然之道，總是在不爭不競中得勝，在不言不語中而得到回應。沒有召喚反而來了，坦然無慮而謀畫自成。

自然之道，好比一張大網，稀疏得好像看不見，可是沒有什麼可以逃脫的。

趣讀

老子喝完最後一壺苦丁茶，篝火就要熄滅。篝火旁邊燒焦了好多的飛蛾，也有叫著飛來的夜蟬。牠們都喜歡火光。

面對著這些死去的有翅的昆蟲，老子好半天沒有說話。他在想一個問題：「天之所惡，誰知其故？」是誰讓這些飛蛾死的呢？是火？是飛蛾自身？如果是火，火爲何不燒蜥蜴？若說蜥蜴沒翅，那麼，爲何不燒飛鳥？若是燒死一隻天鵝，今夜不就有了一頓香噴噴的宵夜？

天要誰死，必有其內在的原因，雖然這原因誰也說不清楚。

飛蛾撲火，是貪欲光明。但光明給牠的卻是永久的黑暗。這裡面有沒有哲理？人從飛蛾身上是不是可以得到教益？

一隻飛蛾死去，另一隻飛蛾飛來；無數隻飛蛾死去，還有無數隻飛蛾湧來。這種前仆後繼，是勇敢？是蠻幹？是忠勇？是愚昧？

一個人爭強好勝，這是勇敢嗎？

老子趣讀

一個人身懷武功而不示人，是怯弱嗎？

老子把這樣的話說給尹喜聽。

尹喜說：「我遇到過這樣一個老兵，每次打仗之前，他就讓伙夫給他一張烙餅。他說吃完這張烙餅，你就再也見不到我這個老兵了。他準備戰死。可是，每次戰爭中，死了那麼多的人，惟獨他沒死。最後，他在退役回家的時候，仍舊沒忘讓伙夫在他的行李裡塞進一張烙餅。

「我問他：『老兵，身經百戰而不死的原因是什麼？』老兵回答道：『只有身經百戰才能不死。每次我都沒想著活著回來，可是死神不要我。』我想不出這老兵不死的原因。」

老子說：「老兵其實已經告訴你了，他說身經百戰才能不死，因爲他找到了不死的規律。他知道該什麼時候出擊，什麼時候退縮。出擊的時候，他知道敵人的弱點在哪裡，你就是布陣再嚴，他也能看出破綻。你就是再勇猛，他也能找到可以出入刀矛的縫隙。這叫你死；退縮的時候，他知道什麼時候恰到好處，他並不多退縮，只躲開敵人的槍尖；你的勇猛，正好一頭扎進他的退縮的空隙中，你撲了空之後，再想退回來，已經遲了，這叫我活。你死我活，是戰爭中最根本的原則。無數個你死我活，就能贏得整個戰爭的勝利。」

尹喜說：「可是，他還說，他之所以不死，是因爲那一張餅。」

老子說：「其實，那張餅可有可無。但是，這老兵已經把烙餅當成了自己的護身符，已經成了他的信仰。有了這張餅，他心裡有底，有底就不慌，不慌就會應付自如，自如才能進退隨心。這就是那天說過的，不怕死，反而不死。退縮不是膽怯，而是另一種形式的進攻。」

尹喜說：「也許您說得對，我聽說那老兵，在回家的路上，被狼所害。在一天黃昏的時候，在一山林旁，遇到一隻餓狼。那狼衝著他竄跳。他把那張餅扔給了狼，但是那狼仍舊衝著他蹦高。就在他去拾那張烙餅的時候，狼撲到了他的背上。」

老子說：「換了一個環境，換了一種方式，他就失去了自由。失去由由，必死無疑。」

老子說：「我說我不知道天之所惡，那是我知道的另一種說法。你以爲我眞的不知道？天要誰死，誰就死。天厭惡誰誰就死。不死也活不好。可是，天爲什麼厭惡誰？誰爲什麼要讓天厭惡？天是什麼？

「尹喜，我來告訴你。天是天道，天之大道。也可以把它叫做天網。天上有一張網，誰見了？你沒見過，不等於沒有。

「這個大道，對待天下萬物，有一個統一的標準，並無親疏厚薄。它鐵面無私，而又慈愛如西王母，它最能包容，而又最能挑剔。

「好比這火，放上一把壺，它就給我們燒水；夜裡點上它，它就爲我們照明。不只是我們，誰這樣做，它也如此。就是一條狼能夠這樣來利用，它也照做不誤。可惜狼不會這樣做。不僅不會，據說狼還怕火。剛才那老兵，若是點上一團火，餓狼就會立即逃竄。爲什麼狼怕火？因爲牠不了解火。或者狼的祖先遭到過火的懲罰。狼是聰明的動物，這一點就不像飛蛾，飛蛾在不了解火的情況下，死而不悟，所以只有接連不斷地死。

「人和事，如果不到滅的時候滅了，那就是違反了天道。飛蛾不到死的時候死了，是違反了火道。事有事道，人有人道，蟲有蟲道，無數小道，組成大道。大道統轄小道，小道服從大道。逆小道者傷，逆大道者死。順小道者昌，順大道者隆。」

尹喜說：「這樣看來，人，活得好不好，不在於你說了什麼，而在於做了什麼。不在於你做了什麼，而在於你是怎麼做的。可是，人怎樣才能知道天道是什麼樣子呢？若是不知天道，人不就也成了撲火的飛蛾？」

老子說：「關於天道，我沒說過嗎？是我沒說過，還是你沒聽懂？什麼叫順應？順應不懂嗎？你說什麼？你做什麼？你以爲你說得好，天地爲之動容？你以爲你做得好，地球因你而轉？順風而呼，能聽老遠，那是你的嗓子好嗎？逆風而吼，聲音打在自己臉上，那是你的嗓子不好嗎？冬天種菜，菜不發苗，是你的技術不好嗎？夏天種菽，綠莢滿枝，是你的技術好嗎？天不加祐，道不相助，你能做什麼？」

尹喜不再問，仰起頭看天。天上群星閃爍，那是天網上綴的寶石嗎？

第74章　殺人者將被殺

原文

民不畏死，奈何以死懼之？若使民常畏死，而爲奇者，吾得執而殺之，孰敢？常有司殺者殺，夫代司殺者殺，是謂代大匠斲。夫代大匠斲者，希有不傷其手矣。

注釋

奇：邪惡。執：拘捕。司殺：專管殺人的，此指天道。

譯文

人民若是不怕死，以死來恐嚇他們還管啥用？

爲了使人時常懼怕死亡，對於那些爲非作歹的人，我把他們捕來殺掉，誰還敢胡鬧？

老子趣讀

冥冥中，已經有一位主宰，專管生殺予奪。企圖代替這位主宰來行使生殺予奪的權力，就好比代替高明的木匠去砍木頭。代替木匠去砍木頭的人，很少有不砍傷自己的手指。

趣讀

老子生於亂世，每天在他眼前晃動著的，都是打打殺殺。國與國之間整天處在熱戰狀態，今天你撲過去，明天他殺過來。在每國的國內，爲了應付戰事，國庫空虛，由此造成國君脾氣不好，國君的脾氣直接連帶著國策的制定。國庫空虛，只好横征暴斂；斂不上來，只好強搶。強搶遭到反抗，只好殺人。亂世殺人，家常便飯。人殺得多了，原想情況會好些。哪想越殺越難弄。本來非常膽小的老百姓變得越來越不怕死了。還有比不怕死更讓統治者害怕的嗎？

爲什麼不怕死，因爲你怕也是死，不怕也是死，餓死也是死，苦死也是死，愁死也是死，乾脆不如讓人殺死。

在這樣的時候，國君就會很窘迫，如果不再殺人，那沒死的人就會造反；如果繼續殺下去，民不怕死，殺又奈何？兩難之中，爲了保住自己的權威和面子，往往會採取後一種方法：繼續殺人。

他們奉行的信條是：我就不信他不怕死。對於那些爲非作歹的人，都把他們捕來殺掉，我看誰還敢胡鬧？可是結果怎麼樣呢？

結果是這個政權被推翻。誰推翻的？天。天道。天把他殺了。天借老百姓的刀把他殺了。老子問尹喜：「你看見過不怕死的人嗎？」

尹喜不知道老子問話的用意，所以沒回答。老子看見過行刑隊殺人。

大街上先是走過一隊穿著皁衣的人，隨後是囚車。囚車裡的犯人面色如黑炭，頭髮很亂。沉重的木枷把他的耳朵都磨破了，一股紫黑色的血流過面頰。

囚車後面是行刑隊。十字路口，一個巨大的木頭墩子早已擺好。那是砍人頭的地方。刀斧手一刀下去，人犯身首異處。

這犯人從囚車裡出來，從容地站在了木砧旁，突然他哈哈大笑起來。

一官員問：「你笑什麼？」

這犯人說：「生命即將不存，我現在只剩下這一笑了。」

官員問：「死到臨頭，還有何可笑的？」

犯人說：「人總是要死的，誰能逃脫了死呢？我笑的是，我的死是被人來殺死的。被人殺死不可怕，可怕的是被天殺死。被人殺死，殺我的人就會被天殺死。被天殺死，死後靈魂都沒地方收留。這是你們不知道的。」

官員問：「你是怎麼知道的？」

犯人說：「我雖不識字，可我知道書上有記載。濫殺無辜的人，等於自殺！」

官員問：「你是無辜的人嗎？」

犯人說：「我家的糧食都被你們搶來了，我還不是無穀的人嗎？」

官員不再讓犯人說話，他下了行刑令。那顆落地的人頭，竟然在地上跳躍不止，它怒目圓睜，大聲喝道：「我是無穀的人！」

一個種田人竟然成為無穀的人，誰之過？

由殺人想到吃人。魯迅先生在《狂人日記》中這樣寫道：

凡事總須研究，才會明白。古來時常吃人，我也還記得，可是不甚清楚。我翻開歷史一查，這歷史沒有年代，歪歪斜斜每葉上都寫著「仁義道德」幾個字。我橫豎睡不著，仔細看了半夜，才從字縫裡看出字來，滿本都寫著兩個字是「吃人」！

殺人者不一定用刀。被殺者也不一定就得丟命。

街上走著的就有好多的人已經沒有了靈魂，只剩下一副空洞的腹腔。是誰把他的靈魂掏空了？是誰把他的靈魂出賣了？賣得錢都給了誰了？

是誰把人的本來自由的、瀟灑的靈魂變得可憐、可惱，可恨，可怕？

是誰把人變成了工具？是誰把人變成了奴僕？是誰把人變成了非人？

這個誰本身是什麼東西？他可憐嗎可惱嗎可恨嗎可怕嗎？

老子認為人的生死與事的興衰，都由道來掌握。順道者生，背道者死。你殺人是順道還是背道？

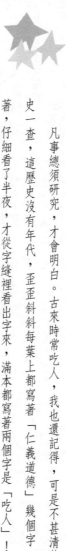

第75章　老百姓聽誰的話？

原文

民之饑，以其上食稅之多，是以饑。民之難治，以其上之有爲，是以難治。民之輕死，以其上求生之厚，是以輕死。夫唯無以生爲者，是賢於貴生。

注釋

食：吃，吞吃。

譯文

百姓吃不飽，是因爲統治者吞吃的稅賦太多，所以吃不飽。
百姓不好管，是因爲統治者人爲造事，所以不好管。
百姓不怕死，是因爲統治者追求養生太過分，所以不怕死。

因此，只有那些不把養生看得過重的人，才比過分看重養生的人高明。

趣讀

相鼠有皮，人而無儀。人而無儀，不死何為？
相鼠有齒，人而無止。人而無止，不死何俟？
相鼠有體，人而無禮。人而無禮，胡不遄死？
碩鼠碩鼠，無食我黍！三歲貫汝，莫我肯顧。逝將去汝，適彼樂土。
坎坎伐檀兮，置之河之干兮，河水清且漣猗。不稼不穡，胡取禾三百廛兮？不狩不獵，胡瞻爾庭有懸獾兮？彼君子兮，不素餐兮。

這幾首詩讀者都很熟悉，中學的、大學的課文都喜歡選這樣的篇目。

人類發展史上，統治者與老百姓之間確實存在著難以調和的矛盾。矛盾平緩的時候，彼此相安無事。矛盾激化的時候，雙方就會劍拔弩張。老百姓要造反，扯旗放砲，占山爲王，爲匪爲盜，殺富濟貧。統治者要鎮壓、圍剿，不惜一切代價，把對方置於死地。

這時的老百姓已經不把死當回事；這時的統治者也意識到了啥叫岌岌可危。雙方展開殊死較量。人，不管是官方的兵，還是民方的卒，就會像秋天的高粱一樣，一倒一片。土地血紅，河流血紅，連天空都是血紅的顏色。殺死人之後，還要慶功，酒杯裡斟進的都是人的生命的汁液。

官方勝了，無數的老百姓死了，死了之後還有餘辜，還要被官方滅掉九族。

民方勝了，就有新的皇帝產生，由老百姓變成的統治者，開始與老百姓形成新的對立關係。新的輪迴開始。

人啊，還有比人的生命更寶貴的嗎？父母的兒女，血肉之軀，活得鮮鮮靈靈的，突然被攔腰截斷，成爲一具腐屍。這是誰的罪過？

老子不願看到這樣的情景。他已經看夠了，看厭了。他不是站在某個階級的立場上說話，他是站在人的立場上說話。他說別管是誰，是男是女，是老是少，是禿是瞎，是官是民，都有生存的權利，而且都有生存得自由的權利。人的生命之花都該開放，而且都要朝著燦爛處開放。不管是大花小花，紅花黃花，都要努力開出自己的特色。這才是生命存在的原意。

對於一個國家來講，不能沒有當官的，但當官的不是要做官而是要管理。不是要按照自己的意志管理，而是按照事物本來的規律引導。說引導是爲的好聽，其實你能引導了什麼？事物的規律自然而然就有，你管理的目的就是不要管，不僅你不管，而且也不要別人亂插手，不給那些喜歡顯示自己的人顯示的機會。你看天上那太陽你管得了嗎？每天日出日落，非常有規律。如果讓你來管，你肯定就得讓太陽夜裡也照著，或者只照著你一家，頂多再加上你的親朋好友。這樣不就亂套了？世界上的事情就是這麼亂套的。

太陽知道怎麼起落，地球知道怎麼旋轉，你看你管不了的這些事都運行得挺好，一到你管了，就有了變化。本來野花在地裡開得挺好，你把它栽到內室花盆，這不是爲了一己之私，不惜改變花的規律嗎？本來老百姓活得好好的，他們種地是行家，知道春天啥節氣啥天氣啥地況種什麼，秋天啥節氣啥天氣啥地況收什麼，你偏要他們按你的或者是你們幾個人的主意，在適合種地瓜的地裡種高粱，而在適合種高粱的地裡種地瓜。老百姓當然不高興，不高興的表現就是消極怠工。這樣你就有了制裁他們的理由。結果呢，地瓜沒長塊，高粱沒抽穗，你說怪老百姓不聽話。老百姓聽誰的話？聽天的話，聽地的話，聽莊稼的話，他們與大地莊稼有著難以言說的默契，你來亂攪和啥？

這樣說來，並沒有輕視科學的意思，況且老子時代還沒有科學種田這一說。老子不贊成科學是因爲他還不理解科學。科學之所以爲科學是因爲科學家誰的話也不聽，而只聽科學的。他們正是順應了事物的規律，從而駕馭著事物的走向。現在的農民都種溫室大棚蔬菜了，表面看來是亂了四季的節氣，可是他們正是研究透了蔬菜的生長條件從而在大棚裡創造了另一個天空。

老子如果活到二十世紀，他就會這樣說，誰也不要干涉科學家的工作！

你管理者沒有管好，還要吃得過飽，而要老百姓餓著肚子，聽你說那些吃飽了撐出來的話，老百姓高興嗎？

你說老百姓不好管理，你就不想想你是怎麼管理的。你要是像焦裕祿似的一心帶領著老百姓改造生存環境，老百姓能說你是貪官嗎？你要是像孔繁森似的把每一位老百姓都看成是自己的親人，老百姓能在背後罵你，說你是驢嗎？你要是把老百姓的事當成你自己的事，老百姓沒飯吃你不端碗，老百姓沒水喝你不端杯，老百姓能不聽你的嗎？人心啊，可以恨也可以愛，可以殺也可以生啊，所有的管理者，能不深思嗎？

在自然經濟時代，管理者要遵從自然規律。

在科學時代，管理者要遵從科學精神。

管理者之所以是管理者而不是官吏者，就是因爲他不敢有自己的主觀臆斷，而是要按照事物的客觀規律來順、來導。

老子說，民之饑，所以民難治，民之饑，所以民輕死。

民之饑，不僅指肚子，而且指頭腦，不僅指物質，而且指精神。

老百姓活得有滋有味，這難道不是管理者的初衷嗎？

第76章　討論討論西太后

原文

人之生也柔弱，其死也堅強。草木之生也柔脆，其死也枯槁。故堅強者死之徒，柔弱者生之徒。是以兵強則滅，木強則折。強大處下，柔弱處上。

注釋

堅強：僵硬。徒：途徑。

譯文

人活著的時候是柔軟的，一死就僵硬了。

草木活著的時候是柔脆的，一死就乾枯了。

所以堅強是通向死亡的途徑，柔弱是通向生存的途徑。

因此，軍隊強大了就會被消滅，樹木堅硬了就會被折斷。

強大的處在下降的地位，柔弱的處在上升的地位。

趣讀

聞章讀了老子這一章，有好多問題沒有想透，他想向老子請教。念茲在茲，心頭這麼一動，老子飄然而至。

老子端坐在聞章的面前，笑而不語。

聞章施禮：尊老前輩，老老前輩，老老老前輩，對於道，學生一心嚮往。所以一部《道德經》已經翻了幾遍，還是不甚了了。

老子：這就對了。你總在文字上兜來兜去，背道而馳，怎麼能夠領會精神實質？

聞章：道，玄遠宏大，學生在社會上浸染過久，哪裡還找得到入門的途徑？我之所以抓住文字不放，是想通過它看出一點門道來。瞎子還能摸到象，我不知象在哪裡，只好先找到象的足跡。履著象的大大的腳窩，還愁找不到象嗎？

老子：就怕你履著的是牛的腳跡呢！

聞章：以牛爲象，以旅館爲家。把別人當自己，把痛苦當幸福，這，也是人間常事。我自以爲，我循著的就是牛的腳印，那恐怕也是您那頭青牛所留。

老子一笑。

老子趣讀

聞章：您說活的東西是柔弱的，死的東西是僵硬的，這話一點不錯。而且您還總是提到嬰兒，以爲嬰兒近道。就是因爲嬰兒柔弱嗎？嬰兒能夠自己啃自己的腳丫，孩童能夠把腰向後彎成弓，人一到老，腰也硬，腿也硬，血管也硬化，這人人知道。嬰孩柔弱，這是他們生命力的表現嗎？老人僵硬，這是他們將要枯槁的證明嗎？

如果是這樣的話，那麼，我重新理解了活的涵義。

僵和死連在一起，靈和活同在一處。活，就是生命力旺盛的表現，死，就是生命力不旺盛的表現。凡是活的東西，都是柔軟的，圓融的，靈動的；凡是死的東西則都表現爲死板、僵硬、固執。做事的時候如此，思維的時候也如此。大人物，有智慧的人物，不怕事情複雜，不怕事情艱難。艱難的事情像山，靈活的思維是水。活的總是要戰勝死的，柔的一定會勝過剛的。這話您已經說了無數遍，我也領略了無數遍。

可是，您說的，軍隊強大就會被消滅，樹木堅硬了就會被折斷。我有不同的看法。

老子：但說無妨。

聞章：我說的事情，您老人家都不知道。這不影響您理解它們嗎？

老子：道，難道只是對一時一事起作用嗎？若是那樣的話，道還是道嗎？道是統攝宇宙的根本，我沒說過嗎？我說過等於沒說嗎？說什麼我沒經過，沒經過的事就不知道了嗎？虧你還專事文學，你要是寫妓女還得自己去賣淫嗎？人以類聚，物以群分，事與理通。因此才有見微而知著，舉一而反三。

我沒見過汽車，我的青牛不就是當時的汽車嗎？我沒過高樓，山上的茅棚不是比樓還高嗎？外國人膚色不同，心肝一樣。說話不同，心情一樣。你看說話用翻譯，哭和笑、喜和怒、悲傷和恐懼用的著翻譯嗎？

在我眼裡，一草一木就是一世界，一時一事就是一乾坤，難道你不相信嗎？

聞章：我跟您說說清朝。世界列強八國聯軍進北京，靠的是洋槍洋砲，那眞是不可一世。清政府一味地忍讓。你說割地就割地，你說賠款就賠款，咱國的事你說了算。皇帝佬兒和西太后慈禧都逃跑了，在西去的路上就著冷風啃菜餅子吃。

西方的軍隊能說不強大嗎？清政府能說不柔弱嗎？

按您老所說，柔弱是生命力的表現，強大是將死的象徵。軍隊強大就要被消滅，樹木堅硬就要遭斧鋸。這是不是個特例呢？

老子：哪裡有什麼特例？

你以爲你看得清楚，可是你還是看了事情的局部。

你所說的問題難道不是個歷史問題嗎？西方列強，在當時看來，不是個新生的嬰兒嗎？它在世界上到處擴張，其行爲不是有點像水嗎？

歷史發展到清朝，封建社會不是已經像個骨質疏鬆風燭殘年的老人了嗎？它那是在用柔嗎？它那是無可奈何。已經將死的人，哪裡還有半點的生命力？西方列強是乘虛而入，西方列強不來，國內也不會安定，因爲死相已經顯露。

我所說的柔弱，和我所說的剛強，不要單從字面上理解，更要深諳它的內涵。眞正強大的，是強而不用。是不用，而不是沒有。內在強大，外表反而柔弱。這是在用柔。一個用字，主動性不就有了嗎？嬰兒柔弱，內在的生命力誰能比？兩強對陣，先出擊者，敗；引而不發，蓄勢待勞，欲擒故縱，拖刀便走，出其不意，這不都是在用柔嗎？

我所說的剛強，是故作的剛強。自恃其強者，揚威稱霸，不可一世，但其滅亡的日子不會太遠。不是誰要滅它，是它自己要滅自己。

恐龍是怎麼滅絕的？我不是恐龍，不敢妄言。可是，容我大膽地推論一句，滅掉恐龍的恐怕就是一些小的昆蟲。蠍子螫死犀牛的事不是你們的報紙上也刊登過嗎？

事情都是由因果鏈組成的，哪能只看一時一事，就得出結論的。一時的勝利能算勝利嗎？一時的失敗能算失敗嗎？

聞章：我懂了。

老子：一說就懂，不說不懂，這個事上懂了，遇到別的事還是不懂，這是眞懂嗎？不用歷史的觀點，不用全局的觀點，不站在一個相當的高度來觀察、思考問題，就像螞蟻在螞蟻洞裡討論太陽黑洞問題，能不貽笑於人？

聞章面色燦若鮮霞。

第77章　想想你缺啥？

原文

天之道，其猶張弓歟？高者抑之，下有舉之，有餘將者損之，不足者補之。天之道損有餘而補不足，人之道則不然，損不足以奉有餘。孰能有餘以奉天下？唯有道者。是以聖人爲而不恃，功成而不處，其不欲見賢。

釋文

自然法則，不就像張弓射箭一樣嗎？弦位高了就向下壓壓，弦位低了就向上抬抬，拉過了就鬆一鬆，不足時就拉滿一些。

自然的法則，是減少有餘的，補給不足的；人類社會的法則則不是這樣，削減不足的，加給有餘的。

誰能把自己的多餘的拿出來奉獻給天下呢？惟獨有道的人。

因此，大智者不恃才傲物，功成業就也不居功，不喜歡別人稱贊他有才能。

老子趣讀

趣讀

世上的事物是按照物極必反的規則來發展的。

所有的智者都懂得這一點。

伏羲在畫八卦的時候，就把這一套研究透了。因爲他看到，太陽到了中午，就開始往下落；飛鳥衝上天空，緊接著朝下飛；人走到山頂上，再多走一步就是下坡。山上的樹木一天天長大，可是最後它死去了。它生長的目的是爲了死嗎？人也是如此，從生那一天開始，就朝向墳墓。

前和後，上和下，生和死，好和壞，男和女，老和少，多和寡，貧和富……世界上的事都是對立著的、矛盾著的，同時又是相比較，相連帶，不可分割的統一體。

伏羲把所有的這些，用最簡便最直觀的符號概括出來，就是陰和陽。

陰陽相互依存，陰陽相互對立，陰陽相互轉化，一陰一陽謂之道。

孔子在研究了物極必反的法則之後，提出了中庸的原則。何爲中？不偏之謂中，何爲庸？不易之謂庸。不偏不動，讓世上的事物保持相對永恆，是孔老夫子的理想。他運用這個原理，給社會的各類角色分了工，訂了責任和義務，使社會呈現一個有序的狀態，這就是著名的「君君、臣臣、父父、子子」的主張。人人不越軌，事事講原則，這樣不就不會走到對立面去了嗎？

孔子爲什麼被歷代皇帝加封？就是因爲他對穩定社會起了非常巨大的作用。中國封建社會能維持這樣長久，孔子當立頭功。

老子深得陰陽之奧，一部《道德經》就是把陰陽之道化成世上的事理。在研究了陰陽之後，他得出的結論是，陰是根，陽是子，陰柔勝過陽剛。

他是怎麼得出這個結論的呢？他是在修道中得出的。

老子是在溫柔的氣氛中進入道的狀態中的。靜，靜，靜。他並沒有像孔子那樣爲了實現自己的理想，在一股堅韌毅力激發下不停地奔走，以致四處碰壁，歷盡了艱險，到死好像也沒有實現自己的抱負。

老子以靜制動，慢慢地他靠近了道。同氣相求，同聲相應，老子因此知道道是陰靜的。靜，溶入靜中，和諧安逸，了無痕跡。老子就這樣征服了宇宙，征服的過程其實是包容的過程。老子寬大衣襟下覆蓋著整個宇宙，老子像撫愛小雞雛一樣撫愛著日月星辰。

靜下來的老子，回頭再看人類社會，發現到處是劍拔弩張的緊張狀態，發現人們都是那樣急匆匆地在走向死亡，發現人們是把炸彈樣的東西當成了寶貝緊緊地抱在了懷裡。人人爭強好勝，人人好大喜功。在強和弱之間，人們選擇了強；在前和後之間，人們嚮往著前；在高與低之間，人們攀登著高；在生與死之間，人們嚮往著生可是卻拚命在死路上擠。

因爲世上的標準一開始就訂錯了，所以人們都在顛倒著活著，名也要，利也要，色也要。在名面前，鼓著勁地拼著命地來掙扎，爲的就是一個虛名，讓別人多看他幾眼，多給他鼓幾聲掌，多讓他簽回字。在利面前，貪婪得自己都不好意思了，有事「請你找我的經紀人吧」，見一個面多少錢，出一次場多少錢，寫一幅字多少錢，都有明碼標價；爲了財，夫妻反目，父子成仇；爲了錢，認賊作父，有奶是娘；貪啊，有摟來的，有偷來的，有騙來的，有換來的，也有攢來的。不管怎麼來的，只要是鎖在自己的保險櫃裡就好。爲了美女一笑，連著吃金槍不倒藥，一夜銷魂，三日無神。

這是活著還是找死？活著呢，而且有滋有味；在老子看來這是在走向活的對立面。爲名所累，爲利所害，爲色所傷，人的本體在哪裡呢？這不是活顛倒了嗎？這不是把痛苦當成幸福了嗎？這不是把累贅當成了寶物了嗎？

所以，老子曾說，那別人抱在懷裡不撒手的，給也別要，眞正有智慧的人，要別人所不要的，那別人拋棄了的東西才是眞的寶貝。

老子坐在陰柔的地上，看著陰柔的天，他沒有聽見天在發什麼宣言，也沒見到地有什麼舉動，但是，鎭子裡那個最大的財主，一口氣沒上來，死了，到了早晨，連小辮子都硬硬地翹著了。他那萬貫家財還有他的一點嗎？死後，寶珠可以握在他的乾枯的手裡，可是他還有滑潤的感覺嗎？他若是不在手裡握那寶珠還好，眞的握了，三天之內，必有盜墓者光顧。

天道損有餘而補不足，與大道相同的人也是損有餘而補不足。

名有餘，利有餘，色有餘，而人本體意識不足。捨名捨利捨色而保人之本體，這就叫損有餘而補不足。不要名，不爲名，不把名當成名，這樣反而更有名；老子不是例子嗎？不要利，不圖利，不作守財奴，一心做事，按時納稅，錢也許更多，利也許更厚。不論多厚，不以爲厚，不要小財主脾氣，不擺小財主闊氣，這樣反而能長久。

最大的名氣，是不以名氣爲名氣；最大的財富，是不以財富爲財富。你若以名氣爲名氣，天道就會在你的名氣上再加上一點穢氣；你若是以財富爲財富，天道就會在你的財富上再加上一名盜賊或者點一把火。這是天道使然，誰也奈何不得。

不以名爲名，就可以在名分上跳舞，不以利爲利，就可以在利益上打滾。這是少有的自由，一種打碎了枷鎖的感覺就會油然而生。

第78章　壯漢與大腸桿菌

原文

天下莫柔弱於水，而攻堅強者莫之能勝，以其無以易之。弱之勝強，柔之勝剛，天下莫不知，莫能行。是以聖人云：受國之垢，是謂社稷主；受國不祥，是爲天下正。正言若反。

注釋

易：改變。垢：屈辱。不祥：災難。

譯文

天下萬物沒有比水更柔弱的了，可是攻擊堅硬的東西，沒有勝過水的，因爲水柔弱得任何別的東西都不能改變它。

柔弱勝過剛強的道理，誰都知道，可是誰也難以實行。

所以大智者說：能爲國家受辱，才是社稷之主；承擔國家災難，才是國家君王。

這些話本來是正面說的，聽起來好像是反話一樣。

趣讀

老子所處時代多水，那是個離大禹比較近的時代，大禹治水走過的深深的腳窩剛剛化作無數的水塘或者深潭。水塘和水潭裡游動著大的魚和小的魚，當然也有青蛙、毛蝦和蛤蚧。老子時常赤腳走在這水澤之間，回憶他的童年，感受周圍百姓的生活，思考一些哲學上的問題。對於這位已經活得爐火純青的智者，回憶、感受和思考已經是一回事，是的，在他眼裡，人和事，事與理，理與物，已經沒有界限。人是事的主宰，事是理的體現，理是物的基礎，物是人的投影。這麼說吧，一切的生命體與一切的非生命體，是同一母親所生，互爲兄弟。生命體和非生命體因此相互依存，生命體以非生命體爲生存環境，非生命體以生命體作靈性。與此相連帶的還有過去現在和未來，過去現在和未來本是整體，就像一條湧動不已的河流，怎麼能夠分得開呢?現在是過去的未來是未來的過去，過去是逝去的現在，未來是沒到的現在。知道了現在就知道了過去和未來，了解了自己也就了解了別人和世界。這樣看來，宇宙雖大，一只瓦罐就可以提走。

生命雖繁，一只螻蛄便可剖開全部。這還用說嗎？

爲什麼說柔能克剛？因爲老子認眞地觀察過水。老子相信，宇宙生成的時候，一生二，二生三，三生萬物，是這麼一個層次。那個一，就是混沌的道。那個二，不用說是一個陰，一個陽。獨陰不生，獨陽不長，陰陽相交，萬物始生。這個已經是人人知道的常理。可是，再細究下去，那個陰首先化成的是不是水？那個陽首先化成的是不是火？水和火一個柔，一個剛，一個熱，一個涼，一個向上，一個向下，它們是矛盾的，同時又是難以離開的。比如冶鐵，鐵的柔一些還是剛一些，都是由水和火來調試的。把鐵燒到一定的火候，突然浸到水裡，這鐵就有了鋼性。行家把這叫淬火。火大了，鋼可以變軟鐵，水多了，鐵可以變硬鋼。這裡面的奧妙難以言說。水主陰，母性，最初的生命體是不是都來自水（科學已經證明，生物進化的確是從水裡開始的）？最初的僵硬的無生命的東西是不是來自火？你看那岩漿，冷卻後都是岩石。

水，是生命的滋育者，這一點無可懷疑。世界上哪一個民族不是在大河流域發展起來的？黃河、印度河、尼羅河、幼發拉底河、底格里斯河，這些河的流域都是人類古代文化的發源地。水是柔的，有水的地方就有生命，比如魚蝦；火是剛的，火裡取出來的東西多是死的，比如烤鴨。鴨子可眞是水裡生來火裡死啊。

水是無定形的，誰能說出水的形狀呢？水，已經柔得不能再柔，弱得不能再弱。你看，你把它放在圓的容器裡，它就是圓的；你把它放在方的容器裡，它就是方的；你把它放在河裡它就是長的；你把它放在井裡它就是短的；你煮它，它就開了；你凍它，它就固了；你攔它，它就停止；你引導，它就跟隨。別的東西都喜歡向上，獨有它向下，它總是停留在最低的地方，在最低的地方匯聚。

它滋生了萬物，可是它仍舊處在最下層，你就是把它引到高處，它也在尋找著一切可以利用的縫隙，朝下奔流。

可是，你千萬不要以爲水可以欺負，不，水是最強的，天下好像沒有比過它的。水一旦形成勢，那是多麼壯觀、多麼宏大。你看到過黃果樹大瀑布嗎？你看見過錢塘江大潮嗎？那種氣勢、那種力量、那種威嚴，雷霆萬鈞啊，什麼東西可比呢？什麼東西不在它的面前潰退呢？

海是眾水組成的，海，更是威力無比。它可以托著萬噸輪，像巨人托著輕飄飄的鵝毛；它還可以隨意淹沒什麼，只要一霎兒，便永無蹤影。巨大無比的鐵達尼號輪船，就是被大海吞沒的。就是那外表看來非常溫柔的湖水、潭水、井水、塘水……你要是藐視它，它便會讓你消失掉，而且連半點聲響也不留下。更別說連每個孩子都懂得的水滴石穿的道理了。

這是水的剛的一面，它的剛是以柔的形式表現出來的。把你滅掉之後，依然恢復柔的原貌，一點兒殘的紋絡都不留。

火也有柔的一面，就像是把老虎馴服一樣，可以讓老虎拉車。火也是人離不開的，

老子趣讀

你可以把它點到蠟燭上、燈草上，塞到灶膛裡，舉到火把上……還可用來發電。電是火的延伸。所以電很可怕，也相當可愛。關鍵在於利用。

火可怕，火剛烈，火是剛強的代表。可是水能剋它。好像也只有水能剋火。現在已經是二十一世紀了，科學發達得很具規模，可是救火的基本東西還是水。

老子說水，是把水當成了一種象徵。他想說明：柔和剛、弱和強。是可以轉化的。最柔的反而是最剛的，最弱的東西反而是最強的。細菌最弱了，可是多麼剛強的東西不是壞在它們的手下？鋼鐵，牛拉不彎，可是它們經不住細菌的腐蝕；壯漢，力拔山兮氣蓋世，幾隻大腸桿菌立即把他撂倒。誰強誰弱？

老子主張用柔不是沒有來由的。他把這個道理引申開去，由此想到國家的統治者。老子念念不忘的還是國家呀，他雖然不想像火似的到高處去，混個一官半職，但是他願意已經在高位上的人能夠變得聰明一些，像水那樣，用忍用韌，以柔克剛，以柔養民，以柔撫國。他勸統治者，自己受到辱不要緊，要緊的是老百姓的日子好過不好過，自己受到難不要緊，要緊的是國家的長治久安。

每逢講到這些的時候，老子便想到海。一個君王像海多好，一個國家像海多棒！

第79章 借債與還錢

原文

和大怨，必有餘怨，安可以爲善？是以聖人執左契，而不責於人。有德司契，無德司徹。天道無親，常與善人。

注釋

徹：周朝的一種嚴格的稅收制度。

譯文

用調和的辦法化解大的怨恨，並不能徹底修好，豈能算得上眞正的良善？所以大智者雖握有別人欠債的借據，卻不索債。有德的人只是寬宏地拿著借據，無德的人追著索債錙銖必較。

老子趣讀

自然天道，公正無私，永遠與良善的人相伴。

趣讀

聞章向朋友借錢，朋友傾其所有，把錢借給了聞章。

聞章問：「你還沒問我借錢幹啥用呢。」

朋友說：「你幹什麼那是你的事。」

聞章說：「我要用這錢去買股票呢？」

朋友說：「那是你的自由。」

聞章說：「我炒作股票要是一下子賺了很多的錢呢？」

朋友說：「你想分給我點紅嗎？要是你被套牢呢？我也陪著？」

聞章說：「你就不怕我拿著它去嫖妓或者去做其他的壞事？」

朋友說：「福報自得，禍咎自取，與我何干？也許你說，你若不借給我錢，我就不會去做壞事。其實這是一種推脫責任的說法。你若是想做壞事，在借錢之先就已經有想法了。關鍵在於那個想法，而不在有沒有錢。有了做壞事的想法，有錢就能做出大的壞事；有了做好事的想法，有錢就能做成大的好事。如果做事的心——不管是好事還是壞事——特別強烈，那麼，沒錢就會想辦法弄到錢。如果我不借給你錢，那別人呢？假如都不借給你錢，你還可以貸款，可以抵押財產，甚至還可以搶劫。所以，在心而不在錢。做了好事，上級嘉獎你，我不眼紅；做了壞事，法院判你刑，我不擔責任。」

聞章說：「也不是做壞事，也不是做好事，而是我分了房子，錢一時湊不齊。待我緩過勁來，立即還賬。」

朋友說：「還不還賬，是你的事。在我這兒放著是錢，在你那兒放著也是錢，世界上的錢並沒增多也沒減少。如果你不還我心不安，那你還得越快越好。如果你想賴賬，那說明你的心已經壞了。這麼一點錢就驗證了你這麼大的一個人，我覺得也值。再說，你賴得了這麼一點錢，你以爲你占了一個大便宜，其實你吃了多大的虧你知道嗎？首先你失去了我這麼一個肯借給你錢的朋友，其次你將會失去與我爲朋友的那些人。也許你還會賴到好多錢，那就預示著你還會失掉好多的人。這樣，你就跟這個社會對面站著，就像面對著一堵壓抑的牆，早晚你的心臟要出問題。心臟出了問題，就是大問題。朋友花錢買不來，健康也不是花錢能買到的。沒了朋友，沒了健康，活在世界上還有什麼意思？一個沒意思的人決不會感到世界有意思。沒意思的人活在沒意思的世界上，眞是沒意思到了極點。」

聞章說：「這麼說，這錢還也行，不還也行，是這麼個意思不？」聞章其實是有點不耐煩，不就借了這麼點錢嗎，說了這麼一串話。

朋友說：「我並沒有這樣的意思。還不還表面看來是你的事情，其實從更深的層面上講是你的事情嗎？你不還，有人要你還。誰要你還？我暫不告訴你。」

其實聞章知道朋友要說什麼，聞章讀過《易》還讀過《老子》，能不知道朋友想說什麼嗎？

聞章把《老子》的書翻到七十九章，認眞地重讀了一遍。聞章把感想寫了下來，準備日後還錢的時候給朋友看看。

你該他的錢，我該你的錢，這是不是三角債？你欠他的情，我欠你的情，這是不是三角債？三角債是多角債的一個說法，這個世界上沒有不欠債的，關係相當複雜。有不用還的債嗎？有，比如母親的債。我們該母親的債有多少？可是我們還了多少？往往是我們還沒還就又欠了新的債。可是母親追過債嗎？的確。有把兒女告到法庭上的，可是，那是爲了討債嗎？法庭就是把兒女再多的錢財判給母親，母親也會傷心而泣。

我們誰也沒有在母親那兒寫過欠條，可是母親臉上的皺紋那都是兒女一筆一筆的欠債清單。母親越是不讓兒女還債，兒女欠債越是多。

道是母親，老子不止一次地這樣說過。我們都是道的兒女。

道不逼債，但道永遠拿著借據。你該它多少，它都知道。你還不還那是你的事。這是道的寬厚，還是道的可怕？

知道道可怕的人，會忙著還債。

只知道道寬厚的人，卻忙著借債。

總想著還債的人，從來不想借債，除非不得已。

忙著借債的人，很少想到還債，除非被逼。

母親和道相比，相同的是什麼？不同的是什麼？

母親寬厚，道亦寬厚。有句俗語說，不糊塗不能當父母，這話對極。父母最能原諒的就是兒女。道呢，本來就是個混沌體，無耳無目無聲無臭無形無名，如滾滾黃河，泥沙俱下。如果不是這樣，你就不好解釋爲什麼壞人也活得有滋有味這一最普遍的現象。道不是忙得顧不過來，而是不顧。它只在手裡握緊存根，別的事一概不管。道比母親還要寬厚。

道與母親不同的是，母親到死也不向兒女逼債，道則算總賬。道怎麼算總賬？道不親自來算，道只是把它存著的賬單亮給人的同類，讓人的同類來制裁。不是有一句話叫做得道多助，失道寡助嗎？如果你是太陽，不僅葵花向日，草木也都來參拜；如果你是老鼠，那麼，人人視你爲賊，你能活得舒服？

道沒有親疏，萬事萬物都是它的兒女。靠近它的，順著它的，活得自在；逆著它的，背離它的，自取禍災。

還不還債，不關道的事，不關母親的事，而正是像朋友說的那樣：那是你自己的事。

道不死，近道者生。

第80章　白麵好吃嗎？

原文

小國寡民，使有什伯之器而不用，使民重死而不遠徙。雖有舟輿，無所乘之，雖有甲兵，無所陳之。使民復結繩而用之，甘其食，美其服，安其居，樂其俗。鄰國相望，雞犬之聲相聞，民至老死不相往來。

注釋

什伯之器：十人、百人使用的大的器具。舟輿：船、車。甲：鎧甲。兵：兵器。

譯文

國家要小，人口要少。即使擁有十倍百倍於人的大器具也不用。讓人們愛惜生命而不輕易向遠處遷移。雖有車船，沒人乘坐；雖有軍隊，也沒有地方部署。讓人們再回到結繩記事的時代，覺得自己吃得很甘甜，穿得很漂亮，住得很安逸，日子很快樂。國與國之間可以相互望得見，雞鳴狗叫可以相互聽得見，但人民卻直到老死也不相互往來。

趣讀

爲什麼總有人批判老子？就是因爲老子的觀點與人們的欲望相悖。你看老子在這裡說的這些話，在有些人聽來的確很不入耳。

批判者言：老子這不是主張要人們回到遠古時期去嗎？他要人們絕賢去智，要人們一天扔一點，不讓人們有知識有文化，現在又明目張膽地提倡讓人們回到結繩記事的時代，閉關鎖國。有好的器具而不用，讓人們刀耕火種；有快的車船而不用，讓人們在家裡傻呆著；有強大的軍事力量而不用，坐等著外人來欺負。這不是保守主義嗎？這不是反動倒退嗎？總之，一條復辟黑線貫穿始終。

批判者言：現在不是文化大革命，不要隨便給老子扣帽子。但是老子的確也有他的歷史侷限性。老子看到了社會上的諸多的不合理，又找不到解決的辦法。他覺得社會上的這些問題都是因爲人們腦筋太開化了，思想太複雜了，欲望太強烈了，征戰啊，殺伐呀，傾軋啊，爭奪呀，搜刮呀，偷盜啊，搶劫呀……遠古時期哪有這個？伏羲、軒轅、堯、舜、禹時代不是挺好?所以他認爲回到初民時期是個不錯的辦法。

批判者言:老子是偉大的思想家。老子的思想有很深的哲理,有好多的觀點,值得我們吸收。有好多的還沒有研究透的東西值得我們繼續研究。比如老子所說的道到底是什麼呢?有人說是規律,對不對?能不能涵蓋得了?

研究宇宙是老子的長項,或者說研究形而上的理論是老子的長項,一涉及到社會問題,好像老子就沒了辦法。他除了譴責統治者之外,再一個辦法好像就是讓老百姓回到遠古時代去,不以吃糠爲粗,不以裹葛爲敝,不以住茅棚爲陋,人人安貧樂苦。這個辦法行不行?實踐證明行不通。

批判者言:老子太天眞了,他以爲讓人們回到遠古時期就能解決大問題,雞犬之聲相聞,民至老死不相往來。他就沒想到,人們就是從那個遠古時代過來的,誰還願回到那個時代去?做過民意測驗嗎?老百姓願回去,當官的願回去嗎?沒錢的願回去,有錢的願回去嗎?老子還沒回到那個遠古的時代去,他只是西出函谷關,跟著他去的有一個人嗎?是他不要別人跟著,還是沒有人願意去?這都是問題。

人就是這麼個欲望之蟲,能讓人沒有了欲望嗎?沒有了欲望社會還怎麼進步?人的欲望其實是社會進步的內在動力。吃能吃出文化來,喝能喝出文化來,穿能穿出文化來,行能行出文化來,住能住出文化來。中國的文化裡面,吃喝穿住行占了多大的比例?中國一大特色,世界絕無僅有!

大耳朵的老子能聽到幾千年後人們的碎嘴子嗎？

不過老子早就有話說在前頭：「吾言甚易知，甚易行。天下莫能知，莫能行。」天下的人都不明白，看來只有天上的人能明白。啥是天上的人，得道的人是天上人。只有得道的人能夠透徹得道人的心靈。記得佛經上也說過類似的話，只有佛才能懂得佛，到不了佛的層次，別想洞悉佛的境界。可是佛見了佛，還用討論嗎？相視一笑而已矣。

老子說了這麼多，好多人都以爲懂了，可是眞的懂了嗎？

眞懂了的人就不說了，說的人還都不懂。

老子說是因爲不得已，後來的人還用得著說嗎？如果要說，還不如學學趙州柏林禪寺的從諗禪師，道一聲：「吃茶去！」

假若老子有心辯駁的話，他老人家能說什麼呢？

對於說他搞復辟，提倡階級鬥爭熄滅論的說法，他肯定不去辯駁。他覺得那連值得一笑的價值都沒有。他只是悲哀，他的書留下來眞是個錯誤，有的人眞敢糟蹋。民間有句俚語：大姑娘讓狗強姦了，眞是說不得道不得。老子好像也有這樣的感覺。

說他有侷限，他承認。一個人還能沒侷限？但是他要辯駁的是：既然人都有侷限，那麼你也有侷限。你說我有侷限這是不是一種侷限呢？問題是你眞的了解了道的實質了嗎？你的侷限不是我的侷限，你把你的侷限當成了我的侷限，你把你認識上的偏頗當成了我的論述上的不足，這不是從根本上就錯了嗎？

說他太天真，他也承認。他屢次說到要人們恢復到嬰兒狀態，嬰兒能不天真嗎？能不單純嗎？老子若是不天真、不單純，能夠心明如鏡嗎？心不明鏡不亮，能夠映照宇宙嗎？能夠體察大道的走向嗎？不能體察大道，不能洞徹世界本原，不就成了一個渾渾噩噩的俗人了嗎？那還能有老子嗎？還有《道德經》嗎？沒有了老子和《道德經》，這世界是個什麼樣子，還真很難說呢。

說老子要回到初民時代，老子一笑。老子難道就不知道已經回不去了嗎？老子知道，人的欲望不可戰勝，也明白欲望是人生的一個支柱。人要是沒了欲望，那還是人嗎，老子不反對人有欲望，只是反對不把欲望用在正路上。要說欲望，哪裡還有比修道更大的欲望？人都不做了，而想成仙，這不是欲望嗎？把所有的欲望連根掐掉，這個欲望能說不果斷、不強烈？

社會是要進步的，人也是要享受的，吃白麵比吃糟糠肯定要好，坐汽車比騎青牛肯定舒服。老子想：我說的是這個嗎？我是說的人們生存的一種心態。吃白麵你要是不感到好吃呢？坐汽車你要是仍不舒服呢？誰來救你？何況，我有好多的話是對著要修道的人說的呢。

我說的雞犬之聲相聞，民至老死不相往來，有錯嗎？我的書擺在你的面前，近不近？近在咫尺，可是我們之間的思想究竟有多少相通之處呢？這就叫不相往來。我修我的道，你打你的禪，彼此都覺好笑。

第81章　永恆的蝴蝶夢

原文

信言不美，美言不信。善者不辯，辯者不善。知者不博，博者不知。聖人不積，既以爲人己愈有，既以與人己愈多。天之道，利而不害。聖人之道，爲而不爭。

譯文

可信的話不漂亮，漂亮的話不可信。

善良的人不巧辯，巧辯的人不善良。

有眞知的人不博雜，博雜的人沒眞知。

大智者不爲自己積攢什麼，他一切爲了別人，自己覺得很富有；他把自己的所有都給了別人，自己反而越來越多。

自然大道，有利於天下而不加害於天下。大智者的準則，一切爲了世人，而不與世人相爭。

趣讀

老子決意要走，離開函谷關，究竟要到哪裡去，尹喜想問，但到底沒問。

老子知道尹喜此刻心裡的想法，但是他故意不說。他覺得尹喜若是得了道，自然就會知道他去了哪裡。尹喜若是沒得道，知道了他的去處又有什麼用呢？

這天尹喜與老子喝最後的一壺苦丁茶。終於，尹喜問道：「老人家，您這一走，什麼時候再來？」

老子看了尹喜一眼，似含嗔怪。俄而又答道：「我來的時候你會知道的。」老子心想，這次我騎著青牛來，你不是看到了一團紫氣嗎？紫霞之處，那就是我的住所。

尹喜說：「與老人家相聚數日，這真是我多少輩子的造化。老人家教我，誨我，我一定把您的話記在心上，好好參悟。只是弟子我頑鈍癡愚，不知能不能悟出來？」

老子說：「什麼叫悟出來？你悟出一層來還會有一層，同是飛鳥，麻雀與蒼鷹是一回事嗎？蒼鷹之上，還會有更大的飛鳥。飛鳥大到一定程度，人就看不見了。有這樣一種鳥，兩翼一開，就能遮滿天空，你能看見牠的樣子嗎？這就叫作大象無形，不是無形，是有形我們看不到。所以不要輕易說，我們人看不到的東西就是沒有。人眼或者人的整個感覺都是靠不住的，有的東西不一定看得見，看得見的東西不一定有。是不是這樣呢？」

尹喜一個勁地給老子斟茶，把老子的茶盅倒溢了，還在倒。老子知道尹喜是個重感情的人，不願意自己離開，因此他想開導一下尹喜。

老子說：「尹喜，本來你在這裡把關，好好的。在你的生存空間裡，不也是很自由的嗎？你非要讓我給你說道不可，我還沒有說出什麼，你的一顆心已經感到了苦痛。眞是罪過呀。所以，我不知道我是把我知道的告訴人們好呢，還是不告訴的好。我不告訴，他們雖然生活在黑暗裡，可是他們已經習慣了，並不感到痛苦。一旦他們知道了還有另外的更大的光明的世界，可是他們又不可能離開現實，這不白白地增加了他們的痛苦嗎？我告訴他們，如果他們聽不懂，笑我一遍，這倒也不錯。可要是聽懂了呢？」

這時尹喜的情緒也激奮起來，他說：「這有什麼不好？您老人家體道的意思還不就是爲了解救人類？與其在上天的路途中摔死，也不願意在泥坑裡齷齪地活著！這不是您告訴我們的嗎？自從聽了您的道，我再看這個世界就完全變了樣子。那天，我看到了幾隻死去的蛹，他們是在變蛾變蝶的過程中死去的，但是牠們在死去之後，我相信牠們那個蝴蝶夢也不會滅。蛹，哪怕是死蛹，也不再是毛毛蟲。我，有可能成爲蝴蝶嗎？我不敢想，我敢想，但不敢保證我能變徹底。不管變得咋樣，只要不是毛毛蟲了就行。您老人家還有什麼可憂慮的呢？」

老子用異樣的眼光看著尹喜，尹喜的這番話的確讓他吃驚。他覺得選擇函谷關沒有錯，尹喜果然是個有悟性的人。老子心中暗喜，一下子把茶甌中的茶喝光。

時到中午，青牛已經站在了茅棚的外面，老子要上路了。老子和尹喜一前一後，從茅棚裡出來，地上立刻映出他們的影子。這時，一陣微風吹來，茅棚前的竹林發出簌簌的聲響，竹林下面還遺有前天晚上他們燒過篝火的餘灰。老子這一走，物是人非，尹喜雖是曠達之人，心裡還是一陣熱。他把一包乾糧掖在老子身上，說：「老人家，還有什麼話要囑咐弟子的？」

老子見問，又把身子轉了回來，說：「該說的我都說了，但我不知道說清楚了沒有；我可以說不清楚，但你倒完全有可能聽得明白。這是什麼意思呢？我已經說過，我的話不過是引路的一根竹竿，並不是路本身。沿著這根竹竿走，能走多遠算多遠。也許，在我的後面，還會有人來傳道。他們或者自立門戶，或者打著我的旗號，或者說他們是我的親傳弟子，甚至還會有人說他就是我的化身。不管他。是福他們享，是禍他們擔。

「但是，有幾句話我告訴你，拿這幾句話一衡量，是真是假，一測便知：

「誠實的話不油滑，油滑的話不誠實。

「詭言巧辯的人多半不是良善之人。

「真懂的人不說廢話，說廢話的人不懂得。他說的越多，越有詐。他越顯示，越心虛。

「就這幾句。

「還要告訴你點什麼呢？我已經把我所知道的都告訴你了。我從來不給自己積攢什麼。所有得道的人都沒有自己的私有財產。因爲道是寬厚無私的，天有道，天不私覆，地有道，地不私藏，人有道，人不私立。他是這樣認爲的，給別人的越多，自己也就越富有。因爲他已經與道融合成一個整體，哪裡是他自己呢？這也便是得道的人不與人爭的道理。」

尹喜連連點頭。

老子已經騎在了青牛背上，天上已經有一片紫色祥雲飄來。老子走了，連頭也沒回，這使得尹喜拱起的雙手長時間沒有放下來。

老子走著走著，就聽後面有人喊了一聲：「老人家，停一下，我有話要問您！」

老子回頭一看，誰？原來是兩千五百年後的聞章。老子不得不停下來。

老子問：「你想幹什麼？」

聞章急著打躬，說：「我想得道，我想變蝴蝶！」

老子說：「道，誰說不讓你得了？蝴蝶，誰說不讓你變了？」

聞章說：「可是，我不得其門而入啊！」

老子一揮手，青牛晃動起身子，甩著尾巴走了。

聞章愣在那裡，只聽老子扔過一句話來：「讀書去！」

知名科普作家 李文庠・李盾◎編著

唐三藏上了太空梭　孫大聖大戰複製人
豬八戒手持雷射槍
沙和尚變成氧原子

新西遊記

人類歷史進程重大科技知識章回演義

大唐貞觀年間威名震神州的唐三藏、孫悟空、
豬八戒、沙悟淨師徒四人，
一千三百年後再次會合，重現江湖！
居禮夫人、孟德爾、法拉第、達爾文……也來湊熱鬧！

本書藉《西遊記》唐僧師徒歷險西行取經人物和路徑，
描述四人為造福21世紀中華同胞，
再度西遊，前往力量山取科學寶典。
一路上歷經九九八十一難，
穿越人類歷史進程的重大科技成就，
比如萬有引力、蒸汽機、遺傳學、紅外線、
X射線、超音波、雷射、超導體、基因、
複製、磁浮列車、全球衛星定位系統、
奈米、網路等有關知識，
並穿插智力數學、智力語文、燈謎、啞謎、
破案偵查技巧、腦筋急轉彎等思維訓練。
沿途有攔路的新妖惡魔，有大顯神通的未來武器，
有身懷絕技的中外古今名人，
有私出天宮的小行星……，艱險重重中笑料連連，
最後終於憑藉科學的思維力量一一破解層層難關，
取得科學聖書，成功完成新西遊記。

古經典
21世紀時空奇旅
原價350元
發燒特惠 280元

山愈高水愈長

四大古籍情趣漫筆

論語趣讀

永不打烊的孔家店

夏傳才◎著　定價280元
半部論語真可治天下？為什麼孔子沒有女學生？
美人南子到底有沒有挑逗孔老夫子？
孔子是文弱書生抑是千斤大力士？
孔子真是司馬遷筆下的野合私生子？
孔子曾當過私人樂團的一流吹鼓手？
孔子為何把姪女嫁給貴族而將女兒委身平民？
赫赫有名的「孔府家宴」究竟是何宴？

周易趣讀

斐然纏綿的文學之旅

聞章◎著　定價320元
蒙 山愈高水愈長
坎 人生誤區
訟 懶得打官司
臨 不能做太陽時就做月亮
漸 鴻雁是怎樣飛上天的
復 請記住自家的電話號碼
姤 一個女人和五個男人
旅 外面的世界很無奈

韓非子趣讀

東方最早的統御領導學

廖群◎著　定價280元
●韓非的口吃●韓非的孤憤●韓非是荀子的不肖之徒
●韓非與老子的瓜葛●韓非的鞭子哲學
●韓非布下的天羅地網
●韓非的借刀殺人法●韓非的紙上辯論術
●韓非看「法可不可以容情」
●韓非看「殺雞給猴看」合不合法
●韓非的君王論●韓非的用人觀……

老子趣讀

中國最早的哲學詩篇

聞章◎著　定價300元
第四章 世界就像千層餅
第六章 是誰讓時間彎曲的
第十四章 你是水裡的一條魚
第十六章 欲望是一根鞭子
第廿一章 道在一個陶罐裝著
第廿八章 沒有葫蘆哪來的瓢
第五十三章 鮮花與陷阱
第八十一章 永恆的蝴蝶夢

Taiwan Wisdom
台灣先智出版公司 Taiwan Wisdom Books
地址：台北市仁愛路四段314號2樓之一（仁愛雙星大廈）　電話：(02) 2700-5535　傳真：(02) 2754-2342
郵撥帳號：17473286　戶名：台灣先智出版公司　總經銷：旭昇圖書公司

國家圖書館出版品預行編目資料

老子趣讀／聞章作— 第一版. — 臺北市：臺灣先智，2002
〔民91〕
面：　公分. —（東方WISDOM）
ISBN 957-0482-95-8（平裝）

1.老子 - 研究與考訂

121.317　　　　　　　　　　91020702

東方WISDOM— 老 子 趣 讀

作　　者／聞 章

社　　長／陳孟宗
出 版 者／台灣先智出版事業股份有限公司
地　　址／台北市仁愛路四段314號2樓之1（仁愛雙星大廈）
電話：（02）2700-5535（代表號）
傳真：（02）2754-2342
郵政帳號：17473286

副總編輯／洪淑美
文字校對／劉于華
出版登記證／局版臺業字第5961號

總　經　銷／旭昇圖書有限公司
台北縣中和市中山路二段352號2樓
電話：（02）2245-1480（代表號）
傳真：（02）2245-1479

排　　版／極翔企業有限公司
印　　製／中茂分色製版印刷事業股份有限公司
裝　　幀／源太裝訂實業有限公司
定　　價／新台幣３００元

2003年1月　第一版第一刷

本書經花山文藝出版社正式授權
Printed in Taiwan

ISBN　957-0482-95-8